FOLIO POLICIER

Lalie Walker

La stratégie du fou

Une enquête
du commissaire Jeanne Debords

ÉDITION REVUE PAR L'AUTEUR

Gallimard

Lalie Walker, française, métissée d'Europe de l'Est, d'Amériques du Sud et du Nord, a eu autant de métiers qu'elle aura connu de vies différentes. Traductrice trilingue dans le domaine des arts contemporains, psychothérapeute de formation, serveuse, secrétaire, rédactrice en chef de journal de la Fédération internationale de sophrologie, elle est également, depuis la publication en 2001 de son roman *Pour toutes les fois*, un écrivain de thriller psychologique en passe de s'installer parmi les grands noms du genre.

Son personnage, le commissaire Jeanne Debords, fille d'un juge assassiné, est tenace, tout en tension, tenaillée par la culpabilité et toujours au centre d'enquêtes effrayantes l'obligeant à travailler sans relâche. Électron libre au sein de la police, perfectionniste en proie à des difficultés avec une hiérarchie qui ne peut se passer de ses compétences, elle a pour signe particulier un odorat hypertrophié qui renforce son caractère intuitif. *Pour toutes les fois*, *Portées disparues*, *N'oublie pas*, *La stratégie du fou* et *Best-seller* suivent tous les aventures de cette femme hors du commun que l'on peut également retrouver dans *À l'ombre des humains*, Éditions de l'Atelier in8, et *L'appel du barge*, publié dans la collection « Le Poulpe ».

Pour Évelyne qui sait bien que l'habit ne fait pas l'émeu.

L'imaginaire est tout ce qui tend vers le réel.

ANDRÉ BRETON

1

Début août
6 h 35
Pyrénées

Le temps ne se décomptait plus en heures.

Mais en élancements et tiraillements. Crampes et contractions. Hématomes et chutes. Elle avait le sentiment qu'elle n'y parviendrait jamais et, qu'ayant d'ores et déjà outrepassé ses limites, elle allait se briser. Déclarer forfait, et renoncer.

S'éclaircissant à l'est, le ciel s'étirait paresseusement, chassant les dernières étoiles. Brume et rosée perlaient à la surface de la paroi qu'ils s'apprêtaient à escalader. Mille cinq cents mètres de dénivelé qui lui flanquèrent le cafard.

Levée à l'aube, Jeanne buvait un café soluble qui n'avait pour seul mérite que celui d'être chaud.

Qu'est-ce qui lui avait pris d'accepter la proposition d'Albertini, et d'aller se mesurer à la montagne, sans entraînement préalable ? Sans soupçonner que Franck se révélerait un montagnard chevronné et averti.

Une décennie avait suffi à lui donner une respiration frôlant l'emphysème qui l'empêchait de courir plus de trente secondes, sans ressentir un douloureux point de côté. Son corps et son mental étaient saturés.

Trop de tabac et d'alcool, de stress et de repas sautés, de pensées obsessionnelles et d'émotions refoulées. Trop de jours et de nuits à côtoyer ce que l'humanité produisait de plus abject.

Je n'aurai pas assez d'une vie, gémit-elle, pour effacer tout ça.

Derrière elle, Albertini nettoyait les traces de leur passage afin de laisser le refuge propre pour les suivants.

Et qui aura envie de venir ici ? se dit-elle, oscillant entre fatigue et irascibilité.

À la seule idée de remettre son sac sur son dos, des larmes d'épuisement lui montèrent aux yeux.

— Allez, Jeanne, on y va. Le soleil va cogner plus tard, mieux vaut prendre de l'avance.

— J'arrête, Franck. J'en ai marre.

Ils se regardèrent attentivement, chacun évaluant la situation. Sans un mot, il endossa son barda et s'éloigna. Se tournant, il l'observa un instant, posa un pied sur l'étroit sentier broussailleux et s'engagea.

La gorge nouée, elle ramassa sa tasse et saisit une sangle de la masse compacte qui contenait le strict nécessaire pour survivre un mois. Sous l'effort, son dos protesta. Serrant les dents, elle le suivit.

Quel salaud ! Mais quel salopard !

Ses muscles la mettaient au supplice, l'imploraient d'arrêter, de faire immédiatement demi-tour, et de reprendre sa vie d'avant.

Avance !

Puisant au fond d'elle-même, elle enfila ses pas dans ceux d'Albertini et entama le début d'une interminable ascension, persuadée qu'elle ne résisterait pas à cette nouvelle épreuve.

Cette partie de la montagne, l'avait-il prévenu, serait la plus difficile. Mais depuis le début de leur escapade, elle avait assimilé qu'ils n'avaient pas la même acception du mot « difficile ».

Avec maladresse, elle cheminait sur une piste qui n'avait jamais dû connaître autre chose que les sabots des chèvres. Au fur et à mesure, impressionnée par le vide, Jeanne progressait, une main agrippée à la paroi. Si elle n'était pas sujette au vertige, par moments, la fatigue aidant, sa vue subissait une étrange distorsion. Brusquement, elle se sentait aspirée par le sol.

Plus ils montaient, plus la montagne se déshumanisait.

Autour d'eux s'étalait une mer de pierres et s'élevaient des sommets à l'aspect austère, écrasant. Au loin, des chevaux galopaient dans les pâturages et les prairies où résonnaient les sonnailles des bovins. Partout, des épineux ou des feuillus étoffaient les massifs d'une kyrielle de verts, et des ruisseaux miroitaient dans la lumière.

Levant les yeux, elle aperçut cette neige qui ne fondait jamais complètement, émaillant le paysage de taches phosphorescentes au revers des arêtes. Çà et là, des fleurs d'altitude, discrètes et chatoyantes petites touches de couleur. Pas âme qui vive.

La montagne transpirait de solitude et de rudesse. Témoignant d'anciens combats, elle conservait la mémoire des pas de ceux qui avaient arpenté ces sentiers perdus. Des traces de la guerre et des peuples en exil fuyant leur terre.

Incapable de profiter pleinement du paysage, les yeux rivés à ses chaussures, Jeanne ne ressentait la nature qu'à travers cette lutte que livrait son organisme. Cette oppression face à tant de désolation et de vide, dont il se dégageait pourtant une étrange beauté taillée à même la roche.

Après avoir traversé une rivière, suffisamment profonde pour qu'elle ait de l'eau jusqu'à la taille ; dépassé une maison et entraperçu un homme qui dressait un faucon ; suivi d'invisibles pistes et s'être momentanément égarés du côté espagnol. Après un nombre incalculable de chevilles tordues, de litres de transpiration versés et de larmes de découragement, ils firent enfin une pause.

— Tu tiens le coup, Debords. Demain, journée tranquille, tu verras.

— Je vais craquer.

— Tu penses trop. Tu te bats avec la montagne, au lieu de faire corps avec.

Elle se passa plusieurs fois la main dans les cheveux, et s'en irrita.

— Laisse tomber ta philosophie à deux balles !

Il ne répliqua rien. Depuis leur départ, elle encaissait mal.

Il imaginait ce qu'elle devait endurer et savait, qu'après, elle ne serait plus tout à fait la même. Violente ou paisible, mais toujours exigeante, la montagne réclamait le meilleur de chacun. Il se souvenait de ce qu'il y avait perdu, comme autant de vieilles peaux et d'illusions. De ce qu'il y avait gagné. Plus de clarté, de connaissance de soi et d'équilibre.

— Tu voulais retrouver une condition physique…

— Je sais, coupa-t-elle d'une voix qui trahissait tant son abattement moral et physique qu'une nervosité à fleur de peau.

Elle planta ses yeux gris ardoise dans les siens.

Il ne détourna pas la tête. Attendit.

— Je sais très bien ce que je fais ici. Sauf que je n'en peux plus. Ta montagne, elle me donne la nausée. Mais, putain, Franck, comment tu peux aimer ça ?

Il lui servit un café.

— Ça met du corps… à l'intérieur.

— Connerie ! grinça Jeanne.

Il lui retourna un regard confiant. Eut un demi-sourire.

— On en reparlera dans trois semaines.

Elle poussa un gémissement.

— Et demain, on commence l'entraînement, ajouta-t-il.

— Qu'est-ce qui m'a pris de m'embarquer là-dedans ?

Sans répondre, il se leva et refit les mêmes gestes que chaque jour.

Depuis qu'ils étaient dans les Pyrénées, Albertini gérait leur quotidien, ne se perdait ni en explication ni en compassion, et se contentait de l'indispensable. Debords sentit ses limites de la matinée tomber, puis s'évanouir.

Après tout, se dit-elle, il fait ce que je lui ai demandé. Sauf que j'ignorais complètement où j'allais mettre les pieds.

En face d'elle s'étendait un lac, sombre et froid. Dans le ciel, corolle noire sur fond bleu, un rapace planait. Tout était désespérément calme, et ça lui tapait sur le système. Autant que d'entendre chacune de ses pensées se heurter à la suivante, et résonner haut et fort en elle.

Inéluctablement, elle se retrouvait confrontée au plus intime d'elle-même. Après quatre jours de marche, elle n'était pas certaine d'apprécier. Ni l'ampleur des dégâts ni celle des changements qu'il lui faudrait produire pour inverser la situation.

D'un coup, tout lui pesa terriblement.

Durant une seconde, elle se sentit au bord de l'effondrement. La seconde suivante, faisant abstraction de ses pensées, elle se concentra sur sa respiration. Sur l'eau du lac.

À peine née, une petite boule de plumes noires tanguait à la surface. Soudain, une foulque à l'allure préhistorique surgit, se jeta sur le poussin et le tua de deux coups de bec. Un piaillement qui ressemblait à un cri déchirant s'éleva. Apercevant un autre oiseau, Jeanne se dit qu'il s'agissait de la mère.

Au-dessus d'elle, le rapace descendait lentement en vrille. Refoulant une bouffée de tristesse, elle enfila son sac qui, de jour en jour, se faisait plus lourd sur ses épaules, et suivit Albertini.

Longues enjambées. Déliées et silencieuses, pour lui.

Marche saccadée pour elle. Bruyante et instable.

Donnant l'impression d'épouser son environnement, Franck se repérait sans aucune difficulté. Envieuse, elle l'observait, consciente qu'il émanait de lui une vitalité et une aisance qu'elle ne possédait pas.

Pas encore.

Durant les courtes pauses qu'ils faisaient, ils restaient silencieux, intériorisés, sachant parfaitement à quoi pensait l'autre. À cette enquête sur laquelle ils bûchaient depuis des semaines, et qui les minait chaque jour un peu plus. Fin juin, les événements s'étaient précipités.

S'acharner à résoudre le meurtre de ses parents avait conduit Jeanne sur les traces de deux chercheurs peu scrupuleux. Non content de se livrer à d'obscures expériences sur des policiers dépressifs, l'un d'eux les avait poussés à commettre des abominations, quand il ne les avait pas tout simplement exécutés[1].

Une fois les premières preuves accumulées, tout avait dérapé. Ses lieutenants, Frédéric Par-

1. *N'oublie pas*, Folio Policier n° 472.

thenay et Irma Buget, avaient été piégés par Gilles Schöeller, psychiatre aussi génial que fou. Depuis, l'enquête stagnait.

Une à deux fois par jour, Albertini allumait son portable et vérifiait qu'on n'avait pas cherché à les joindre, partagé entre son impatience à résoudre cette affaire, et son désir de poursuivre la balade avec Jeanne.

Ils franchirent le col quelques heures plus tard.

En nage, Debords s'écroula par terre, dans l'impossibilité de produire ne serait-ce que l'ombre d'un effort supplémentaire, et s'endormit à même le sol. Les cauchemars recommencèrent.

La poursuivant, des sosies de Fred et d'Irma la poussaient vers le haut d'un pic enneigé, l'obligeant à descendre une ravine à un rythme infernal. Essoufflée, elle se retrouvait en train d'errer dans un gigantesque jardin, luxuriant et inhospitalier, se perdait dans un enchevêtrement d'allées d'où filtraient des voix qui l'appelaient à l'aide.

À l'agitation de Jeanne, Franck opposait un calme souverain.

Assis au bord d'un surplomb, les yeux portant loin par-delà l'horizon, il jouissait de cette sensation rare d'être sur le toit du monde. Seul. Immense et minuscule. Se vidant l'esprit, il embrassait ciel et terre d'un regard. Il s'autorisa sa première cigarette de la journée. La seule qu'il fumait lorsqu'il était en montagne.

Jeanne se réveilla courbaturée, avec la sensation qu'elle n'arriverait jamais à récupérer. Chevillée à son corps, la fatigue engourdissait ses muscles, s'infiltrait jusqu'aux articulations mal huilées. Constatant qu'il faisait encore jour, elle se leva mais, prise de vertige, elle dut se rasseoir immédiatement, légèrement nauséeuse, et ferma les yeux. Pour les rouvrir quelques secondes plus tard.

À une vingtaine de mètres, Albertini lui tournait le dos. Debout, les mains sur les hanches, il trônait au-dessus d'un gouffre de plus de deux mille mètres. Elle faillit l'appeler et renonça, craignant de le faire sursauter.

Dans son sac, elle dénicha un reste de fruits secs qu'elle avala, tout en rêvant d'un dîner somptueux et de vin frais. D'un bain chaud et parfumé. Du moelleux d'une couette.

La terre regorgeait de mille senteurs qui se mêlaient à l'atmosphère plus pure descendant des cimes. Allumant une cigarette, elle se fit la réflexion que ce n'était que sa troisième de la journée. Un record. D'autant qu'elle n'y pensait pas.

Une étrange lueur au fond des yeux, Franck la rejoignit, inspecta le refuge, et prépara leur repas : sardines en boîte et coquillettes sauce tomate en tube.

– Comment tu te sens ? s'enquit-il.

– Comme une merde… hmm, désolée, Franck.

Ils se dévisagèrent longuement. Yeux dans les yeux, sans ciller.

– Dans quelques jours, tu n'y penseras plus.

– M'étonnerait.

Trop épuisée pour manger, Jeanne grignota et partit se coucher. Heureux d'être à nouveau seul, Franck apprécia la tombée du jour qui teintait le paysage, le lever de lune, pleine et brillante, et les premières étoiles.

Dérogeant à sa règle, il grilla une autre cigarette, but un doigt de whisky à la santé de Debords, et se fendit d'un sourire. Qui aurait imaginé ça ?

Lui, dans le rôle du coach, poussant au plus loin d'elle-même l'un des plus brillants flics qu'il ait jamais connus. Et à qui il devait une fière chandelle, comme bon nombre de policiers.

Grâce à elle, il connaissait désormais le nom de celui qui avait tué deux de ses anciens collègues, et avait pu en faire son deuil. Il devinait qu'elle ne ferait le sien que le jour où l'on retrouverait les corps de Frédéric Parthenay et d'Irma Buget. Il fallait avoir perdu un coéquipier pour comprendre ce qui pouvait se passer dans la tête de Jeanne. Détecter que quelque chose s'était cassé, jusqu'à se transmuter en désir de vengeance.

Délaissant ses pensées, bercé par les chuchotements de la nature, il contempla la nuit, les reliefs et les pentes sombres, bleuis par l'éclat de la lune. Écrasant son mégot, il soupira de bien-être et décida d'aller dormir.

Agitée et la respiration irrégulière, Jeanne se tournait et se retournait. Une fois couché, il l'écouta, se demandant quand ses cauchemars la laisseraient en paix.

Un oiseau cria dans la nuit.

La montagne le nettoyait de sa vie d'inspecteur,

le lavait de ses incertitudes et de la violence de son quotidien. Lui apportant force et sérénité, dépassement de soi et retour à l'essentiel, elle lui permettait de reconquérir sa verticalité. Il en sortait régénéré, en paix avec lui-même.

Pourquoi ne lâchait-il pas tout ça pour réaliser son rêve et devenir guide ? Il s'endormit sans répondre à cette question restée en suspens trente ans plus tôt.

Un vacarme assourdissant réveilla Jeanne en sursaut.

Le temps de réaliser où elle se trouvait, intriguée, elle se leva, enfila un pull et dut appuyer de tout son poids pour ouvrir la porte. Dehors, un nuage enveloppait le site.

Des nappes d'humidité se contorsionnaient sous le mugissement des bourrasques qui s'abattaient contre le refuge avec la force d'un raz-de-marée. Plaquée au mur, elle se sentit fragile et misérable.

Franck lui pressa l'épaule d'une main.

— Impressionnant…

— Démoralisant, répondit-elle, la voix cassée.

La montagne était ce qu'elle avait connu de plus sauvage, de plus âpre.

— Ne reste pas trop longtemps, faut que tu dormes un peu.

Il retira sa main et rentra.

Le froid la pénétrant, elle le suivit. Inquiète de la virulence des rafales et de l'épaisseur des nuages qui couraient sur le haut du col désert. Inquiète, et étrangement mélancolique.

Ne parvenant pas à se rendormir, elle écouta le vent vociférer et qui dépassait en puissance tout ce qu'elle connaissait. Elle songea à ces hommes dont l'ambition était de maîtriser la nature, les trouva ridicules et pathétiques. Qui aurait pu dompter ce blizzard hurlant de fureur qui leur tombait dessus à l'improviste ? Et lui faisait mesurer l'extrême vulnérabilité qui était la sienne.

Fred, Irma, où êtes-vous ?

Après vingt-neuf jours de marche, son corps répondait mieux à l'effort.

Sa détermination l'avait empêchée de rompre cet engagement pris un mois plus tôt : retrouver une forme exceptionnelle. Parce qu'elle avait craqué.

Le souvenir de Fred la tenant dans ses bras à l'hôpital lui fit serrer les poings. La crise de larmes, et les mots qui avaient éclaté dans tous les sens, comme autant de microbombes cinglantes et désespérées. Si elle ne se rappelait plus exactement ce qu'elle avait dit, elle conservait l'impression de s'être ridiculisée.

Elle avait craqué, et ne se le pardonnait toujours pas.

Pour toutes ces raisons, un soir, elle avait parlé à Albertini de la nécessité de se reprendre. Vingt-quatre heures plus tard, ils avaient pris leurs dispositions, délégué provisoirement l'affaire Schöeller au capitaine Marc Janson, avec qui ils restaient en contact, et bouclé leur sac à dos.

Au fil de leur randonnée, les séances de close-combat s'étaient intensifiées. Instructeur aussi compétent qu'inflexible, Franck ne lui passait pas le moindre écart. Lui enseignant tout ce qu'il connaissait, pour désarmer ou tuer un adversaire, il y mettait la même résolution et la même rage qu'elle déployait à s'entraîner. Rapide et efficace, patiente et calculatrice, Debords ne cessait de le surprendre, même si pour l'heure son instinct palliait son manque de pratique.

Il grimaça. Elle venait de le mettre KO.

Juchée au-dessus de lui, elle lui souriait, un doigt sur la carotide. Au fond de ses yeux, il reconnut ce trouble qui la conduisait à retenir ses gestes.

— La prochaine fois, Jeanne, va jusqu'au bout.

— Et si je te tue ?

— Ça risque pas ! T'as encore besoin de moi.

Elle relâcha son emprise.

S'écartant de lui, elle visionna mentalement les coups qu'elle lui avait portés, et comprit ce qu'il voulait dire. Ses émotions généraient des hésitations, infimes certes, mais qui pourraient bien s'avérer fatales en face d'un tueur.

Essoufflé, Albertini l'observait, songeant qu'après un mois, il en savait encore trop peu sur elle. D'une discrétion frôlant la pathologie, Debords ne se livrait pas aisément. Se donnant du temps, il ne la brusquait pas.

Bientôt, elle lui parlerait d'elle et de sa vie, de son passé et de ses aspirations. Il ne doutait pas que cet instant viendrait. Un jour, elle baisserait la garde et ferait de lui son confident. Parce qu'elle le désirerait. Parce qu'il suscitait invariablement ça chez les autres.

Allongé sur l'herbe, calme et détendu, il laissa son esprit vagabonder, et dérouler le temps. Il revit Jeanne attaquer sa première montée, tiraillée entre le désir de poursuivre et celui d'abandonner. Chaque jour avait été une petite victoire dont il n'hésitait pas à s'attribuer une part, reconnaissant volontiers qu'elle l'avait bluffé. Ce qui n'avait fait qu'attiser son intérêt pour elle.

Demain, ils quitteraient les hauts sommets, descendraient vers les plaines, et retrouveraient la ville. En montant dans le train, ils reprendraient leurs rôles respectifs, et redeviendraient deux chasseurs à la poursuite de leur proie. Il ne faudrait que quelques jours pour que le doute s'empare à nouveau de lui, et que s'estompe ce que lui avait apporté cette longue marche.

De ses yeux marron, paisibles et chaleureux, il enveloppa Jeanne. La luminosité du crépuscule donnait des reflets cuivrés à ses cheveux châtains, accentuait son bronzage.

– T'es belle, ce soir... et tu as changé, fit-il doucement.

Elle lui retourna son regard.

Une mèche de cheveux bruns lui tombait sur le visage. Le soleil lui avait brûlé la peau et desséché les lèvres qu'il avait minces. Il rayonnait d'une quiétude et d'une virilité aussi discrète que troublante, dont elle se protégea en détournant la tête, non sans agacement.

Demain, se dit Jeanne, retour à la réalité.

Elle ferma les yeux, et apprécia le silence.

Étendant les jambes, elle sentit ses muscles s'étirer souplement sous la peau, en éprouva une certaine satisfaction. Il lui faudrait encore des mois d'entraînement pour effacer les méfaits d'une vie désordonnée, mais elle avait surmonté le plus pénible.

Enfin, façon de parler car, à bien y songer, le pire l'attendait au bout du tunnel. Comme un point dans l'obscurité qui clignotait de temps à autre. Afin qu'elle n'oublie pas qu'un meurtrier continuait à jouir de sa liberté. Précisément de l'autre côté de ce tunnel dont elle ne voyait plus le bout.

Les visages d'Irma et de Fred s'affichèrent sous ses paupières closes. Se redressant brusquement, le cœur en alerte, elle ouvrit les yeux. Le soleil disparaissait derrière un pic de roche. Rouge sang.

Fred, Irma, où êtes-vous donc passés ?

— Tu devrais arrêter de froncer les sourcils…

— Pardon ? fit-elle, sursautant légèrement.

— Tu as changé, mais tu gardes cette tension, là, lui montra-t-il en joignant le geste à la parole.

— C'est grave, docteur ?

Sourires complices.

— Non. Ça signifie seulement que tu contrôles mal tes émotions, ton mental plutôt.

Fin du sourire.

— Tu sais quoi, Franck ? Je ne connais pas plus chiant que toi.

Il hocha la tête.

Il aimait bien l'entendre prononcer son prénom, ce qui était rare. Pour tout le monde à la

Crim', il était Albertini. Il ignorait pourquoi, mais ne faisait rien pour changer cet état de fait qui durait depuis quatorze ans. En dehors de ses parents, qui l'appelaient depuis toujours « mon garçon », personne ne devait se souvenir de son prénom. Quant à sa vie privée, ces temps-ci, elle se distinguait par l'absence de relations.

Un autre point commun qu'il partageait avec elle.

— Tu veux que je te dise, Jeanne, pourquoi on s'est tous plantés sur cette affaire ? Parce qu'on croyait qu'il s'agissait d'un *serial killer*. Organisé, et d'une intelligence supérieure à la moyenne. Soit. Sauf qu'on a affaire à un stratège. Pas un *serial*. Et puis, on s'est tous fait avoir par l'urgence et le stress.

— Toi aussi.

— Affirmatif. Il n'y a qu'ici que je retrouve cette sensation d'apaisement et de lucidité. Je voudrais ne jamais la perdre.

Jeanne réalisa soudain que lui aussi paraissait différent. Rajeuni, il avait un éclat dans les yeux qu'elle n'avait encore jamais remarqué. Du bout des cils, elle effleura son corps, long et musclé, insolemment lascif. Un mètre quatre-vingt-cinq de plénitude toute masculine.

Plutôt beau mec…

Pourquoi ne parvient-il pas à conserver cette condition ? se demanda-t-elle, repoussant une sensation diffuse de désir. Il sait pourtant se fondre dans le décor et s'orienter, soutenir l'effort et maîtriser autant la douleur que la fatigue. Et moi, est-ce que je saurais faire mieux ?

— Faudra continuer, Debords, sinon…

— Je sais. Et je compte sur toi.

La sondant des yeux, il reconnut l'intensité qui fonçait son regard. Comme un voile de concentration. Il la trouvait désirable, fragile et forte. Déroutante.

Il aimait les femmes qui échappaient à sa compréhension. Qui ne se donnaient pas, pas complètement, et réclamaient des hommes une intimité particulière, ni ogresses ni l'ombre d'elles-mêmes, et qui possédaient une essence androgyne qui le fascinait.

Depuis combien de temps n'avait-il pas été ému par une femme ?

Un stratège…

L'esprit ailleurs, Jeanne réfléchissait à ce qu'il venait de dire.

— Ton portable fonctionne ?

Il identifia immédiatement cette tension qui la caractérisait.

— Ça doit pouvoir attendre demain, non ?

D'un regard, elle lui signifia son impatience. Il eut une vision de Debords dévalant la montagne, et songea que c'était une chance qu'ils soient à 2 300 mètres d'altitude.

Dépitée, elle remit le téléphone à sa place et revint s'asseoir. Se releva, observa le ciel violet-rouge, la nuit qui s'annonçait. Aiguilles et escarpements se découpaient à l'horizon, au-dessus des pentes déjà noires et froides qui s'enfonçaient au creux des forêts, bien avant d'atteindre les vallées.

— On redescend.

— Quoi ? En pleine nuit, mais…

— Ça nous changera.

— Trop dangereux, Jeanne. Qu'est-ce qui te prend ?

— Mission terminée, capitaine Albertini. On rentre.

Un fin sourire aux lèvres, elle attrapa vigoureusement son sac. Toute fatigue semblait l'avoir quittée.

— Je t'expliquerai en route.

Il comprit qu'elle reprenait les commandes, et s'inclina.

2

Fin août
7 h 20
Hendaye

Demain, il serait libre.

Après-demain, il recommencerait.

Frissonnant, Anita Oçafrain étendit ses longues jambes, trop maigres à son goût. Laissa courir son regard sur les brumes matinales qui dansaient sur l'océan, légères et fluides. Accueilli par le piaillement des mouettes et des goélands, un petit bateau de pêche rentrait au port.

L'air était frais et doux. Tout était calme.

Son cœur battait juste un peu trop vite.

Un peu plus vite à chaque fois que sa mémoire lui restituait un pan de son histoire.

Elle avait à peine seize ans lorsqu'elle s'était enfuie de la maison familiale où elle n'avait jamais été en sécurité. Pour se marier avec Xaver, un joueur de pelote dont l'avenir semblait tracé. Il était beau, fort et aimé de tout le village. Elle avait besoin d'une épaule solide.

Aujourd'hui encore, le souvenir de cette époque lui donnait des bouffées de ressentiment et de chagrin. Les larmes lui brûlèrent les yeux. Elle les essuya d'un geste calme, empreint d'une longue expérience : ne rien laisser paraître ou transparaître. Ne plus s'effrayer des souffrances du passé, ni s'apitoyer, admettre simplement que cela existait, et supprimer les marques.

Dès le début de leur mariage, les sévices avaient commencé. Lorsqu'il partait plusieurs jours, il veillait à ce qu'elle n'ait ni argent ni de quoi se nourrir. S'il la voyait en conversation avec un autre homme, il l'accusait de lui faire des avances, et la battait. Il procédait à l'identique s'il s'agissait d'une femme. Mais s'il connaissait des problèmes financiers, là, il n'hésitait plus à la partager avec d'autres, l'obligeant à tapiner dans les bars.

— Anita ?

— Je suis là, Paul.

— Ça va ? chuchota-t-il. Tu veux quelque chose ?

— Un autre café…

Il lui pressa l'épaule. Il savait à quoi elle pensait. Il avait entouré la date sur son calendrier, et acheté une arme. Cette fois-ci, Anita ne serait pas seule.

Progressivement, Xaver était parvenu à la couper du monde.

De déménagement en scène de ménage, elle avait perdu emploi sur emploi, et ses amis avaient fini par la délaisser. Un jour, il était rentré fou de joie car il venait de louer une maison, plus haut dans la montagne. Bien à l'abri des regards et des oreilles indiscrètes.

À la naissance de leur fils, Xaver s'était mis à boire de plus en plus.

Comme mon père.

Et comme lui, il l'agressait sexuellement.

Plus il était soûl, moins il y arrivait. Alors il la frappait, lui reprochant son impuissance en la traitant de truie immonde. Quand, exténuée, elle refusait de coucher avec lui, il la prenait de force. Sous prétexte qu'elle était sa femme, et arguant que c'était son droit, il la violait régulièrement.

Elle ne comptait plus les gifles et les chutes dans l'escalier, les coups de poing et de pied dans les côtes et les tibias. Et ceux, dans le ventre, qui l'avaient rendue stérile.

Chaque matin, dans la glace de la salle de bains, revenaient yeux pochés et cheveux arrachés, et les ecchymoses qui se déclinaient du jaune au noir.

Un jour qu'il était parti, la laissant blessée sur le carrelage de la cuisine, elle avait décidé de s'enfuir. Malgré cette angoisse vissée au corps ; cette terreur qu'il puisse la retrouver et la tuer.

Elle avait confié son fils à une vieille tante qui habitait dans une autre vallée, et promis de revenir dès que possible. À bout de forces, elle avait atterri aux urgences, à Pau. La police l'avait interrogée. Une assistante sociale était venue, puis une femme qui dirigeait une association pour victimes de violence conjugale.

– Tiens... Attention, c'est brûlant.

— Merci, Paul. C'est calme, hein ?

— Toujours à cette heure-ci. Tu fais quoi, aujourd'hui ?

— Clara doit rencontrer le juge. Ensuite, je verrai ce que je peux faire pour lui trouver un travail. Il y a aussi la stagiaire qui doit passer en fin d'après-midi. La routine quoi.

Il attendit, mais elle ne dit rien concernant la libération de Xaver.

— Tu as besoin de moi ?

Elle lui attrapa la main, la serra dans la sienne et lui sourit.

— *Lasaï*, Paul. Tranquille. Cesse de t'inquiéter.

Elle leva deux yeux bleu lavande.

L'ovale de son visage, le hâle de sa peau, sa bouche légèrement asymétrique, son nez fin et droit, tout était parfaitement harmonieux en elle. S'il n'y avait eu cette ride d'inquiétude qui lui barrait le front. S'il n'y avait eu cette cicatrice au coin de l'œil gauche, souvenir d'une poignée de porte.

Il l'embrassa, et s'éclipsa silencieusement.

Entre Xaver et son père, elle avait subi vingt-six ans de folie destructrice, n'imaginait même pas qu'il y eût d'autre solution que celle de souffrir ou de mourir.

J'avais tellement l'habitude d'être un paillasson que les autres piétinaient !

Graduellement, on l'avait aidée à revenir sur le chemin de la vie. Patiemment, on lui avait expliqué sa situation, cet état dans lequel elle vivait sans parvenir à s'en extraire. Sans comprendre qu'elle pouvait inverser le cours des choses. Longtemps, on l'avait écoutée se raconter, mettre des mots à la place des coups et du silence. Panser ses plaies et rassembler les fragments déchiquetés de son âme, jusqu'à retrouver une sensation du vivant en elle.

Au XXIe siècle, dans les campagnes, la modernité engendrait des batailles qui avaient des relents d'archaïsme. Luttant pour ne pas renoncer au sacro-saint mariage, l'Église ne prenait toujours pas en compte la douleur des femmes, et les exhortait à se montrer conciliantes envers leurs maris. Qu'elles avaient épousés pour le meilleur et pour le pire.

Le meilleur se résumait à rester chez elle, et à faire des enfants. Le pire advenait quand elles étaient à la merci d'époux alcooliques et violents, qui les frappaient sans en être inquiétés. Certaines divorçaient ou s'enfuyaient ; d'autres en arrivaient à tuer, pour se sauver ou défendre leurs enfants.

Anita eut un pincement au cœur. Sentit la rancœur imbiber chaque parcelle de son corps.

Sauf celles qui démissionnent…

Sa mère était une femme splendide, exclusivement préoccupée par sa beauté et l'entretien de son corps. Elle passait des heures à se coiffer ou à se faire les ongles, à s'habiller puis à virevolter devant le miroir.

Envoûtée par sa propre image, et à jamais inaccessible dans sa tour d'ivoire, elle guettait son reflet dans le moindre éclat de verre, les yeux à l'affût. Ne les fermait que lorsque son mari passait ses humeurs et satisfaisait ses désirs sexuels sur ses enfants, plutôt que sur elle.

Comment donner du sens à une telle attitude ? Et jusqu'à quel point n'avait-elle pas voulu punir sa fille d'être encore plus belle qu'elle, à mesure qu'elle grandissait ?

Cette question ne cessait de l'obséder.

— Bonjour, Anita ?

Tournant la tête, elle aperçut son amie Milène dans l'encadrement de la baie vitrée.

— *Egun on*, Milène.

— Tu vas bien ?

— Presque…

— C'est pour demain.

Enfilant un épais gilet, frileuse, Milène s'installa à côté d'elle et lui prit la main. Un bimoteur traversa le ciel. Son vrombissement se mêla aux cris des mouettes. La ville se réveillait lentement.

— Tu n'es plus seule, Anita, fit-elle d'une voix chantante.

— Je sais. Ça va aller.

— Tu as vu, pour Clara, je t'ai laissé un message, hier soir.

— Je vais à Bayonne en début de journée, je m'en occuperai à ce moment-là.

— Elle est gentille la psychologue mais, avec Clara, elle tape à l'envers, si tu veux mon avis.

Anita ne put s'empêcher de sourire. En dehors de Milène, d'elle-même, et de Sally, une autre résidente, Clara perturbait tout le monde.

— Parce que toi et moi, on tape à l'endroit ?

Milène eut un rire aussi clair que bref, scruta l'horizon, frissonna et se releva.

— Ne reste pas seule, Anita, à aucun moment. Promets-le-moi. C'est mauvais pour le moral.

Elle en convint d'un signe de tête, le regard embué par l'émotion.

Douze ans s'étaient écoulés depuis sa sortie de l'hôpital. Pour redémarrer, elle n'avait rien trouvé d'autre qu'un foyer d'accueil. Un lieu gorgé de tristesse où s'abreuvait la misère au féminin, malgré la bienveillance de sa directrice, et les efforts des anonymes qui tentaient d'échapper à leur histoire et de reconstruire un futur acceptable.

Anita découvrirait plus tard que la majorité d'entre elles se faisait rattraper par leur ancienne vie. Retrouvait les trottoirs de la soumission ou de la prostitution, un autre homme pour les battre. L'absence de confiance et la peur tourmentaient ces femmes. L'ignorance faisait le reste.

Longtemps, Anita avait cru qu'il fallait coucher avec l'autre, pour lui prouver son amour.

Comme avec mon père.

Elle s'en était sortie car quelqu'un lui avait tendu la main, dit, et répété, que la vie, c'était autre chose. Lorsqu'elle s'était sentie suffisamment forte, elle avait repris ses études, tout en travaillant pour élever son fils. Devenue conseillère en violence conjugale, logiquement s'était imposée à elle l'idée de La Laguna. Un lieu d'asile et de protection pour femmes en détresse.

Devant l'ampleur du projet, Anita s'était rapidement tournée vers son frère. Dès le début de cette aventure, il s'était dépensé sans compter. L'association l'aidait à temporiser cette culpabilité dont il ne parvenait pas à se débarrasser. Pour ne pas avoir été auprès de sa sœur, et n'avoir pu la secourir.

En basque, *laguna* voulait dire ami.

Ils conçurent La Laguna tel un refuge, où l'on pouvait dormir sans crainte, trouver assistance et conseil, chaleur et convivialité. Anita n'avait pas oublié cette désolation qui enduisait les murs de son ancien foyer.

Rapidement, elle avait été submergée par le nombre de femmes victimes de violence domestique. De son côté, Paul apportait son aide aux hommes. En majorité, ces derniers souffraient de déplacements géographiques, de divorce ou de la perte d'un emploi. D'une violence qu'ils ne savaient contrôler, et qui s'emparait d'eux brutalement, tel un substitut à leur incapacité à s'exprimer. À vivre.

Une femme battue ou violée supportait difficilement la présence des hommes. Quant à ces derniers, ils en voulaient trop souvent amèrement à leur ex-épouse ou à leur famille.

Celles et ceux qui séjournaient à La Laguna ne se rencontraient que rarement. Anita et Paul avaient investi dans une immense maison, et l'avaient partagée en deux.

Tout d'abord mal perçu par le voisinage, leur projet avait fini par susciter quelques vocations qui leur avaient permis de recruter du personnel, bénévole les trois quarts du temps.

Une fois l'association devenue opérationnelle, Anita avait commencé à s'intéresser à ce qui se passait à l'intérieur des prisons de femmes, où nombre d'entre elles étaient emprisonnées « à cause » d'un homme. À force d'avoir été battues, avilies ou violées, certaines, dans un accès de folie ou d'instinctive survie, en venaient à assassiner leur conjoint.

En France, comme ailleurs, la situation était alarmante, la politique carcérale visant plus à humilier qu'à réhabiliter. Alors Anita avait décidé d'agir, d'ouvrir La Laguna à ces femmes à la dérive. Depuis trois ans, elle travaillait en réseau avec plusieurs autres associations, et se rendait dans les centrales aussi souvent que possible.

Lorsque Milène était venue gonfler les effectifs, elle lui avait immédiatement délégué une partie de son travail, ce qui lui permettait de se consacrer exclusivement aux cas difficiles. Comme Clara.

Enfin, très récemment, Jacques était arrivé, couvert de pansements, racontant pudiquement une histoire de passage à tabac. Une fois requinqué, s'étonnant que les résidents soient contraints de prendre leur repas à l'extérieur, il avait transformé une pièce en cuisine, une autre en restaurant.

Une étape supplémentaire avait été franchie. Dans deux mois, ils fêteraient leurs dix ans d'existence. Mais, surtout, il y avait eu Saverio.

Son cœur se contracta.

— Anita ?

— Paul, tu ne vas…

— Tu ne veux pas rentrer ? Je n'aime pas que tu restes là, toute seule.

— J'ai besoin de réfléchir.

Elle regarda sa montre. Encore cinq minutes de tranquillité dont elle comptait bien profiter.

— Il ne sort que demain, alors arrête de me tourner autour comme…

Luttant pour retenir son envie de gueuler ou de pleurer, il ne savait plus très bien, il se laissa tomber à ses côtés.

— Paul, tout ira bien. Il s'est passé tellement de temps, peut-être qu'il a…

— Tu sais qu'ils ne changent jamais, rugit-il. Jamais ! Même ceux qui se font soigner ont du mal, alors…

Impulsivement, il la prit dans ses bras et la serra contre lui, avant de s'éloigner à grandes enjambées.

Anita n'ignorait pas qu'il avait raison.

Demain, il y avait fort à parier que Xaver reprendrait sa vie exactement là où il l'avait interrompue.

Ça faisait environ deux mois qu'elle était installée au foyer, lorsqu'un jour elle l'avait aperçu en train de guetter dans la rue. Le lendemain, il s'était mis à la traquer, l'insultant et la menaçant dès qu'il le pouvait. La peur était revenue. Plus forte. Un soir qu'elle revenait d'un rendez-vous pour un emploi de caissière, il l'avait coincée.

Elle passa ses doigts fins et fuselés sur sa gorge.

Couchée en travers d'un capot encore tiède, il était en train de l'étrangler quand une voiture de police s'était arrêtée. Fou furieux, Xaver s'était battu, blessant grièvement l'un des policiers, avant de s'enfuir.

Lorsqu'ils l'avaient repris, il avait écopé de sept ans de prison ferme. Pour agression sur agent de police, délit de fuite, et une tentative d'homicide sur sa personne qui n'avait pas pesé très lourd dans le verdict.

Avec virulence et habilité, l'avocat de son futur ex-mari n'avait eu de cesse de rabâcher qu'elle avait abandonné le domicile conjugal, livré leur enfant à une tante grabataire, rappelant qu'elle s'était prostituée dans les bars.

Sept ans, auxquels il fallait en rajouter trois pour bagarres et autres forfaits.

Bien moins que cette femme qui avait fini par poignarder son mari, le jour où elle avait découvert qu'il violait leur fille. Bien moins que cette autre femme qui, elle aussi, avait tué son mari à coups de couteau. Trente-deux. Durant plus de huit ans, il l'avait battue et brûlée avec un fer à repasser, des cigarettes ou tout ce qui lui passait entre les mains. Elle avait été condamnée à douze ans de réclusion.

Demain, il serait de nouveau libre.

Jetant un dernier regard vers l'océan, Anita se leva et sentit la peur battre ses flancs.

Demain, il se mettrait à nouveau à sa recherche.

3

Début septembre
18 h 45
Paris

Depuis son retour des Pyrénées, Debords n'avait pas chômé.

Avant son départ, elle avait obtenu carte blanche auprès du préfet Moreau pour entreprendre une vaste opération qui avait porté ses fruits. Une fois rentrée, elle avait exigé le rattachement définitif de Franck Albertini au BEP, le bureau d'enquêtes parallèles.

Victime après victime, chaque famille où Schöeller avait prélevé son dû avait à nouveau été interrogée, selon un questionnaire préétabli par Jeanne. Au final, cela faisait des milliers de données à comptabiliser et à trier, à enregistrer et à intégrer au sein d'une immense cartographie sanglante. Qui réclamait toute son attention depuis qu'elle avait repris la direction de l'enquête.

Si tout le monde en avait sa claque, personne ne

le disait, chacun demeurant conscient de l'énormité de la tâche. Minutieusement, Jeanne bâtissait une stratégie capable de la mener jusqu'à Schöeller. Les murs du BEP étaient couverts de cartes routières, de graphiques et de portraits des familles des victimes. Les dossiers s'entassaient, et ceux qui ne concernaient pas l'affaire Schöeller avaient été dispatchés vers d'autres services.

Albertini relisait le portrait du psychiatre. S'en imbibait.

Une suite de rencontres aux motivations exclusivement matérialistes. Un mariage d'argent. Des études brillantes. Un parcours professionnel dans l'ombre. Aucun projecteur pour daller la route sous les pas de Schöeller. Des propos rapportés. Jamais là où on croyait le trouver. Un homme très attaché à son pays. Aucun écart vers l'Europe ou une autre contrée.

Mais…

Trop attaché à ses racines, à en juger les ragots rapporteurs d'un racisme à résonance fasciste. Anachronisme et incertitudes, trous de plusieurs mois consécutifs dans le tableau et don d'ubiquité égalaient : un mythomane. Au bout du compte un cumul de perversions exceptionnel si l'on se souvenait qu'un seul esprit les entretenait quotidiennement.

Une belle crevure !

– Bon, Jeanne, et maintenant ?

– Il s'agit de faire fonctionner notre matière grise.

Il déboucha une canette de bière, lui en offrit une. Leurs mains se frôlèrent.

Tellement douces…

Énervée, elle s'ébouriffa les cheveux.

Malgré le ventilo qui tournait sans relâche et les fenêtres grandes ouvertes, l'air était irrespirable et il faisait une chaleur insupportable.

— Fallait vraiment en passer par là ? fit-il, montrant les murs tapissés de documents.

— Schöeller n'a pas agi au hasard. Attends ! En tant que psychiatre de la police, il bénéficiait d'une position idéale pour sélectionner ses proies. OK. Sauf que… des flics, oui, mais pas n'importe lesquels.

Elle se tut, scanna du regard les données affichées au mur. Sa bière à la main, se levant, elle regarda l'heure au poignet de Franck, et s'autorisa une cigarette.

— Familles Favier, Michel, Souchez… Qu'est-ce qu'elles ont de commun ?

Il prit le temps de tout relire attentivement.

Debords avait dressé une sorte d'arbre généalogique, où apparaissaient en priorité les événements dramatiques : exil, faillite, divorce, suicide…

— Si je te suis bien, reprit-il avec une moue dubitative, tu essayes de me faire avaler que leur mort était… écrite ?

— Non. Regarde…

Elle pointa du doigt plusieurs éléments, entoura en rouge les faits, et en vert les noms.

— Il y a une sorte de logique dans le comportement de ces flics.

— J'ai du mal à te suivre, Jeanne. Il s'agit d'exécutions arbitrées par un homme dont le seul but était de satisfaire son délire de toute-puissance.

— Franck, si on veut le coincer, il faut le comprendre. Comprendre comment son putain de cerveau fonctionne !

Il soutint son regard, perçut sa fureur et son accablement, son obstination. Se sentit ému, et fier.

Cette façon qu'il a de me regarder…

— Tu ne vas pas me sortir le truc des romanciers où l'enquêteur se met à penser comme le meurtrier ? Empathie, prescience… Pas toi, Jeanne !

— Tu as quelque chose contre l'intuition ?

Il secoua la tête, et lui décocha un sourire désarmant. Elle sentit sa concentration s'effilocher et se réfugia dans la contemplation du mur.

— N'oublie pas que nous avons affaire à un stratège, un homme qui ne fonctionne pas tout à fait comme un criminel « habituel ».

Il agita le mémo sur Schöeller.

— Pour le moins !

— Ce que je veux dire, Franck, c'est que son but premier n'est pas de tuer mais de manipuler et de torturer, de pousser ses proies à réaliser le pire d'elles-mêmes. Le meurtre pour Schöeller, c'est… comme de se débarrasser d'une assiette en carton après un pique-nique.

Elle écopa d'un regard où se mêlaient surprise et révolte.

— Désolée pour l'image, il ne m'en vient pas d'autre. Donc, il jette ses victimes quand elles ne lui servent plus. Il n'agit pas sous l'impulsion, mais plus vraisemblablement à la suite d'une forte frustration — je pense à celles qu'il a décapitées et qui n'ont commis aucun meurtre, à la différence de celles qu'il a poussées au suicide et qui ont assouvi leurs pulsions meurtrières.

— Plutôt celles de cet enfoiré !

— Ce qui revient au même, précisa-t-elle, consciente de l'état de son coéquipier.

— Pour ceux qui ont eu la tête tranchée, ça prouve au moins qu'il rencontre des résistances, reprit-il d'une voix cassée.

— Exact ! Et c'est bien là qu'intervient le choix des victimes. D'où viennent-elles, qui sont-elles ? Franck, il ne supporte pas qu'on s'oppose à lui et ça le contraint à identifier une population spécifique, la plus malléable possible.

— Dans ce cas-là, pourquoi des flics ? Des hommes capables, même si ça m'emmerde de le reconnaître, d'user de leur force et de leur pouvoir.

— Parce qu'il a un moyen de contrôle fantastique sur eux. Ils sont dépressifs, donc affaiblis lorsqu'ils croisent sa route. Mais, le plus important, et j'en suis certaine maintenant, c'est qu'il n'a privilégié que des policiers issus de familles dysfonctionnelles sur plusieurs générations.

— Tu es en train de me dire que ces victimes sont déjà des victimes... de leur famille, de l'histoire ou de je ne sais quoi ?

— Quelque chose dans le genre.

Albertini jeta sa canette de bière, alluma une Gitane, non sans avoir une pensée nostalgique pour leur virée en montagne.

— Constat : si tu as raison, alors il a préparé son coup depuis des années.

— Impossible de remonter à la source, mais on ne se trompe guère en estimant qu'il lui aura fallu une bonne dizaine d'années. Ou plus. On a donc en face de nous, non seulement un type organisé, mais patient. Terriblement patient, et qui poursuit un but encore non identifié à ce jour.

Il indiqua le mur et l'arbre généalogique de l'index.

— Questions : en quoi c'est important ? Comment t'en es venue à penser à ça ? Et où ça nous mène ?

— Primo, ça nous renseigne sur notre assassin. Mieux que ce foutu portrait qui n'est qu'un ramassis de conneries !

S'écartant du mur, elle pivota et lui fit face, se passa la main dans les cheveux.

— Secundo, il va recommencer, Franck. Il ne peut pas s'arrêter sur un échec. Au contraire, ça doit le stimuler. Il va chercher d'autres individus à manipuler, dont il pourra disséquer le mental, réduire en bouillie les émotions, le corps, la volonté et la dignité.

Odeur de peur, métallique et aigre.

Elle scruta les graphiques et autres tableaux.

— Tertio, il isole un groupe, pas des hommes ou des femmes pris un à un au hasard. Un groupe, Franck !

— Putain, je donnerais n'importe quoi pour lui faire la peau, moi, à ce dégénéré !

D'un geste brusque, ressentant le besoin de boire, il décapsula une autre bouteille de bière. Pour empêcher ces morts, ceux d'hier et d'aujourd'hui, mais aussi ceux de demain, de se faufiler en lui, et de lui matraquer l'esprit.

— Mais c'est quoi, ce type, hein, Jeanne ? C'est qui ?

Elle haussa les épaules. Qui pouvait répondre à une telle question ?

Les promoteurs de la peine de mort ne verraient en lui qu'un monstre à abattre ; d'autres, en mal de compréhension, dépiauteraient son enfance à la recherche d'une cause susceptible de justifier sinon d'expliquer une telle aptitude au massacre. Elle eut une moue.

Autant essayer de justifier ce qui poussa Hitler, Staline, Mao et consorts à exterminer des millions d'individus, se dit-elle, submergée par une colère noire qui s'amplifiait jour après jour, bien qu'elle fît son possible pour l'endiguer.

— Bon, ça t'explique pourquoi j'ai demandé cette enquête auprès des familles des victimes. Avant notre départ, je m'étais aperçue que Schöeller avait constitué plusieurs dossiers à propos d'études sur l'ADN…

— Quoi ?

— Je sais, ça paraît étrange, mais…

Une ombre au cœur, elle se dirigea vers l'ancien bureau d'Irma, se saisit d'un dossier et lui tendit. L'ombre cherchait une faille où s'introduire, et mordre. Elle inspira.

Irma, tiens bon !

— En bref, l'environnement influencerait une génération et aurait un impact sur les suivantes, sur le plan de l'ADN, exactement comme pour l'hérédité génétique.

— Tu veux dire que Schöeller a vraiment visé…

— Des flics avec un héritage psychique et physiologique bien défini. Prends les familles Favier et Souchez. À la génération des arrière-grands-parents, elles ont connu une famine et un exil. Les petits-enfants, nos deux policiers assassinés, étaient d'une constitution et d'un poids anormalement inférieurs à la moyenne.

Il eut un geste de la main, un peu vif.

— Jeanne, ne me dis pas que tu as potassé toute la doc de…

— Il n'aurait pas pris le temps de rédiger des centaines de pages là-dessus si ça n'avait pas influencé ses choix. Je continue ? OK. Autre élément : nos policiers passaient leur temps à déménager, créant peu, voire pas, de relations avec leur entourage. Cet isolement, Schöeller s'en est également servi pour les casser.

Elle fit une pause, vida sa bière et reprit :

— Donc, le milieu est à prendre en considération, avec la trajectoire des familles. Grosso modo : alcoolisme, pauvreté, maltraitance, au moins un suicide par famille…

— Excuse-moi, Jeanne, mais ça doit bien concerner plus de 80 % de la population, non ?

— Je sais. La question est : pourquoi Schöeller ne s'en est-il jamais pris à un fils de cadre supérieur ou de banquier ? Même dans la police, on ne vient pas tous de la zone.

— Parce que nous, fils de bourges, avons les moyens de nous payer un psy hors de prix.

Elle lui retourna son sourire.

S'il arrivait encore à plaisanter, et à renforcer leur complicité, alors tout n'était pas perdu, songeait-il, non sans laisser ses yeux flâner sur son corps.

Elle ressentit l'envie subite de quitter la pièce, d'échapper à ce frôlement. À ce désir embryonnaire qui s'épanouissait. Une main dans les cheveux, elle se fustigea pour ce tic dont elle n'arrivait pas à se guérir, et alluma une cigarette.

Perdu dans ses pensées, Albertini ne s'intéressait plus à elle.

À l'instar de Debords, quand il se focalisait sur un point, le reste n'existait plus. S'il se fixait sur elle, Jeanne sentait sa température grimper, et redescendre brutalement dès qu'il portait son attention ailleurs. Tout cela l'exaspérait au plus haut point. Elle n'était pas dupe et savait lui accorder bien plus d'importance qu'elle n'aurait voulu.

Faut dire qu'il est plutôt... Arrête !

— D'accord, Jeanne, je te suis. Admettons que Schöeller jette son dévolu sur des familles, comment tu dis ?

— Dysfonctionnelles.

— Admettons. Qu'est-ce que ça nous apprend ?

— Une chose primordiale : il lui faut des victimes amoindries dans leur histoire individuelle ET collective. On en revient au fait qu'il a eu besoin de temps, puisqu'il ne fait rien au hasard. Donc, il ne s'attaque pas aux puissants et ne prend le pouvoir que sur les faibles. Plus ils sont désarmés, plus il aime ça ! Et il n'a aucune raison d'en rester là.

— Ça paraît dingue… Il a quand même toute la police au cul !

— Justement, l'indice risque n'est pas à négliger. Son putain d'ego doit l'empêcher de se contenter d'une situation, disons « trop facile ». D'un côté, il est le plus fort, puisqu'il nous a mis en échec, et qu'il est en cavale. De l'autre, il joue peut-être sa dernière partie, car il est activement recherché. Gardons en mémoire qu'il y a aussi le caractère personnel de cet affrontement entre lui et nous…

— Lui et toi, tu veux dire.

Ses yeux gris ardoise le clouèrent.

— Si tu préfères…

Albertini éclusa sa bière, réfléchissant à la théorie de Jeanne.

— Tu sais que tu ferais une bonne profileuse ?

— Sois pas con. En conclusion, il nous faut examiner toutes les possibilités : où se planque-t-il ? A-t-il eu recours à un changement d'identité ? On peut le supposer, et même envisager une opération chirurgicale. Sur quel groupe de la population va-t-il jeter son dévolu ? Et, enfin, le plus important, quel but poursuit-il ?

Se voyant déjà en train de remplir le tonneau des Danaïdes, Albertini tendit son bras, pouce levé. Debords n'en tint pas compte et reprit.

— L'enquête de la brigade financière ne nous a rien appris, rien qui puisse nous indiquer qu'il possède des capitaux non répertoriés, même si ça paraît évident.

— Tu remarqueras, Jeanne, que ses victimes sont majoritairement des hommes. Une seule femme…

— Tu as raison, mais n'excluons pas qu'il aurait pu en tuer d'autres s'il avait eu plus de temps. Note qu'il y en a de plus en plus dans la police.

— Sont plus costauds que les mecs, moins dépressives.

— Pour l'instant.

— À mon avis, ce taré n'aime pas les femmes.

Regards qui se croisent et se décroisent, chacun retenant un commentaire trop personnel.

— Jeanne, ta théorie, comment tu vas l'appliquer ? Comment tu vas déterminer quel type de… Merde, jamais vu une affaire pareille !

Le téléphone l'empêcha de répondre.

Lorsqu'elle raccrocha, Franck regardait ses pieds, conscient qu'il y avait de l'eau dans le gaz entre elle et Khaled. Depuis leur retour, elle dormait au BEP, ne pensait qu'à Schöeller et mettait en péril sa relation de couple. Encore un cliché sur la vie des flics, se dit-il avec une pointe d'amertume.

— J'ai relu les rapports du labo, reprit-elle.

Comme s'il l'ignorait ! Elle avait lu et relu chaque dossier des dizaines de fois.

— Tu penses toujours à la même chose ?

— Plus que jamais.

— Jeanne, ce mec, c'est un fétichiste. Ça ne veut pas dire que…

— Et qu'est-ce qu'on en sait ?

Il haussa les épaules. Il ne comptait plus le nombre de fois où ils s'étaient accrochés sur ce point.

— Dans trois planques de Schöeller, on a trouvé des cheveux appartenant à Fred. Même chose pour Irma, dans les deux dernières.

— En dehors du fait qu'il est fétichiste grave, pour le reste…

— Je sais, Franck. Cet enfoiré peut très bien avoir conservé une mèche de leurs cheveux et les semer derrière lui, juste pour nous emmerder.

— Ou trimballer leurs corps…

Elle le cingla d'un regard assassin. En souffrance.

— Tu oublies les deux messages laissés à mon attention !

— Impossible d'oublier ça.

— Le premier disait : *Qu'a fait le Fou du Cavalier ?*

— Jeanne, il peut avoir fait n'importe quoi de Fred, et tu le sais très bien. Il te manipule et…

— Le deuxième : *Le Fou rendra-t-il la Tour ?*

— Ça ne prouve même pas qu'il détient Irma. Toute la presse a parlé de sa disparition…

— Il n'empêche, Franck… Je tiens à ce que tout le monde garde à l'esprit que Fred et Irma ne sont pas officiellement morts.

— Personne ne…

Elle frappa le mur de la paume de sa main.

— Si ! Depuis quelque temps, j'ai le sentiment qu'on les a déjà enterrés.

Ravalant chagrin et animosité, elle tenta de se calmer. Les larmes ne franchirent pas le seuil de ses yeux, ni la colère celui de cette digue qu'elle s'évertuait de consolider. Albertini se leva, prit une autre bière et se rassit, indécis. Il aurait aimé trouver les mots, et les gestes aussi, pour l'apaiser.

— Tu vois, tout ça, tout ce que nous tentons de clarifier, toutes nos hypothèses, ça ne servira à rien tant…

— Tant que quoi, Jeanne ?

— Tant qu'il n'aura pas recommencé à tuer.

Il acheva sa bière, en silence.

— On va courir ? proposa-t-elle d'une voix sourde.

— Non, rétorqua-t-il, on va au stand de tir. J'ai besoin d'une séance virtuelle d'assassinat. Faut que je me défoule.

Hochant la tête, elle ferma la fenêtre, bascula la ligne du BEP sur son portable.

— Et après, tu rentres chez toi, Jeanne. Ça doit faire un bail que tu n'as pas… décompressé.

— Y a un message codé ?

Il fit volte-face, la dévisagea jusqu'à la mettre mal à l'aise.

— Évite, si tu peux, de venir gonfler les statistiques sur les causes de dépression chez les flics.

Ils se dévisagèrent une seconde.

Le temps pour Franck de se traiter de con.

Le temps pour Jeanne de se dire qu'elle ferait bien de mettre sa vie amoureuse au clair.

— Et, si je puis me permettre, je l'aime bien, moi, Khaled.

Triple con !

— Épouse-le, répliqua-t-elle un sourire mi-figue mi-raisin aux lèvres.

4

Début septembre
20 h 10
Quelque part

Sous les doigts, la soie produisait son effet.

Il se rapprocha des plis de la jupe verte, moirée mauve.

Se colla. Se frotta.

Froissement. Crissement.

— Léa ! Léa…

Il s'écarta, un demi-sourire aux lèvres. Le sexe bandé.

— Comme la soie te va bien ! Que tu es belle… et silencieuse.

Sourire statique et regard d'encre. Immobilité parfaite.

Gilles Schöeller caressa la joue lisse et froide. Remit une mèche de cheveux corbeau en place, s'enfouit dans les plis, et s'immergea dans la mer des fantasmes.

— Soyons beau joueur, Léa, et reconnaissons que

cette Debords est forte. Quelle femme ! Ne sois pas jalouse, Léa, elle ne t'arrive pas à la cheville. Trop nerveuse. Trop butée. Et rebelle ! Une salope.

Chuintement et cri. Il frissonna, et éjacula. Ne s'inquiéta pas des taches laiteuses sur le vert de la soie.

— Et dire que j'ai failli me tromper ! Un peu plus, et je perdais une sublime opportunité de vengeance… Car il faudra bien que je lui fasse payer son arrogance. Tu vois, Léa, les hommes ne sont que d'odieux simulacres de ce que devrait être l'humanité. Pas toi, ma chérie, toi, tu restes ce que j'ai trouvé de meilleur… Ils devraient tous te ressembler !

Du bout des doigts, il frôla les hanches inertes, frémit de plaisir et se lécha les lèvres.

— Mais les autres, Léa, les autres ! Juste bons à servir d'esclave ou de carpette… Sais-tu, Léa, que le cerveau humain est moins résistant qu'il n'y paraît ? Et tous ces écrivains qui se prennent pour le nombril du monde et inventent de petites facéties sur les manipulations mentales… Tu vois, Léa, ces débiles restent toujours bien en dessous de la vérité. S'ils savaient… si seulement ils savaient !

Tout en se rhabillant, il laissa traîner ses yeux sur le corps plastifié du mannequin. Se perdit un instant à travers l'ondoiement du tissu, à peine chiffonné.

— Il faudra que je songe à te trouver d'autres vêtements… La soie est une merveille, Léa. Une merveille !

Il sentit son corps vibrer et détourna son regard de l'imperturbable Léa.

– À nous deux, Jeanne Debords ! Le prix à payer sera exorbitant, mais le jeu est incroyablement stimulant. Bien, allons voir comment se comportent nos pauvres pantins.

En sortant de sa chambre, il ne pensait plus à Léa.

Uniquement à son plan. Une stratégie de la multiplication et de l'horreur. Ce qu'il allait leur faire subir, personne ne saurait le supporter. Personne. Pas même cette brillante et maligne commissaire !

Tout le monde avait une faille. Jeanne Debords en avait deux. De quoi dérouler une étendue de souffrance. Un océan de terreur où elle finirait par boire la tasse et se noyer, en suffoquant. Mais cela prendrait un temps infini, que lui seul contrôlerait. Tout comme il en viendrait à prendre possession de son mental. Et lorsqu'elle hurlerait grâce, il lui arracherait le cœur. Au sens propre, comme au sens figuré.

Deux failles !

Deux raisons de se réjouir, se dit-il en sortant de chez lui.

5

Début septembre
21 h 15
Paris

Pas entièrement vidée par l'exercice physique et leur séance de tir, Debords décida de rentrer chez elle à pied. La nuit était douce, et Paris étrangement calme.

La canicule qui s'acharnait sur la France finissait par rendre tout le monde apathique. Des fragments de vie filaient par les fenêtres ouvertes, entrecoupées d'aboiements télévisuels et du ronflement des ventilateurs. Des regrets et des supplications fusaient. Où donc était passée cette pluie qu'ils avaient pourtant tellement détestée ?

Bifurquant non loin de son bureau, elle aperçut Simon l'Africain qui organisait un repas en plein air. Encore vétuste quelques semaines plus tôt, son immeuble commençait à retrouver une allure digne de ce nom. L'ambiance festive évoquait l'atmosphère d'un pittoresque village.

À la lueur des lampions, elle reconnut Fergus Bart, un fleuriste génial qui tenait une boutique dans la rue de Picpus, ainsi que sa compagne, la juge Camélia Zampa qui avait instruit la première partie de l'affaire Schöeller[1]. L'apercevant, celle-ci l'invita à se joindre à eux.

Jeanne hésita. Il se faisait tard, et les mots d'Albertini sur sa relation de couple lui pilonnaient le crâne. D'un geste de la main, elle lui fit comprendre qu'elle poursuivait sa route. Elle ne se sentait pas d'humeur à faire la fête, encore moins celle de devoir parler de son enquête ou de ses deux lieutenants portés disparus.

— Commissaire Debords !

Et merde.

Jeanne s'arrêta, inspira profondément et se retourna.

Vêtue d'un ensemble en lin dans les tons vert-bleu, une étole parme et or sur l'épaule, le regard pétillant d'intelligence, Camélia Zampa se tenait devant elle. Resplendissante.

— Bonsoir.

Elle lui tendit une main fine, aux doigts agiles.

— Vous ne voulez vraiment pas vous joindre à nous ?

— Non, non merci.

Camélia la dévisageait sans aucune gêne.

— Vous tenez le coup ?

— Vous n'ignorez pas, Madame la juge, que Schöeller est toujours introuvable, et…

1. *N'oublie pas*, Folio Policier n° 472.

Debords haussa les épaules, se passa nerveusement la main dans ses cheveux, légèrement éclaircis par le soleil. Ce soir, elle en avait vraiment sa claque.

— Ne lâchez pas, commissaire. Vous êtes aussi tenace que votre père. Et vous en savez désormais plus qu'il n'en a jamais su sur cette affaire. Ne lâchez pas.

Lui tendant à nouveau la main, elle serra chaleureusement celle de Jeanne, et s'éloigna.

— Merci, murmura cette dernière, avec retardement.

Elle reprit son chemin priant qu'un jour, qu'elle espérait proche, elle puisse assister à l'interrogatoire de Gilles Schöeller, avant que Camélia Zampa n'instruise le dossier qui l'enverrait moisir en prison.

Faux, tu le veux mort !

Ce sentiment de vengeance était nouveau pour elle. L'indisposant, il lui donnait simultanément l'énergie de poursuivre, même si elle avait le pressentiment que ça finirait par lui coûter cher.

Par moments, il lui prenait l'envie d'envoyer tout valser, et de se tirer au bout du monde. C'était aussi violent que fugace, car rien ne l'arrêterait tant qu'elle n'aurait pas retrouvé ses collègues. Morts ou vivants.

Tandis qu'ils marchaient en montagne, elle avait longuement discuté avec Franck du sens de la vie, et de l'omniprésence de la mort dans leur métier. De ce serment qu'elle s'était fait à elle-même, au nom d'une fidélité qui, certains jours, lui paraissait démesurée.

Ces conversations l'avaient rapproché d'Albertini, et il aurait fallu être sourd et aveugle pour ne pas constater qu'il existait depuis entre eux une profonde complicité. Une compréhension instinctive de l'autre, qu'elle n'avait jamais connue, et une facilité à dire les choses, sans retenue, ou presque, qui la déconcertait.

Bon, Jeanne, t'arrêtes avec ça !

Dans un premier temps, elle n'avait pas fait attention à lui ou, plus sûrement, n'avait pas voulu lui prêter attention. Cet homme rayonnait d'un mélange de sensualité et de détermination qui, ne la laissant pas indifférente, l'impressionnait suffisamment pour qu'elle se tienne à distance.

Dans un deuxième temps, force lui était de reconnaître qu'il ne se passait pas une journée sans qu'elle ne pense à lui. Sans qu'elle n'imagine l'effet de ses mains sur son corps.

Hé, tu lâches…

Arrivée en bas de son immeuble, elle hésita.

Écoutant la rumeur du périphérique qui lui parvenait de loin, elle laissa vagabonder son esprit, et traîner son regard sur la rue déserte et silencieuse. S'asseyant par terre, elle décida de fumer une cigarette avant de rentrer.

D'un côté, elle s'efforçait quotidiennement de rayer Franck de son esprit, redoutant ce qui pourrait se produire entre eux. De l'autre, elle devait se concentrer pour ne pas oublier que Khaled faisait encore partie de sa vie.

Loin de se cacher la réalité, depuis qu'ils vivaient sous le même toit, elle se sentait de moins en moins attirée par lui. Ils faisaient encore l'amour, comme on exécute un rituel, ou pour que le corps exulte. C'était agréable, mais elle songeait que ça l'aurait été tout autant avec un autre. Voire plus.

Pourquoi fallait-il qu'elle se soucie ainsi de sa vie intime, alors qu'elle devait mettre la main sur Schöeller ? Et que toute son énergie aurait dû être dirigée sur cet unique but.

Fred, Irma…

Soudain, elle éprouva de la difficulté à respirer.

Oppressée, elle se releva précipitamment. Inspirant à pleins poumons, elle finit par se calmer et l'angoisse, qui l'avait si brutalement assaillie, cessa de lui broyer la poitrine. Lentement, elle se laissa choir sur le trottoir, alluma une autre Camel, non sans ressentir une violente envie de boire qui mit plusieurs minutes à s'estomper.

– Culpabilité de merde !

Toute sa vie, jusqu'à son choix d'entrer dans la police, avait été orchestrée par une immense et dévorante culpabilité. Et derrière ce sentiment se nichait l'impuissance.

Et, encore plus loin derrière, la peur.

Celle de l'enfant qui croisait les doigts chaque jour en rentrant de l'école, espérant que son père serait là. Elle conservait intact le souvenir des gardes du corps qui ne lâchaient pas d'une semelle le juge Debords. Et celui de la pesanteur qui les accompagnait lors des rares repas qu'ils prenaient ensemble.

Celle de surprendre sa mère en train de pleurer et de s'essuyer les yeux à la va-vite, en affirmant que tout allait bien. Sans réaliser que son attitude était aussi ingérable que déstabilisante pour sa fille.

Celle de se fâcher irrémédiablement avec son frère, et qu'elle soit responsable de cela. Celle, enfin, de voir son univers s'écrouler sans raison apparente.

En définitive, cette absence de raison était la pire des choses.

Soudain, il lui apparut clairement que rien ne l'obligeait à faire montre d'une telle loyauté envers ce passé de souffrances. Qu'il était plus que temps de cesser de le convier quotidiennement à un détestable rendez-vous.

Plus facile à dire qu'à…

Il est vraiment temps de laisser tout ça reposer en paix, se dit-elle. À force de ressasser, je me transforme en prédateur qui irait se vautrer sur la carcasse de ses proies, juste pour s'en remémorer le goût. Comme si je n'avais pas assez à faire avec mon présent !

En devenant flic, elle avait trouvé le moyen de juguler ses peurs, en s'impliquant dans des affaires aussi rebutantes que complexes. Elle s'était endurcie au contact de la rue, puis à celui des tueurs qu'elle avait pistés et appréhendés. Mais depuis Schöeller, sa carapace se fissurait.

Aujourd'hui, la culpabilité portait deux noms : Fred et Irma. L'impuissance et la peur, un seul : Schöeller.

Croisant les doigts pour conjurer elle ne savait quel mauvais sort, elle se promit de tous les retrouver, respira lentement et se sentit mieux. En douceur, elle écarta l'image de Fred et d'Irma.

— Bon, ma vieille, faut y aller !

En montant les escaliers, elle s'aperçut qu'elle était heureuse de rentrer chez elle, et même de retrouver Khaled. Le désir se mit à pulser dans son ventre.

Tout était silencieux.

Elle passa par la cuisine boire un verre d'eau et, sans faire de bruit, pénétra dans sa chambre. Le lit était vide. À croire que personne n'y avait jamais dormi. Son rythme cardiaque s'accéléra à peine en apercevant une enveloppe sur la couette.

La lettre à la main, elle se dirigea vers la salle de bains, fit couler l'eau, y versa un mélange d'huiles essentielles, huma le parfum de la bergamote, de la lavande et de la myrte, alluma des bougies, ouvrit la fenêtre et s'écroula sur le sol, en larmes.

En sortant de la baignoire, elle avait retrouvé son calme.

S'épongeant face au miroir, elle s'observa, évalua les traces de son récent amaigrissement ; là où elle avait refait du muscle. Apprécia le reflet de ce corps longtemps négligé. Se contorsionnant, elle nota le développement musculaire du dos, la marque laissée par une pierre lors d'une chute en montagne. Celle qu'elle portait en dessous de la nuque, souvenir d'une enquête à Caen où elle s'était blessée en tentant de s'échapper d'une cave[1].

Son regard se posa sur ses fesses, qui représentaient le pouvoir, si elle en croyait son ancien psy. Estimant que « son pouvoir » était suffisamment affermi, elle enfila un tee-shirt et se glissa sous la couette, qu'elle repoussa. Malgré l'absence de Khaled, il faisait bien trop chaud.

Incapable de trouver le sommeil, elle entama un roman de science-fiction, sans parvenir à se concentrer. Exaspérée, elle se leva et se servit un verre de Chinon, s'assit sur le canapé et, balayant la pièce du regard, constata qu'il n'y avait plus une trace du bref passage de Khaled.

À croire qu'il n'est jamais venu ici…

Était-ce aussi simple que ça ?

– Pour une fois que je laissais un homme entrer dans ma…

Elle interrompit le cours de ses pensées, car un autre homme remontait d'un passé si lointain qu'il lui fallut un temps pour le reconnaître.

Grimaçant, elle repoussa ce souvenir d'un amour qui l'avait meurtrie l'année de ses vingt-quatre ans, jusqu'à lui donner le goût de mourir, et vida son verre. Pour cet homme-là, elle se serait damnée.

Complètement idiot !

Vingt ans plus tard, ça lui semblait à peine croyable. Pouvait-on réellement se tuer par amour ? Ou ce que l'on s'imaginait être de l'amour ?

1. *Pour toutes les fois*, Folio Policier n° 374.

Secouant la tête, elle décida d'aller se coucher. Se tourna et se retourna encore longtemps. Pour finir par s'endormir au petit matin, épuisée d'avoir lutté pour ne plus voir surgir le visage de Frédéric Parthenay ou celui d'Irma Buget.

6

Septembre
7 h
Hendaye

Comme chaque vendredi matin, le lieutenant Lily Naips se rendit à La Laguna, où elle donnait bénévolement un coup de main depuis deux ans. Tandis qu'elle garait sa moto, elle sut qu'il y avait un problème. Il régnait un silence inhabituel, et les volets n'avaient pas été ouverts.

Elle trouva Anita assise sur une chaise, les bras ballants et l'air accablé. Lorsqu'elle leva sur elle deux yeux bleu lavande, cernés et rougis de fatigue, son cœur battit plus vite.

– *Egun on*, Lily.

– Bonjour, Anita… Qu'est-ce qui se passe ?

– On ne t'a rien dit ?

Lily brancha la cafetière et attrapa une chaise.

S'exprimant avec difficulté, Anita lui expliqua que le mari de Maria Conception avait débarqué armé d'un fusil, tiré sur tout ce qui bougeait et blessé deux femmes. Pedro, le jardinier, était dans le coma.

Lily versa du café dans deux bols, et revint s'asseoir.

— Comment ça se fait que t'es pas au courant. Les flics sont venus... trop tard, mais bon...

— Hier, c'était mon jour de congé, et je ne suis pas encore passée au commissariat.

Elle se sentit soudain coupable de ne pas avoir été là, d'être allée se promener en forêt. D'avoir pris le temps de méditer sur son existence.

Une fois par mois, Lily s'offrait une journée entièrement consacrée à la réflexion, où elle ne faisait rien d'autre que penser à elle et aux choses de sa vie. En général, elle partait tôt le matin, avant l'aube, et s'en allait marcher, s'asseoir sur le dos d'une colline, avant de redescendre au crépuscule, à travers les chênes centenaires.

— Tu sais, Lily, parfois ça me tue d'être ici. Tant d'efforts, et puis... pffft, un coup de fusil, et c'est fini. Tu connais Simone ? Bon, tu vois, elle, avec sa vie de paysanne, ses six grossesses et son ivrogne de mari, ça paraît une vie de merde, hein ? Et ça l'est, Lily, ça l'est ! Sauf qu'il y a pire...

Lily l'entoura de ses bras.

Rigidifiée, Anita sentait la grisaille et la sueur de ceux qui ont eu peur. Elle ne l'avait jamais vue si désemparée. Cela lui fit l'effet d'un vieillissement prématuré. Du bout des doigts, Lily effleura sa joue, effaçant mentalement les plis de tristesse et de lassitude qui assombrissaient son visage.

Fin août, elle avait remarqué sa nervosité et ses

sautes d'humeur, une détresse qui suintait à la surface de sa peau. Les événements récents n'expliquaient en rien ce changement survenu chez Anita. Cette frayeur qui lui ternissait le regard. Il se passait autre chose qui bouleversait son amie, et qu'elle se promit de découvrir.

— Le pire, Lily, c'est ce qu'a fait Maria Conception. Qui aurait pu imaginer ça ? Tu crois que t'as déjà connu toute la merde du monde, et puis…

— Qu'est-ce qu'elle a fait ?

— Son mari, il hurlait qu'il la retrouverait et qu'il la tuerait. Un fou ! Un pauvre fou. Bon, Maria… *Ostia !* Me demande pas comment c'est possible une chose pareille, Lily, ne me demande pas !

Elle s'effondra en larmes, lui raconta la grossesse et l'amaigrissement forcé, le refus de la maternité et l'accouchement. L'enfant qui avait quitté le placenta pour chuter la tête la première dans la cuvette des toilettes.

— Infanticide, qu'ils ont dit tes collègues. Y avait un p'tit jeune, là, qui était tout retourné en entendant ça. Parce que le père, le mari de Maria Conception, quand il n'a plus eu de balles, il est tombé à genoux en sanglotant, et il a tout déballé. C'est lui qui a trouvé l'enfant, en rentrant de la pêche…

Elle fit une pause. Lily en profita pour lui apporter un verre d'eau.

— Tu sais, Maria, elle arrivait de Vera de Bidassoa, alors ça lui a pris du temps à son époux pour penser à venir ici. Dix jours qu'il lui a fallu. Y a trop de misères, Lily. Trop.

D'un bras mou, elle lui indiqua la pièce d'à côté.

— Va voir si c'est pas du gâchis, ça !

— Pourquoi tu m'as pas téléphoné ?

Anita haussa les épaules.

— Ça aurait servi à quoi que tes yeux voient une merde pareille, hein ? Tu sais quoi ? Le plus moche, c'est que Maria, elle s'est tirée, il y a quatre jours. Tu te rends compte, son mari qui vient pour elle, qui blesse tout le monde, et Maria…

Le téléphone sonna.

Alourdie par le chagrin, Anita se leva et décrocha. Au son de sa voix, Lily comprit qu'une autre femme appelait au secours. Instantanément, elle retrouvait fougue et combativité.

Pénétrant dans la salle commune, Lily y découvrit un désordre indescriptible.

Sur le panneau d'informations, elle lut la citation de la semaine, un rituel auquel s'adonnait Milène, femme de ménage et pilier de La Laguna.

« L'envie de réussir chez une femme est une névrose, le résultat d'un complexe de castration dont elle ne guérira que par une totale acceptation de son destin passif. » Freud.

Autour, au feutre rouge, quelques réactions : Quel con ! À mort ! Punaisée à côté, toujours sous l'impulsion de Milène, une feuille blanche, avec pour titre : Vos commentaires et suggestions.

Elle estima qu'elle en aurait pour une heure à ranger, ensuite elle se rendrait au commissariat.

Depuis 2001, le Consorcio Bidassoa-Txingudi, réunissant Hendaye, Irún et Hondarribia et participant au plan État-Région de Bayonne-Saint-

Sébastien, avait nécessité l'agrandissement et la transformation de l'ancien poste de police de Hendaye.

Le Pays basque n'était pas seulement fier de ses traditions, mais également engagé dans son développement économique. On parlait de la géopole basque et, ici, l'Europe se vivait déjà pleinement. Conjointement à cette expansion économique, les fraudes et la criminalité allaient croissant.

Ayant brillamment réussi ses examens, Lily s'était vu attribuer un minuscule bureau où elle traitait certaines affaires en toute confidentialité.

Qui appelait-on lorsqu'un mari battait sa femme ? Qui dérangeait-on au milieu de la nuit pour empêcher un homme d'en tuer un autre, dans un bar ou une station-service ? Qui venait-on voir lorsqu'on avait été cambriolé, dépouillé, violé, agressé ?

Un flic.

Tout en relevant une table, elle se dit qu'elle était au bon endroit, et que ça en valait la peine. Que ça devait en valoir la peine.

De l'autre côté du mur, Anita achevait sa communication, se demandant où était passée la petite Nadège. L'angoisse lui brassait les intestins. Quelque chose n'allait pas. Quelque chose se préparait, à l'ombre de sa raison et de son monde. Et cette chose était malsaine.

Anita secoua la tête, contrariée par ses pensées.

Repoussant son bol de café, elle alluma une cigarette, survola la salle d'un regard fatigué. Regarda l'heure à l'horloge murale, et s'accorda une demi-heure de pause supplémentaire.

L'accusation d'infanticide portée contre Maria Conception, une femme dont elle ne savait pratiquement rien, l'avait bouleversée. Elle ne comprenait pas cet acte, et n'avait pas envie de comprendre. C'était au-dessus de ses forces, et ça venait mettre en péril tout ce pourquoi elle s'était battue depuis des années.

– Ne te mens pas à toi-même ! C'est Xaver qui te met dans cet état, lâcha-t-elle, excédée.

Et puis, il y avait eu cet appel de Cœur Bleu, une autre association qui distribuait des repas et des vêtements aux plus démunis. Sa tension grimpa brutalement, à en avoir les bras douloureux.

Nerveuse et indécise, elle coinça derrière son oreille une mèche de cheveux blond cendré. Elle se sentait vide et laide, accablée par le poids des années. De ce travail qu'elle pensait vain certains jours.

Jouant avec une boucle en cuivre, ornée de pierres vieux rose, de ses yeux bleu lavande, elle mesura les dégâts causés par l'époux de Maria Conception. Se levant, elle croisa son reflet dans une glace – yeux gonflés et peau flétrie.

Son regard traversa la fenêtre, accrocha le bleu du ciel. La mer scintillante, étale. Une colline ronde et douce, entre ocre et vert et, au loin, les feuilles des arbres où les roux et les rouges le disputaient à l'or et l'ambre de l'automne.

Bon sang, Anita, remue-toi !

Reconnaissant les premiers signes d'une hypoglycémie, elle avala une poignée de raisins secs, se prépara un café et se coupa un morceau de fromage de brebis, piquant et salé. Elle devait manger et récupérer, sinon elle n'arriverait jamais à réfléchir correctement.

Confortablement installée face à la mer, l'odeur du café et du pain grillé se mêlant à l'air marin, elle eut soudain envie de pleurer. Se mordit la lèvre inférieure et se sermonna. Il fallait qu'elle prenne une décision.

Non seulement Maria Conception s'était fait la malle, mais l'employeur de Nadège l'avait appelée pour lui dire que, puisqu'elle ne s'était pas présentée depuis deux jours, il la virait. Nadège était la plus jeune des résidentes du moment. La plus fragile aussi. Une simple, disait Paul.

Une enfant, se dit-elle, non sans colère en repensant à son petit copain, un concentré de brutalité et de bêtise, qui l'avait battue « à mort » plus d'une fois.

Elle fut interrompue par Clara, en apparence indifférente au chaos qui avait dévasté La Laguna.

— Ça va ?

Les yeux lointains, Clara la fixait sans la voir.

— Comme un matin, Anita. Tranquille.

Anita se demanda à quoi elle s'identifiait aujourd'hui.

Hier, c'était un machaon. Avant-hier, un sphinx tête-de-mort. Deux fois par jour, durant quelques minutes, comme pour ouvrir et fermer la journée, elle se prenait pour un papillon.

Et alors ?

Chaque matin, Clara se levait, pour s'incarner en papillon.

Chaque soir, lorsque le soleil redescendait à l'horizon, elle se brûlait aux lampes de sa chambre ou du couloir, virevoltait en aveugle, puis s'en allait mourir. La nuit venue, elle s'endormait en boule, se rêvait chrysalide. Pour renaître le lendemain, dans la peau éphémère d'un autre lépidoptère.

Valérie, la psychologue, avait évoqué une altération de la sensation de l'identité, mais ça signifiait quoi, finalement ?

Qu'aujourd'hui Clara se prenait pour un papillon ; qu'hier elle se croyait poursuivie par un pyromane fou amoureux d'elle. Un sentiment dont l'expression consistait à incendier l'élue de son cœur, au moins une fois par jour… Et la peau douce de Clara se mettait à cloquer, sans aucune cause physiologique. Puisque l'amoureux solaire n'existait que dans son mental, instable et fragile. Comme l'indiquait son dossier.

Anita suspectait Clara de tenir les autres à l'écart, à une distance respectable et supportable, en se faisant passer pour plus folle qu'elle n'était.

Oui, mais les cloques ?

Ça ne l'empêcherait pas de vivre, avait jugé bon de préciser Valérie, avant de repartir dans son monde feutré. De survivre, avait corrigé Anita.

— Tu veux un café, Clara ?

— Faut que je me trouve un boulot.
Pas si dingue que ça !
— Va te chercher une tasse. On va en discuter.
Docile, Clara s'exécuta.
Une bouffée de frustration envahit Anita.
Maria. Nadège.
Et Saverio…

7

Septembre
9 h 25
Hendaye

Au commissariat, on ne parlait que de l'incident survenu à La Laguna qui, au cours de la matinée, se transforma en homicide lorsqu'ils apprirent la mort du jardinier.

Enfermée dans son bureau, Lily Naips rédigeait des rapports qui traînaient, bouclant au passage deux ou trois choses « oubliées » par le commissaire Birixan.

— Lily ? Faudrait qu'on retourne à La Laguna.

— Tu veux pas demander à quelqu'un d'autre ?

— Y a plus personne, viennent tous de partir pour un accident sur la N.10, vers Ciboure, je crois. Et puis, tu les connais bien, toi, là-bas.

— Justement…

Elle aperçut son air ennuyé. Il venait à peine d'intégrer l'équipe.

— *Asto pitoa !* lâcha-t-elle.

Elle avait du boulot par-dessus la tête et avait prévu de mettre ses dossiers à jour.

— T'as dit quoi, là ?

— Quoi ? Ah... *asto pitoa*, ça veut dire : queue de l'âne.

— Queue...

— Laisse tomber, Damien.

Maugréant, elle abandonna ce qu'elle faisait. Deux minutes plus tard, elle s'engouffrait dans une voiture, et conduisit un peu rudement pour son partenaire.

— C'est du basque ?

— Quoi donc ?

— Achropit...

— *Asto pitoa*... T'arrives d'où déjà ?

— De Saint-Denis, banlieue parisienne.

— Fait froid, là-bas, non ?

Un quart d'heure plus tard, elle pilait devant La Laguna.

— Bon, Damien, tu me laisses faire, pour les questions, je veux dire.

Il opina du chef et la suivit, quelque peu intimidé par cette femme, grande et musclée, aux yeux noisette, légèrement en amande, doux et perçants à la fois. Au sourire enjôleur, comme disait Nico. On l'avait mis au parfum, une heure après son entrée dans la brigade : pas touche à Lily, et respect !

Elle s'était fait une épaisse natte qui lui arrivait à hauteur d'épaules et se balançait au rythme de sa marche. De ses hanches.

*

— Lily ? Mais tu fiches quoi ici ? s'exclama Anita.

— J'ai une mauvaise nouvelle… Pedro, il est mort.

Anita se laissa tomber sur un gros pouf déglingué. Lily en profita pour lui présenter Damien et sortir son bloc-notes.

— En dehors de toi, qui est là ce matin ?

— Clara et Maïe, elles sont dans leur chambre, les autres sont au boulot. Faut que je te dise…

Sur le qui-vive, Lily s'approcha.

— Chez les hommes, on a… enfin, Paul, il croit que Bruno s'est tiré…

— Avec Maria Conception ? s'écria Lily.

Anita la regarda, interloquée. Il lui fallut quelques minutes pour comprendre ce qu'elle disait. Elle partit d'un long rire, doux et triste, nerveux.

— On n'avait pas pensé à ça, mais ça m'étonnerait. Où tu vas chercher des trucs pareils ?

— Paul est là ?

Anita hocha la tête.

— Où veux-tu qu'il soit ? confirma-t-elle d'un ton las.

Lily fit signe à Damien de la suivre, traversa le jardin et se rendit dans la partie réservée aux hommes. Dans son bureau, Paul faisait sa comptabilité. Quoi qu'il advienne, Paul Oçafrain tenait journellement les comptes de l'association. Manifestement, ce matin, ça l'aidait à tenir le coup.

— Salut, Paul.

— *Egun on*, Lily.

Il darda un regard pointu en direction de Damien qui se sentit rapetisser.

– C'est qui, lui ?

– Un nouveau collègue.

– Et Birixan, ça le gênerait de se bouger, hein ?

– Il part en vacances…

– Ah ! Parce que d'habitude, il bosse ? Allez, Lily, on sait tous à quoi s'en tenir.

Elle ne put établir s'il faisait allusion à l'attitude professionnelle de Birixan ou à autre chose.

– La honte du homard et la paresse du loukoum, cet homme-là, ajouta-t-il, un peu cassant.

– Pardon ?

– Rien… Anita t'a dit pour Bruno ? Moi, je trouve ça curieux, si tu veux savoir. Parce qu'il n'avait aucune raison de partir comme ça, le Bruno. Aucune. Et pas un rond en poche, alors, dis-le-moi, toi, pourquoi serait-il parti, hein ? Comme un voleur, et sans même dire au revoir.

– Je sais pas, Paul, ça vous arrive parfois, non ? qu'un gars s'en aille, sans rien dire.

Il se frotta une épaule, épaisse et musclée.

Mesurant plus d'un mètre quatre-vingts, il conservait un physique d'ancien joueur de rugby. Sa peau était tavelée par le soleil et le vent, et une vie au service des autres. Son visage exprimait la volonté et la franchise, et ses yeux la bonté. Avec, au fond, quelque chose d'incertain qui s'allumait et s'éteignait, comme une lumière capricieuse.

– Non, Lily. Jamais. Ils viennent toujours te remercier.

– Et Maria Conception ?

Il lui jeta un drôle de regard. Entre hostilité et stupéfaction. Paul Oçafrain avait le sang chaud et s'emportait pour un rien, s'en excusait perpétuellement. Et recommençait.

— Tu crois pas que… Non !

Il tapa sur son bureau de sa grosse main, épaisse et rugueuse.

— Avec Maria ? Écoute-moi bien, Bruno, il ne savait même pas qu'elle existait. D'accord ?

Elle hocha la tête. Pas la peine de s'énerver.

— Faut que je te dise, Pedro est mort.

— *Ostia !* Bon, je vais m'en occuper, parce que, aujourd'hui, il faut me la ménager, Anita. Tu veux autre chose ? aboya-t-il en se levant.

— On fait quoi pour Bruno ?

Il se gratta l'oreille, promena son regard dans la petite pièce encombrée de dossiers et soupira.

— Rien. On ne fait rien, Lily. Qu'est-ce que tu veux, c'est un adulte, s'il a fichu le camp…

— Il a pris ses affaires ?

— Ben non justement, même pas ses fringues de boulot, c'est comme ça qu'on a su, quand Milène est venue faire le ménage.

— À quelle heure ?

— Je dirais bien vers 9 h 30 ou 10 heures.

— Tu peux être plus précis, fit-elle en ouvrant son carnet.

— *Lasaï*, Lily ! Tranquille ! C'est pas le plus important aujourd'hui. 9 h 30 ou 10 heures, ça change quoi ?

— Il a dîné ici, hier soir ?

— Non, pas que je me souvienne. Jacques n'était

pas là, c'était sa soirée, alors j'étais aux fourneaux… Bon, là, je dois m'occuper d'Anita, et puis de Pedro…

— Merci, Paul, au revoir.

— *Adio*, Lily.

Il fit un petit signe à Damien et vida les lieux.

— Tu le laisses partir ? fit ce dernier, étonné.

— Tu proposes autre chose ?

— Heu… non.

— Alors, on s'en va. Là, faut leur foutre un peu la paix.

— Mais… et le jardinier ?

— Il est mort, non ? Alors, ça presse pas. Autant s'occuper des vivants. En route !

En ouvrant sa portière, Damien croisa le regard de Lily.

— Dis, et si on l'avait enlevé ?

— Qui ça ?

— Bruno…

*

Quelque chose lui tapait sur les nerfs.

Et cette chose impliquait le départ de Saverio.

Je deviens folle !

Anita avait retrouvé, quasi intact, ce sentiment d'insécurité qu'elle avait éprouvé des années auparavant. Pourquoi n'avait-elle rien dit à Lily ? Pour Saverio, et pour Xaver. Elle se frotta les avant-bras, résista à l'envie de faire demi-tour, de reporter à plus tard, et poussa la porte du bureau de son frère.

— Paul, faut qu'on parle.

— Assieds-toi. Tu me fais peur, t'as vu ta tête ?

Lui trouvant l'air anxieux, elle mit toute son énergie à lui sourire. Ça faisait combien de temps qu'il était veuf ?

— Ça va aller, faut que je me remette. Saverio…

Paul se cala dans son fauteuil.

— Anita, depuis qu'on tient La Laguna, combien on a eu de résidents qui sont partis sans rien dire ? Dis, tu veux pas t'asseoir, là ?

Elle hocha la tête et s'exécuta.

— Aucun, Paul, et tu le sais bien. Jamais personne n'est parti d'ici sans venir nous dire au revoir. Jamais.

Il retira ses lunettes, se frotta les yeux.

— Saverio… tu en as parlé à Lily ?

— Non, et ne me demande pas pourquoi.

Elle eut un geste de la main. Sentit la lassitude revenir et la nausée s'installer.

— Faut que t'ailles lui dire.

Elle le contempla un instant, se demanda depuis combien de temps il n'avait pas fait l'amour, soupira et se releva, songeant que La Laguna le dévorait chaque jour un peu plus. Et que ça semblait parfaitement bien lui convenir.

— Saverio, reprit Paul, c'est grave, faut lui en parler, et vite.

— Ça fait quoi, trois jours ?

Il hocha la tête, se passa une main dans ses cheveux poivre et sel, encore épais. À quarante-quatre ans, elle le trouvait séduisant, fort et rassurant. Capable d'émouvoir une femme.

– J'irai voir Lily. Au plus tard demain. Et Jacques, tu l'as prévenu ?

– T'inquiète, il sera là pour le repas de midi, tu peux compter sur lui.

– C'est juste qu'il est un peu trop absent ces derniers temps… Il va mal ?

– Difficile à dire avec lui. Laisse-moi régler ça, t'as assez à faire avec les femmes.

Son regard effleura les touches du téléphone.

Depuis la veille, il avait décidé qu'il était temps de prévenir le fils d'Anita du retour probable de son père. La colère lui brouilla la vue. Pour masquer son malaise, il fit l'effort de lui sourire, soupçonnant que sa sœur n'apprécierait ni son initiative ni ses cachotteries.

Tant pis ! Le gamin a le droit de savoir, bougonna-t-il intérieurement.

Si Anita avait été moins préoccupée, elle aurait remarqué que son frère ne se comportait pas normalement. À son grand soulagement, Paul la vit s'en aller. Droite, les épaules légèrement rentrées, elle quitta son bureau, se demandant comment le cours d'une vie pouvait changer aussi radicalement en quelques heures.

Son inquiétude pour Saverio augmenta d'un cran.

Mais pourquoi ? Pourquoi donc était-il parti sans rien dire ?

Depuis trois ans qu'il résidait à La Laguna, Saverio s'était pris d'affection pour chaque résident, déployant des ressources inattendues pour gérer les problèmes de logistique inhérents à une telle structure. Et les peines de cœur de ces hommes, frustes et égarés, qui s'échouaient chez eux.

À peine lui avait-elle ouvert la porte, un soir de mai, qu'Anita avait su qu'il était hors du commun. Sans aucune hésitation, elle l'avait invité à entrer, et lui avait offert un verre de vin accompagné de chaussons à l'andouille et au confit d'oignons. Puis elle l'avait écouté.

Au bout de la nuit, qu'ils avaient passée sur la terrasse donnant sur le jardin de l'association, elle lui avait raconté sa vie, et des choses qu'elle n'avait jamais songé à confier à qui que ce soit. Même pas à Paul ou à Milène.

Par la fenêtre, elle aperçut Clara qui marchait pieds nus dans l'herbe, les cheveux emmêlés par le vent qui s'était levé. S'écartant, elle gagna sa chambre, prit un gilet et son sac. Son regard s'attarda sur son lit, grand et vide.

Le lendemain de leur rencontre, Saverio emménageait à La Laguna. Le surlendemain, ils étaient amants. Elle frissonna. Se souvint de l'éclat de ses yeux, posés sur elle. Une invitation. Ça l'avait terrorisée, elle qui n'avait connu que l'obligation et l'agression. Il l'avait déshabillée, en douceur et avec lenteur. Elle conservait encore en mémoire sa honte pour ce corps qu'elle avait appris à détester.

Il avait aimé ses seins, lourds et tièdes dans ses mains. Son ventre plat et ses hanches larges. Ses jambes, longues et si minces. Sa peau salée et douce, et la finesse de son cou, hérité de sa mère.

Dans l'oreille, il lui avait murmuré de se caresser, et avait fait la même chose, allongé sur le lit, juste à côté d'elle. Ses yeux descendaient et remontaient le long de son corps, à la recherche d'un frémissement, d'une respiration. Intimidée, elle s'était masturbée, fixant son pénis, apprenant quels étaient les gestes qui lui donnaient du plaisir.

Juste avant la jouissance, il s'était enfoncé lentement en elle. L'azur de ses yeux rayonnait. Elle s'y était fermement accrochée, son sexe palpitant contre le sien. Longtemps. Très longtemps après.

Elle avait lu quelque part qu'il fallait faire travailler le cœur qui s'usait quand on ne s'en servait pas, et que les rapports sexuels étaient une bonne manière de le faire.

Depuis trois jours, son cœur manifestait des signes de faiblesse.

Que pouvait signifier son absence, alors qu'il savait qu'elle et Paul seraient obligés de la signaler à la police ?

8

Mi-septembre
8 h 05
Paris

Debords retira son survêtement et fila sous la douche.

En quelques semaines, elle avait fait plus de sport qu'en une vie entière, et savait que cet excès, qui venait en combler d'autres, n'était qu'un moyen supplémentaire de moins penser à Fred et à Irma.

Tous les matins, elle et Franck faisaient le point avec les différents services coordonnant les recherches. Tous les soirs, elle allumait l'ordinateur d'Irma, croisant les doigts pour qu'il y ait un message de Schöeller.

Jour après jour, elle recommençait à fumer, et à boire. Quant à Albertini, il jurait deux fois par jour de tout lâcher, pour se consacrer à sa passion de la montagne, s'ils parvenaient à retrouver Schöeller.

Son portable se mit à sonner.

Jeanne tourna le robinet, attrapa une serviette, et répondit. Lorsqu'elle raccrocha, elle s'aperçut qu'elle tremblait de la tête aux pieds.

Une piste…

Ils avaient enfin une piste !

Se rhabillant précipitamment, elle se précipita en bas de chez elle, et Albertini, visiblement tendu, démarra en trombe, se coulant comme il le pouvait dans les embouteillages. Exaspéré, il actionna le gyrophare et prit des libertés sur le périphérique. Engueulant un automobiliste, il s'engagea en direction de Bordeaux.

– C'est sérieux ?

– Ça a l'air, Jeanne.

Elle perçut son hésitation.

– Ne t'emballe pas. On a tendance à arriver trop tard sur cette affaire.

– Formidable ! Là, Franck, tu me remontes le moral.

– Désolé, mais tout le monde est sur les dents et je n'aime pas ça. Cette planque…

La quatrième qu'ils dénichaient. Combien y en avait-il d'autres ?

– Une équipe est sur place depuis une heure, poursuivit-il en doublant une voiture. La substitut du proc' aussi. Ils ont suivi la procédure. On a été prévenus immédiatement.

– C'est où ?

– Un trou paumé du côté de Poitiers. Franchement, Jeanne, ça m'étonnerait que ça donne quelque chose.

— Alors pourquoi on y va ? s'énerva-t-elle.

Il avait sans doute raison, et elle le savait.

— Pour vérifier. Au cas où. Faire notre boulot, et parce qu'il y a tout de même des cadavres qui nous attendent.

— Comment savent-ils qu'il s'agit de Schöeller ? fit-elle, certaine de connaître la réponse.

— Il y a un message à ton attention. C'est pour ça que je veux que tout le monde reste calme. Je ne crois pas qu'on trouve quelque chose de probant. Disons que c'est une intuition, fit-il, s'efforçant de sourire.

Regards en coin.

Elle aurait voulu lui dire quelque chose de blessant, simplement parce qu'il demeurait réaliste. À force de le côtoyer vingt-quatre heures sur vingt-quatre, elle avait appris à décoder ses humeurs et savait qu'il ne cherchait qu'à la protéger. Contre elle-même, ses illusions et la douleur.

— Jeanne, Schöeller ne donne jamais rien qui puisse servir l'enquête.

— Je sais.

Elle passa un coup de téléphone, s'entretint longuement avec la substitut du procureur. D'une voix atone, celle-ci lui confirma la présence d'un message pour elle, ainsi que celle de deux morts. Une femme et un homme.

Son cœur eut un raté.

— Vous pouvez me les décrire ? articula-t-elle péniblement, un regard en biais à Franck qui avait « omis » de lui parler de ça.

Sur les nerfs, elle écouta la description qu'on lui faisait et sa tension baissa graduellement. Après avoir obtenu satisfaction et confirmation que la scène de crime resterait indemne jusqu'à leur arrivée, elle raccrocha, les nerfs à vif.

— Range-toi.

Il la regarda, sans comprendre.

— Arrête-toi !

— Mais…

— C'est un ordre, Franck. Arrête-moi cette putain de voiture !

Il freina et se gara sur le bas-côté, sans éteindre le moteur.

D'un même mouvement, ils sortirent de voiture et allumèrent une cigarette. Le gyrophare clignotait sous un soleil de plomb, et les automobilistes ralentissaient les uns à la suite des autres.

La peur du gendarme ou le goût du spectaculaire, songèrent-ils.

— Vas-y, je t'écoute, lâcha-t-il, plus calme.

— Pour commencer, tu aurais dû me dire qu'il y avait deux corps, celui d'un homme et celui d'une femme !

Il se frotta le menton, accusa le coup et hocha la tête, la fixant droit dans les yeux. Imperturbable, elle soutint l'échange.

— Ça ne se reproduira plus, commissaire.

Certaine d'avoir été comprise, elle lui rapporta sa conversation avec la substitut.

— Pour finir, on va aller dans ce bled, Franck, même si c'est pour rien. On va rentrer, et on va continuer à envoyer des bouteilles à la mer. Mais pendant combien de temps ?

— Tu penses qu'on va... nous faire comprendre que ça traîne en longueur ? Malgré ce nouveau meurtre ?

Elle hocha la tête, écrasa son mégot et s'assit dans l'herbe.

— Je n'ai rien demandé concernant la façon dont a été effectué ce double assassinat...

Sauf un descriptif des corps, pensèrent-ils simultanément.

Irma, Fred, tenez bon !

— ... mais ça a l'air moche.

S'ébouriffant les cheveux, elle tenta de faire le vide en elle. Respira plusieurs fois de suite et se tourna vers Albertini qui grillait une Gitane.

— Et le contenu du message ? voulut-il savoir.

— Ils n'ont rien voulu toucher. On le découvrira sur place.

— Qu'est-ce qu'on va faire, Jeanne ? On ne peut pas...

— On n'abandonne ni Fred ni Irma, ni cette saloperie d'affaire. Faut s'y prendre autrement, ou on finira tous à l'asile. Pour commencer, une fois rentrés, on retournera cuisiner Duvivien[1]. Va falloir que ce toubib de malheur nous en dise plus !

Ils se turent un moment.

— T'as remarqué, on descend de plus en plus vers le sud.

1. Associé de Schöeller, voir *N'oublie pas*, Folio Policier n° 472.

Debords enfonça ses yeux gris ardoise dans les siens. Il détestait cette façon qu'elle avait de transpercer les gens.

— Tu veux bien répéter ?

— Que de planque en planque, on descend vers le sud.

D'un même mouvement, ils se remirent debout et reprirent la route.

— Mollo, Jeanne, ça ne veut peut-être rien dire.

— Si. Il cherche… Non, il sait où il va. Tu as raison, il descend, et il ne le ferait pas si ça ne faisait pas partie de son plan.

— Tu le surestimes.

— On l'a trop sous-estimé. Beaucoup trop.

Albertini haussa les épaules. Il en avait marre de Schöeller, de ces journées et de ces nuits passées à gamberger sur cette sordide affaire. Il rêvait d'espace, pur et ignoré des hommes.

— Tu penses à quoi ?

— Que je te dois des excuses pour tout à l'heure. Je n'avais pas à me défouler sur toi. Franck, il cherche quelque chose… un endroit pour reprendre ses activités. La meilleure configuration pour déployer sa stratégie.

— Et il nous laisserait gentiment le suivre ? Je le vois mal dans le rôle du Petit Poucet.

— Tout est calculé, tu peux compter sur lui.

— Et ça nous mène où ?

— Va savoir. Quelque part dans le sud.

— C'est maigre.

— C'est tout ce qu'il nous donne. Faut le prendre, et en profiter.

Soudain, une pensée se présenta à elle. S'enfonçant dans son siège, elle la laissa prendre place dans son esprit surchauffé. Sentit son cœur sauter un battement.

— Franck, tu te souviens des messages de Schöeller ?

Comme s'il pouvait oublier !

— On n'a encore rien trouvé qui puisse nous…

— Arrête, Jeanne.

— Je t'ai posé une question.

— D'accord ! C'est vrai qu'on n'a aucune preuve de leur mort. On en a parlé cent fois, tiens, pas plus tard qu'hier soir !

Elle se passa nerveusement une main dans les cheveux.

Il résista à l'envie de lui dire de faire attention à elle.

— Vas-y, Jeanne, dis-moi à quoi tu penses.

Elle prit une longue inspiration et lui fit part de son raisonnement.

— Je ne peux pas te suivre, là, Jeanne. Terrain glissant. Tu vas péter un plomb !

Il soupira, tapa de la paume de la main sur le volant. L'impuissance le submergea, puis se retira, comme une vague lèche le sable et s'écarte. Pour mieux revenir.

— Franck, je ne suis pas en sucre, et Schöeller ne m'a pas encore eue. Alors, cesse de flipper comme ça. On en reparlera le jour où il me tirera une balle dans le dos.

Il ferma les yeux. Les rouvrit aussitôt.

La circulation était désormais fluide et il aurait aimé pouvoir les fermer définitivement sur cette affaire qui le minait. Sur ce danger qui pesait sur Jeanne, et qui se précisait, de cela il était certain. Ce qui était arrivé du côté de Poitiers annonçait un tournant.

— Continue, fit-il, étonné de l'assurance de sa voix.

— Des traces, Franck, à chaque fois. Il descend, et à chaque fois on trouve des traces. Un cheveu, une particule de peau. Un cil.

— Il est capable de trimballer leurs dépouilles, ou d'avoir fait des prélèvements, lâcha-t-il aussi doucement que possible.

— Je sais, on en a déjà discuté. Mais ça reste une éventualité.

— Je crois plutôt qu'il est prêt à tout pour te rendre dingue. Et qu'il te balade d'un bout à l'autre de la France en te laissant espérer qu'ils sont encore vivants.

Le Fou prend le Cavalier et menace la Tour…

— Rien n'indique que le Fou tue le…

La voix d'Albertini se fit suppliante.

— Jeanne… S'il te plaît.

Mais Debords ne l'écoutait plus. Elle se raccrocherait à un fantôme d'espoir s'il le fallait. Durant une bonne demi-heure, elle téléphona, interrogeant, questionnant et donnant des ordres. Lorsque la batterie de son portable fut à plat, elle demanda à Albertini de s'arrêter pour faire une pause.

– Franck, j'ai besoin de croire qu'ils sont vivants. Pour continuer. Pour qu'il y ait un ordre du jour chaque matin.

Sinon…

Un gobelet à la main, elle fuma une cigarette devant la boutique de la station-service. Le regard perdu en direction du sud.

9

Mi-septembre
9 h 55
Quelque part

Assise sur une chaise inconfortable, elle osait à peine respirer.

Une petite voix intérieure lui prédisait qu'elle allait passer un sale quart d'heure, et qu'elle l'avait bien cherché ! Elle s'entendit lui répondre qu'elle n'avait rien fait de mal. Qu'elle avait été sage. Très sage.

La panique remonta le long de ses veines, de ses nerfs, léchant chaque millimètre de sa peau. Son rythme cardiaque se modifia dangereusement et ses mains devinrent moites. Elle aurait aimé hurler, mais n'y parvenait pas. Les mots semblaient s'évanouir, obstruant sa gorge.

Elle aurait voulu se lever et courir droit devant elle, mais ça lui était tout simplement impossible. Ses jambes ne lui obéissaient plus. Elle avait tant espéré qu'il ne reviendrait plus. Mais il était là.

Dans l'encadrement de la porte, un sourire carnassier aux lèvres.

Elle souhaita mourir, pour qu'il ne la tue pas. Pour qu'il ne la brutalise pas. Pour ne plus entendre cette voix hargneuse qui ne cessait de lui répéter que tout était de sa faute. Comme d'habitude. Comme on lui avait si souvent assené.

Plus il se rapprochait, plus elle écarquillait les yeux.

Lorsqu'il posa ses mains sur elle, sa respiration se bloqua. Elle attendit que viennent les coups. Le cœur fou de terreur. Fermant les yeux, elle se sermonna pour toutes les erreurs qu'elle avait commises dans sa vie. Sa courte vie.

Il tournait autour d'elle.

Seuls lui parvenaient son odeur et le bruit de sa respiration. Pour se donner du courage, elle se raccrocha désespérément à quelques branches d'un bonheur, aussi fugitif qu'ancien. Qui s'effritaient et pourrissaient entre ses doigts.

NON !!! Pas ça.

Il la déshabillait.

NON... pas ça, ne recommencez pas ça !

Pourquoi ne pouvait-elle donc pas s'enfuir ?

S'il vous plaît, ne faites pas ça ! Ne me touchez pas !

Elle eut l'impression qu'il la massait. Qu'il lui mettait une sorte de crème sur les mollets. Alors, au risque que son cœur ne s'arrête définitivement de battre, elle entrouvrit les yeux. Son estomac se souleva.

Au secours !... Aidez-moi !

Avec un soin extrême, l'inconnu étalait une matière grasse sur sa peau qui, de blanche, devint caramel. Lentement, il remonta des pieds jusqu'à la tête, la forçant à se tourner pour lui enduire le dos. Un sanglot énorme remonta de son ventre et s'échoua au bord de ses lèvres gonflées. Sèches et fendillées.

Malgré la répulsion qu'il éprouvait à la toucher, il continua à la recouvrir de ce produit qui lui évoqua vaguement le cirage qu'elle utilisait pour ses bottines. Puis il l'aida à se rhabiller. Rouge de honte, elle ferma les yeux. Pour échapper à la vision de ses mains sur son corps. À son regard. D'un geste ferme, il la fit rasseoir.

Elle l'entendit farfouiller derrière elle.

Au secours !

Ses doigts venaient de se saisir de ses cheveux.

De grosses larmes se mirent à perler à ses cils, roulèrent sur ses joues. Elle adorait ses cheveux, passait des heures à les coiffer et à les caresser. Elle ne possédait rien de plus joli, ni de plus doux. Elle sanglota. Maintenant, elle serait la plus laide. Et tout le monde la repousserait.

Habilement, il sépara la masse de cheveux, non sans ressentir une certaine répugnance. Mèche à mèche, il la coiffa comme l'exigeaient ses projets.

Tête baissée, elle reniflait, docile.

Une telle résignation l'émerveillait.

S'il n'avait eu un plan à réaliser, il aurait pu essayer autre chose avec elle. Repoussant toute pensée parasite, il se concentra sur sa tâche. Lorsqu'il s'écarta, un sourire malveillant illuminait son visage. L'illusion était parfaite. Elle était méconnaissable.

Ouvrant les yeux, elle le fixa une seconde et crut que son calvaire était fini, qu'il allait la laisser partir et rentrer chez elle. Retrouver son univers de peluches et de couleurs vives. De sucreries et d'émissions télévisuelles.

Cette maison, immense et froide, l'épouvantait.

Chez elle, c'était petit, mais tellement rassurant. Comme cette maison de poupée qu'on lui avait offerte quand elle était enfant. Chez elle ? Mais elle n'avait plus de chez elle. Ni de jolie maison ni personne qui l'attendait. Elle poussa un gémissement.

La tenant par la main, il lui fit traverser la cuisine, sombre car les volets étaient fermés, et ouvrit une porte qui donnait sur un escalier. Son emprise se resserra. Elle sentit sa main craquer dans la sienne, s'affola.

Qu'avait-elle fait pour qu'il la punisse et l'enferme à la cave ? Elle ne voulait plus y retourner, elle n'était plus une petite fille désobéissante. Elle avait grandi et fait des progrès.

S'il vous plaît...

Lorsque ses yeux se furent accoutumés à la pénombre, elle découvrit plusieurs personnes allongées sur des matelas de fortune. Endormies. Elle suivit son bourreau qui allait d'un corps à l'autre, une lampe à la main. Il l'abandonna à côté d'un homme.

S'apercevoir qu'elle n'était pas seule lui fit pousser un petit soupir de soulagement. Au moins elle aurait à qui parler. Craintivement, elle s'assit en tailleur, garda ses distances et pleura le plus discrètement possible.

Péniblement, il entrouvrit un œil. Un effort qui réclamait une énergie qu'il ne possédait pourtant plus.

Dans le noir, il entrevit une silhouette qui se déplaçait lentement. Il tenta de bouger, s'appuya sur son bras pour se relever et retomba sur sa couche, inondé de sueur.

Sombrant dans une demi-inconscience, il se sentait encore retenu au bord du monde réel à cause d'un bruit qu'il mit longtemps à identifier : un reniflement.

Des images incohérentes, aussi incompréhensibles qu'un rêve indéchiffrable, lui revenaient par intermittence. Rien de tangible. Rien à quoi se raccrocher pour sortir de cette torpeur. Rien qui puisse se formuler.

Juste un immense vide où flottaient des visions floues et indistinctes. Des nénuphars à la surface d'un étang vaseux, comme autant de morceaux épars d'une vie cinglée par un vent glacial qui obligerait à courber la tête, à fermer les yeux.

Dans le noir, s'imprimant à la surface de ses paupières fiévreuses, revenaient des visages, inconnus ou non reconnaissables. Des voix, lointaines, prononçant des mots hachés qui perdaient leur sens. Des mains qui déclenchaient en lui une vague de terreur. Et puis, de temps à autre, une phrase : tiens bon ! s'il te plaît, tiens bon. Alors, il tenait bon, et refusait cette mort qu'il rêvait douce, et savait inévitable.

Respirant avec lenteur, il ne bougeait pratiquement plus. Il s'enfonçait loin en lui, dans un abysse, obscur mais solide, où il espérait prendre appui et rebondir afin de remonter jusqu'à la surface de son esprit. Là, il aspirerait une énorme bouffée d'air et se sentirait à nouveau vivant.

Un raclement assourdi le tira de son engourdissement. Soulevant ses paupières lourdes, qui résistaient à sa volonté, il aperçut la même silhouette tressauter dans son champ de vision. Puis il reconnut le bruit. Immédiatement il se réfugia au fond de lui.

En silence, il pleura, et tenta l'impossible : ne plus entendre ce rire qu'il haïssait plus que tout au monde. Qui lui déchirait l'âme, et annonçait une cascade d'horreurs à venir. Il sombra sans comprendre que c'était, précisément, à cause de ce rire qu'il était toujours en vie.

Qu'il tenait bon.

10

Mi-septembre
12 h 15
Du côté de Poitiers

Après avoir acquis la conviction qu'il s'agissait de l'un des nombreux repaires de Gilles Schöeller, Jeanne laissa le labo faire son travail. Sans parvenir à se débarrasser d'une impression bizarre.

Elle retraversa chaque pièce de cette maison à l'abandon, observant et humant l'atmosphère, à la recherche d'elle ne savait quoi. Dans la cour, qu'entourait un épais mur, elle resta un moment à fixer les taches de sang sur le pavé.

Pourquoi les a-t-il tués dehors ?

Schöeller avait changé de stratégie. Bouleversant la donne, le psychiatre venait d'abattre une carte inconnue, mais indubitablement prévue de longue date.

Albertini proposa d'aller déjeuner, même si la faim n'était pas au rendez-vous. Uniquement le besoin de se poser quelque part. Du bout de sa fourchette, Jeanne tripotait trois feuilles de salade et deux rondelles de tomate, sans rien pouvoir avaler.

– J'en ai marre, Franck. On se fait manipuler, et on n'avance pas.

– On a pourtant du nouveau, non ?

Les deux victimes de Schöeller avaient été sauvagement tuées au couteau. Puis leur assassin avait entrepris de les dépecer. Il leur manquait la peau du dos et celle du ventre.

– À quoi ça peut lui servir ?

– Du pur sadisme, lâcha Albertini en repoussant son assiette.

– Non, Franck. C'est trop… méthodique. Trop… Et merde !

Le malaise qui ne la quittait plus depuis qu'elle avait mis un pied sur la scène de crime s'accrut.

– On n'ira jamais plus vite qu'il ne nous le permettra, admit-elle en se levant. Son message est très clair là-dessus.

Entre le Fou et la Reine, une seule issue : Échec et… mort !

À bientôt, commissaire.

Ils sortirent fumer une cigarette à l'ombre d'un saule pleureur.

Le ciel était d'un bleu cristallin, et l'atmosphère plus lourde qu'au moment de leur départ. Pas un filet d'air pour les rafraîchir ou faire bruisser les feuilles des arbres, dont bon nombre étaient desséchés, grillés par un été caniculaire.

Ils évoquèrent deux ou trois points et se laissèrent gagner par une vague somnolence. Sans s'en apercevoir, Jeanne glissait dans cet état intermédiaire entre veille et sommeil. Cette zone où la conscience devenait flottante, mais déroulait néanmoins des éléments qui lui restaient auparavant dissimulés.

Elle rouvrit les yeux, tous ses sens en alerte. L'idée qui se faisait jour en elle s'évanouit aussitôt.

Les lieux… quelque chose à voir avec le lieu du crime…

Sans bouger, elle écouta Albertini respirer, perçut le mélange de fragrances qui embaumaient l'air : sa peau très légèrement salée, une odeur de sable chaud et d'herbe coupée ; sur sa gauche, du thym ou du romarin, elle n'aurait su dire ; plus loin, l'âcreté de l'essence ; encore plus loin, les saveurs refroidies qui s'échappaient des cuisines de l'auberge où ils avaient déjeuné.

— Franck ?

— Quoi ?

— Non, rien…

— Vas-y, qu'est-ce qui te préoccupe ?

Elle s'écarta légèrement de lui, alluma une Camel, lui trouva un goût prononcé de miel.

— Quelle a été ton affaire la plus tordue ?

Entrouvrant les yeux, il la scruta et les referma.

— Tu veux vraiment qu'on parle de ça ?

Il attendit un instant, soupira et se lança.

Il n'aimait guère évoquer ce démantèlement d'un réseau pédophile auquel il avait participé, quatre ans auparavant. Il ne supportait pas tout ce qui touchait aux enfants, et gardait de cette intervention un goût saumâtre dans la bouche. Il recherchait l'assassin d'une jeune fille quand il était tombé sur un indic des Mœurs qui l'avait aiguillé sur un club d'échangistes.

— On a mis au jour un trafic de gosses. Mais au moment de coffrer tous ces salopards, ça a merdé.

— Pressions politiques ?

— Et des grosses huiles... Bref, la pêche a été maigre, et pas la peine de se leurrer là-dessus, deux mois plus tard, ils avaient sûrement reconstitué leur réseau ailleurs. Enfin, c'est ce qu'on s'est dit. Le pire dans cette affaire, c'est qu'on est tombé sur une mère devenue folle à lier. Elle avait tué ses deux gamins pour leur éviter d'être vendus comme objets sexuels. Là, j'ai morflé.

— Tu penses encore à ces enfants ?

— À elle, surtout. De désespoir, elle s'est jetée d'une tour, en a réchappé et purge une longue peine de prison.

Impulsivement, elle tendit son bras pour lui prendre la main, et s'arrêta net dans son élan.

— Comment tu supportes...

À son tour, il eut envie de la serrer contre lui, s'en étonna, et mit ça sur le compte de ce voile d'intimité qu'ils soulevaient, à tour de rôle, sur la vie de l'un ou de l'autre.

— Et toi, Jeanne, ta plus belle affaire, c'est quoi ?

Interloquée, elle le dévisagea, sans savoir s'il faisait ou non de l'ironie, puis elle se mit debout.

— On y retourne, fit-elle d'une voix légèrement défaillante.

Ce dont elle s'irrita.

Est-ce que les manigances de Schöeller commençaient à produire leur effet ? Au point que son mental s'enraye de plus en plus souvent. Au point qu'elle éprouve le besoin viscéral de parler d'elle, comme jamais elle n'avait eu envie de le faire. Et que son choix se porte sur son coéquipier ? Elle qui détestait mélanger boulot et affaire de cœur.

Franck lui coula un regard, puis se leva à son tour.

Elle enregistra ses mouvements, souples et déliés, une mèche de cheveux retombant sur le visage, sans qu'il s'en soucie, les pattes-d'oie au coin de l'œil, et les traces laissées par le manque de sommeil et la tension.

Ma plus belle affaire ?

— Je crois que je vais nous trouver une chambre… Pourquoi veux-tu y retourner ?

— Quelque chose me gêne… Je ne sais pas comment t'expliquer ça, mais…

— Alors, je m'occupe de l'hôtel et je te rejoins.

En chemin, elle se jura que Schöeller ne parviendrait pas à les détruire, et qu'un jour viendrait où elle lui mettrait les menottes.

Plutôt une balle dans la tête !

Oui, mais quand ? se demanda-t-elle, sans oublier que le temps jouait contre eux.

*

Pieds nus, Anita marchait sur le sable, frais à cette heure-ci. Les vagues s'échouaient, lentes et majestueuses.

À force de s'occuper des autres, elle perdait le fil de sa propre histoire. Depuis combien de temps n'avait-elle pas vu son fils ? À quand remontait sa dernière journée de congé, une promenade dans l'arrière-pays, la lecture d'un bon roman ou une sortie au restaurant ? Tout à son engagement professionnel, véritable sacerdoce, et à cet amour qu'elle éprouvait pour Saverio, elle s'était détournée d'elle-même.

Elle décida d'appeler Mathieu, ce fils qu'elle chérissait et ne voyait que trois ou quatre fois par an. Comme son père, c'était un brillant joueur de pelote, et elle espérait secrètement qu'il n'avait rien hérité d'autre. De son oncle, il avait la passion du rugby. Comme elle, il s'était investi dans des études qui le destinaient à s'occuper des autres. Il voulait être avocat, et s'enflammer pour de grandes causes.

En regagnant La Laguna, elle vit plusieurs hommes dans le jardin. Au milieu, Paul, en grande conversation. L'apercevant, il lui fit un signe de la main, dit quelques mots aux hommes qui hochèrent la tête, et la rattrapa au pas de course.

— Y a un problème ? s'enquit-elle, tendue.

— Aucun. Tu vas bien ?

Elle sourit à ce frère adoré, toujours soucieux de son bien-être.

— Viens, fit-il, j'ai une surprise.

Il l'entoura d'un bras vigoureux et ils rentrèrent se mettre au chaud. Ce soir, le vent était coupant.

Événement rare, ils dînèrent en tête à tête, en dégustant un rosé et des préparations culinaires de Pierre Oteiza, un traiteur des Aldudes et ami de Paul. Ils se régalèrent de *piquillos*, variété de poivrons, garnis d'andouille, de pomme de terre et de piment d'Espelette, et d'un ragoût de thon. Ils terminèrent par du fromage de brebis accompagné d'une confiture de cerises noires.

Pendant une heure, ils oublièrent leurs ennuis, n'évoquèrent La Laguna que pour envisager les préparatifs de cette fête qu'ils donneraient dans un mois.

— Jacques pourrait s'occuper du buffet, avec Pierre.

Elle hocha la tête, alluma une cigarette, mit deux sucres dans son café qu'elle touilla, la tête visiblement ailleurs.

— On pourrait s'arranger pour faire venir des danseurs, sans oublier quelques jeux : tir à la corde… tu m'écoutes ?

— Hon-hon…

Il but son café, reposa sa tasse, sans la lâcher des yeux. La trêve du repas venait de prendre fin.

— Anita…

— J'ai encore peur de lui, ou plutôt j'ai encore en moi la peur d'autrefois.

Elle le scrutait de ses yeux bleu lavande.

— Tu sais que… que j'ai une relation avec Saverio.

Elle avait failli dire « je couche avec ». Les vieilles habitudes avaient la peau dure. Il lui semblait encore étrange de penser qu'elle faisait l'amour, même si ce terme sonnait curieusement à son oreille.

— T'as jamais été aussi belle que depuis qu'il a débarqué ici. Alors, oui, je me doutais.

— Je suis désolée, je ne comprends pas pourquoi je ne t'en ai pas parlé. Comme si c'était honteux…

Il l'arrêta d'un geste.

— Mais ça ne l'est pas, crois-moi, Paul, c'est juste que…

Les larmes lui rougirent les yeux.

Ça lui fendit le cœur et le ramena en arrière, laissant monter en lui une colère si ancienne qu'il n'imaginait plus pouvoir vivre sans elle.

— Rien ne t'oblige, Anita…

— C'est juste, disons que j'avais l'impression que si j'en parlais, alors, comment te dire ? j'avais peur de découvrir que je rêvais, ou…

Il tendit le bras, enserra sa main dans la sienne.

— Paul, je veux que tu me fasses une promesse.

— Dis toujours.

Elle enregistra la traînée d'agressivité qui altérait sa voix. Vit la veine de son cou se gonfler, et palpiter plus rapidement.

— Si… Xaver revient, et il reviendra… Ne fais rien qui puisse te nuire.

— S'il t'approche, je le tue.

— Non, Paul, non. Tu n'en as pas assez ? De tout ça, de ces malheurs qui pèsent toujours plus lourds que les valises des résidents. De cette culpabilité dont tu ferais bien de te débarrasser. Je t'aime, Paul, tu es un frère comme j'en souhaite à chacun, et je ne veux pas te perdre.

Il baissa les yeux, gêné par cette façon qu'elle

avait de dire ses sentiments. C'était inhabituel, et ça le mettait mal à l'aise.

– S'il revient, Paul, je m'en occuperai.

Elle se leva, l'embrassa et monta dans sa chambre.

Il n'aimait pas cette détermination et ce ton de voix abrupt. Comme si la peur, qu'il percevait pourtant toujours là, avait acquis une nouvelle force.

11

Mi-septembre
22 h 45
Quelque part

Lentement, elle bascula sur le côté, et retint une plainte. Douloureusement, elle ouvrit deux yeux encollés de larmes séchées. Inspectant l'endroit où elle se trouvait, elle chercha à se souvenir.

Où était-elle ?

Tout était noir. Opaque. Une odeur de moisissure lui irrita le nez. Chaque fois qu'elle reprenait connaissance, la même question l'assaillait, suivie d'une autre : était-elle morte ?

Et lui ?

Mais elle ne parvenait plus à savoir qui était ce « lui » dont elle s'enquérait par à-coups. Sauf qu'il était important qu'elle garde cela en mémoire. Dans son cœur. Dans cette zone inaltérable où la vie continuait à s'écouler. À battre. La poussant à résister, à conserver espoir et confiance, lui signifiait que, pour lui, elle devait résister.

À quoi ? À qui ?

Un grattement, étouffé et lointain, attira son attention. Elle se sentit partir, s'amollir et se perdre. Un parfum aigre l'agressa. Elle éternua et reprit conscience.

Quelqu'un reniflait à ses côtés. Se déplaçait non loin d'elle.

Lui ?

Il était là.

Tout près.

La haine la submergea. Une bourrasque, aussi violente que fugitive. À nouveau, elle se mit à flotter entre vie et mort.

Un rire claqua dans l'air irrespirable de la cave. Un rire capable de tuer, et qui la mit au supplice.

Je t'aurai ! Je…

Puis elle sombra.

Il s'énervait.

Un œil à sa montre lui apprit qu'il lui restait moins de deux heures pour accomplir sa tâche. Où avait-il mis cette saloperie de perruque ? Son regard survola un corps étendu sur un lit de fortune. Parfaitement immobile. Comme il était simple de s'emparer de la vie des autres !

Il poussa un cri de satisfaction en remettant la main sur la perruque. Ses doigts jouèrent un instant dans les boucles noires. Si douces. Avec précaution, il s'approcha de l'homme.

L'observant, il se baissa, et l'affubla des cheveux synthétiques. Satisfait, il se redressa et, songeur, apprécia l'effet. Tout était parfait. Il ne lui restait plus qu'à parachever son œuvre.

– Ne bouge pas, lui ordonna-t-il. Surtout, ne bouge pas !

Il quitta la pièce, certain d'être obéi, descendit à la cave, et revint accompagné d'une autre victime. Éperdue de terreur d'avoir séjourné plusieurs heures dans le noir. Plus soumise que jamais.

Il sentit le fou rire monter. Pauvre petite chose !

Lorsqu'elle aperçut l'homme sur le lit de camp, elle sursauta, et s'imagina le pire. Sans se douter que la réalité se révélerait encore plus ignoble.

Il lui ordonna de se coucher, à même le sol, sur une paillasse qui sentait le moisi.

NON !!! Pas ça, plus jamais ça ! S'il vous plaît…

Son cœur menaçait de lâcher, elle transpirait abondamment.

Il eut une seconde d'hésitation.

Ils étaient si serviles ! Ne pourrait-il les garder vivants ? Secouant la tête, il renonça. Il n'allait tout de même pas modifier son plan alors qu'il touchait au but.

Armé d'une seringue, il releva la manche de l'homme qui ne bougea pas. Pas d'un millimètre. Tellement résigné ! Rabaissant sa chemise, il lui tapota l'épaule.

– Ferme les yeux.

Une grimace de douleur ravagea les traits.

Il se leva. Observant la fille, il se dit qu'elle ferait parfaitement illusion. Pourtant, quelqu'un l'identifierait, croirait la reconnaître, et souffrirait à cause de cela.

S'apprêtant à répéter les mêmes gestes qu'avec l'homme, il s'assit à côté d'elle. La peur faisait battre une veine dans son cou, et couler de la sueur le long des tempes.

Avec dégoût, il releva son chemisier. Enfonçant l'aiguille dans la veine du bras, il appuya sur la seringue, sentit le corps de sa victime se raidir sous l'effet de la piqûre, et de la terreur.

S'il vous plaît…

Il eut un sourire aussi doux que cruel.

– Tout va bien. N'aie plus peur, ça ne durera pas longtemps.

Son regard remonta le long du bras, glissa sur l'épaule, redescendit vers le cœur, suivant le parcours d'une bulle d'air. Minuscule et si mortelle. Sous l'effet de la douleur, le visage de la fille devint hideux. Elle ouvrit la bouche. Un invisible hurlement s'échappa. Il attendit une minute, chercha son pouls et ne le trouva pas.

Détendu, il se releva.

Comme l'on préparait les morts avant de les porter dans leur sépulture, il entreprit de s'occuper de leur toilette. Nettoya la peau, le contour des yeux, là où les larmes s'étaient taries. Maintenant, il pouvait passer aux choses sérieuses. À la phase finale.

Lorsqu'il eut fini, il éprouva un sentiment de toute-puissance. D'exaltation. Enfin, il allait passer à l'action. Et mettre à mort sa pire ennemie.

12

Septembre
9 h 50
Hendaye

Assise dans le bureau du commissaire Birixan, Anita attendait qu'on s'occupe d'elle. Lily ferma la porte en douceur.

Pliant sa longue silhouette, elle s'assit, attrapa un bloc-notes et un stylo. Sa peau était si fine qu'Anita apercevait le bleu des veines. Elle s'enfonça dans son siège, croisa ses jambes et enveloppa son interlocutrice de ses yeux bleu lavande.

— Faut qu'on parle, Lily, pour Maria Conception, qu'est-ce qui va lui arriver ?

— Elle risque la prison.

Anita tripota sa boucle d'oreille, eut une moue sceptique.

— Tu parles que ça va l'aider !

— C'est la loi, Anita.

— Drôle de loi, pour un drôle de monde… Et son mari ?

Lily lui dit tout ce qu'elle savait, en prenant soin de bien choisir ses expressions et ses mots.

— Dis, tu m'offres un café ?

Le ton de sa voix alerta Lily.

— Raconte plutôt ce que tu as à me dire.

Nerveuse, Anita lui exposa la situation.

— Il se passe quelque chose, je ne sais pas vraiment quoi mais... Trois de nos résidents sont partis, comme ça, du jour au lendemain, sans rien dire.

— Trois ?

— Bruno, Maria Conception, Nadège...

— Celle qui est un peu... bizarre ?

— Simplette.

Anita prit le temps de mettre de l'ordre dans ses pensées, et décida d'attendre pour lui parler de Saverio.

— Paul m'a dit pour Bruno. Je...

— Lily, personne, tu m'entends, personne n'est jamais parti de chez nous comme ça. Je n'arrête pas de me dire que c'est anormal, tu comprends ?

Deux yeux noisette l'étudiaient sans la moindre gêne. Anita sentit son estomac se contracter, coinça une mèche de cheveux derrière son oreille. Décroisant les jambes, elle lui redemanda un café.

— Oh, désolée, donne-moi une minute.

Des voix leur parvenaient du couloir.

— Dis, c'est pas Birixan, ça ? Je croyais qu'il était en vacances ?

— Je le croyais aussi, soupira Lily. Tu veux que je te dise, il me rendra folle. Mais bon, il part tout à l'heure. Va savoir pourquoi il est venu ce matin ? Mystère.

Elle entrevit une lueur d'amusement dans les yeux de son amie, et s'apprêtait à répliquer quand Birixan entra d'un pas lourd.

Anita lui trouvait l'allure d'un ours, le regard franc, et les gestes ralentis. Il devait peser au moins vingt-cinq ou trente kilos de trop par rapport à son mètre soixante-dix. Soufflant comme un phoque, il s'approcha de son bureau. Lily attrapa une chaise et se cala en bout de table.

— Alors, Madame Oçafrain, qu'est-ce qui vous amène cette fois-ci ? Dites, si vous voulez que je vous donne mon avis, vous avez une petite mine.

— Ne me le donnez pas, commissaire.

Échange de regards.

Basque jusqu'au bout des ongles, il était de France et de Navarre, de la terre et de la mer. De la montagne et de la forêt. Il était d'ici, et ça suffisait à son bonheur.

Toute proportion gardée, Anita l'appréciait. Un océan d'incompréhension les séparait, mais elle lui reconnaissait une certaine faculté à régler discrètement les petits problèmes liés à La Laguna. Enfin, quand il se décidait à faire quelque chose.

Deux ou trois fois par an, un pensionnaire provoquait un incident sur la voie publique, était arrêté pour tapage nocturne, ivresse ou insultes à agent de police. Agissant comme un calmant sur l'entourage, Birixan gérait ça en souplesse. Balançait une bonne dizaine de *lasaï* qui signifiait « tranquille », le mot basque qui caractérisait à merveille les gens de la région. Tranquilles, et chaleureux.

– J'ai déjà tout expliqué à votre lieutenant.

Les deux femmes s'entreregardèrent.

À tort, Birixan crut percevoir une légère tension entre elles, mais ne s'en formalisa pas. Si Lily Naips était une enquêtrice hors pair et une médiatrice compétente, sans trop savoir pourquoi, il la trouvait exaspérante.

Ça faisait plus de cinq ans qu'ils travaillaient ensemble. Mais depuis le début de l'année, elle ne se contentait plus de s'occuper des démêlés entre voisins, des querelles de famille ou de couple, des alcooliques ou des bagarres. Elle avait passé avec succès ses examens, et rêvait d'enquête criminelle exceptionnelle, rare et compliquée.

Elle allait fêter ses trente-cinq ans. Lui venait de franchir le cap de la cinquantaine. Il était placide, aimait la bonne chère et le bon vin. Elle était en mouvement perpétuel, se nourrissait exclusivement de saucisson et de cornichons, ou de *mouchous*, sorte de sablés soufflés à la pâte d'amande, mais ne refusait jamais de trinquer.

Plus il grossissait, plus elle semblait maigrir.

Plus il s'amollissait, plus elle prenait du muscle.

Plus il se la coulait douce, plus elle s'agitait, augmentait ses heures de présence, réglait toutes sortes de litiges, n'hésitant pas à transformer son commissariat en succursale de La Laguna.

S'il perdait foi en ses congénères, Lily Naips s'humanisait, ouvrait son cœur à la misère des uns, à la violence des autres.

Si les femmes le bouleversaient, elle semblait imperméable au charme masculin. Inépuisable sujet de conversation dans sa brigade où Lily était la seule représentante du sexe faible — d'une vigueur enviée par les hommes —, gradée de surcroît. Il y avait bien Rose-Marie, au standard, mais peu la considéraient comme une femme. Plutôt une mère.

Malgré tout, Birixan aurait bien été en peine d'expliquer pourquoi elle le contrariait. Peut-être était-ce dû à ce mélange de nonchalance et de sérieux qui faisait qu'il ne savait jamais bien sur quel pied danser avec elle.

Anita lui résuma la situation.

— *Lasaï !* Madame Oçafrain. On va s'occuper de vos petits protégés. Le lieutenant Naips va s'en charger en priorité, et…

— Quelqu'un d'autre… a disparu.

Birixan émit un sifflement.

— Dites-moi, c'est une vraie passoire votre association !

Elle encaissa en silence.

— Je crois… enfin, je me demande s'il n'est pas parti à la recherche des autres.

Lily se sentit devenir électrique.

— Saverio.

— *Ostia !* lâcha Bixiran. Manquait plus que ça.

Il se dit que ça commençait à sentir le roussi. Comme nombre de Basques, il éprouvait admiration et fierté pour Saverio, véritable légende locale, et craignait de devoir un jour entreprendre quoi que ce soit qui lui porterait préjudice. Rien que d'y penser, il sentait le rouge lui monter aux joues. Ses amis et compatriotes ne lui pardonneraient jamais une telle chose.

– Bon, Lily, je te laisse poursuivre. Madame Oçafrain, vous m'excuserez, mais je m'apprêtais à partir pour mes congés.

Il lui tendit une main large et ronde, brûlée par le sel et le soleil.

Lily retint un soupir de satisfaction. Jetant un œil à la fenêtre, puis à sa montre qui indiquait 11 h 10, elle se fit la réflexion que c'était en général à cette heure-ci que Birixan considérait sa journée terminée, et débarrassait le commissariat de sa volumineuse présence.

Quand il n'était pas en train d'exercer son métier, ou de boire un coup au café du coin, il allait en mer. Birixan était sans doute l'un des rares commissaires au monde à ne rien faire. Exception faite de la pêche, activité qui consistait à rester le plus longtemps possible immobile. Contemplatif et à l'écoute, aurait-il rétorqué.

La honte du homard et la paresse du loukoum…

Lily changea de place, en profita pour leur servir une tasse de café qui sentait le réchauffé.

– Tu es sûre pour Saverio ? fit-elle d'une voix douce mais ferme.

– À moins qu'il n'ait appris à se rendre invisible…

– Tu sais ce que ça signifie, Anita ?

Sourire énigmatique.

– Écoute, Lily, tout le monde sait qui est Saverio… ou plutôt, s'imagine savoir. C'est un mythe par ici. Je suis inquiète pour lui, pas pour ce qu'on raconte, d'accord ?

Lily esquissa un sourire, songeant que cette femme plairait à sa famille, à son frère Pierre surtout, et au grand-père. Il faudrait qu'elle l'emmène passer un week-end chez elle.

— Pourquoi avoir attendu, Anita ?

Elle s'abstint de répondre.

— Je me demande si tu mesures le bruit que ça va faire dans le coin ?

— *Lasaï*, Lily ! Et puis je m'en fous.

— Tu es très attachée à Saverio.

Anita eut un geste agacé.

— Saverio, on l'aime tous et… il se passe quelque chose, Lily, c'est tout.

— Va falloir me faire confiance, Anita.

Elles s'observèrent un instant. Anita détourna la tête, se demandant pourquoi il lui était si difficile d'être en confiance avec les autres, même ceux qu'elle connaissait et estimait.

— Et pour les résidents, tu veux faire quoi ?

— Pour l'instant, rien… Lily, que veux-tu faire ? Porter plainte ?

Elle eut un petit rire de gorge qui se brisa instantanément.

— Tes pensionnaires dans la nature, c'est emmerdant, mais Saverio qui disparaît, ça, c'est grave.

— Il y autre chose. Tu connais l'association *Cœur bleu* ? Bon, eux aussi, il leur manque quelqu'un…

Lily ressentit un vague malaise.

— Je m'en occupe. Dis-moi…

— Que veux-tu savoir ?

— Ces derniers temps, tu m'as l'air, je ne sais pas : inquiète, nerveuse… Pas seulement à cause de Maria Conception ou des résidents. Saverio, ça je comprends, mais c'était bien avant son départ.

Anita laissa son regard flotter dans la pièce.

— J'aime pas quand tu fais ta flic.

Lily sentit son trouble s'intensifier.

— Juste pour que tu saches que si tu as besoin, je suis là.

Anita hocha la tête, la fixa un instant et s'en alla, comme elle était venue. Sans bien savoir où tout ça la mènerait.

Lily soupira. Difficile d'être l'amie quand on était flic. Haussant les épaules, elle sortit du bureau de Birixan, et tomba sur une vieille dame.

— Madame Rossi, vous devriez rentrer chez vous.

Regard désespéré.

Lily sentit son cœur se dilater, l'aida à s'asseoir et lui apporta une tasse de thé.

— Après ça, je vous ferai raccompagner. Nico ? Nico ! Viens par ici. Quand madame Rossi aura terminé son thé, tu veux bien la ramener chez elle ?

Il hocha la tête, les yeux morts d'amour.

S'éloignant, elle pénétra dans son bureau, s'installa face à l'ordinateur et lança un moteur de recherche. Tout en travaillant, elle repensa à Anita.

Belle, douce et inflexible, habituée à diriger, et à ce que l'on ne lui résiste pas, malgré une fragilité certaine. Saverio devait l'adorer. Depuis son enfance, Lily entendait parler de lui comme d'une figure mythique. Saverio incarnait la Liberté. Personnage charismatique, il avait toujours refusé d'être associé à tout acte terroriste. De ce qu'elle en savait, il n'avait jamais tué personne, ni fait sauter quoi que ce soit.

Basque, réfugié politique, pour certains, c'était le héros dont ils rêvaient ; pour d'autres, un renégat bon à abattre. Un lâche qui n'acceptait pas de se mouiller et de mettre sa vie en danger pour la Cause. On racontait que ses ennemis, peu nombreux au demeurant, n'attendaient qu'une occasion pour le rayer de la carte. Un conflit dont l'origine se perdait dans la nuit des temps.

Saverio se contentait de les mépriser d'un regard et poursuivait sa route, défendant sa vision d'un peuple libre et fier, respectueux de ses origines, mais vivant en harmonie avec le monde moderne. Il n'en restait pas moins que son passé lui collait à la peau et l'obligeait à déclarer aux autorités ses déplacements. Pour des raisons qui, au fil des ans, finissaient par devenir de moins en moins claires.

Un quart d'heure plus tard, Lily n'y pensait plus.

Reposant le combiné du téléphone, elle ressentit un mélange d'excitation et d'angoisse. Prestement, elle quitta le commissariat, après avoir tenté de joindre Birixan, en vain. Enfin quelque chose se passait !

Et cette chose semblait aussi terrible que fascinante.

13

Septembre
11 h 45
Bidarray

Chez moi !

Un meurtre avait eu lieu dans son village natal.

Des jardins, une rue principale, et un restaurant gastronomique qui attirait touristes et parvenus, ce qui tapait sur les nerfs des habitants. Des familles qui vivaient là depuis toujours, travaillaient à la ferme, en forêt ou près des rivières.

Plus haut, vers le sud, un sentier montait vers les premiers contreforts de la montagne. Chênes centenaires, bruyères et fougères, et des sous-bois où les hommes tiraient des sources pour arroser leur pastis. Plus loin encore, la frontière espagnole.

Plus près, une vaste maison, sur deux niveaux, avec sa façade à colombage et encorbellement. Un balcon en bois, aux barreaux tournés, des fenêtres et des portes peintes d'un rouge qui tranchait joyeusement sur le blanc des murs. Une meule de foin à l'ancienne et un verger. Un lavoir en pierre où, petite, elle se cachait.

Des fragments d'histoires anciennes lui revinrent à la mémoire, qui parlaient de légendes, de sorcières et d'êtres invisibles veillant sur la nature. De jeteurs de sorts et de sortilèges qui l'avaient enchantée tout au long de son enfance.

Elle imagina ses parents et ses frères dans la cuisine, en train de tailler le saucisson et de préparer un ragoût en buvant du *patxaran*, un alcool de prunelles mélangé à de l'anis. De chahuter et de s'engueuler à propos de politique. Ou des Parisiens qui rachetaient les plus vieilles maisons du village. Du véritable sens de tel ou tel mot, en basque et en français.

Lily grimaça. Ça faisait des lustres qu'elle n'était pas venue ici.

Son entrée dans la police avait déclenché un tollé général. Personne ne comprenait comment *elle*, qui détestait les flics et tout ce qui représentait l'autorité, avait pu *leur* faire ça ! Des heures à ferrailler en dégustant du jambon de pays et du fromage de brebis fait par Fanchoa, son plus jeune frère. Sous le regard complice du grand-père qui adorait son unique petite-fille.

Elle fronça les sourcils. Ces derniers temps, Fanchoa jouait les filles de l'air, et ne donnait pratiquement plus de nouvelles.

— Lily, tu peux venir ?

Elle se mit en branle, lentement, respirant les parfums venus des montagnes, du plus profond des forêts.

— Regarde-moi ça, ces connards ont tout piétiné, fit Nico.

Cinq minutes plus tard, le périmètre était correctement délimité autour des corps. Les villageois tenus à distance. Conditionnés par le laxisme de Birixan, les agents maladroits furent vertement réprimandés.

— Qui les a découverts ? s'enquit-elle, l'esprit en ébullition. Et Birixan, on l'a informé ?

— Ton frère, lâcha Nico, la voix tendue, sous le charme.

— Lequel ?

— Lequel quoi ?

— Mes frères, j'en ai quatre, Nico, alors…

— Pierre. Il est en train de se remettre de ses émotions.

Lily se fendit d'un léger sourire.

Comme si quelques cadavres allaient bouleverser Pierre ! Le connaissant, il devait plutôt profiter de l'occasion pour faire le mariole, et se foutre des flics en buvant un coup avec eux, parce que la mésentente épidermique ça passait mieux avec un verre.

— Et Birixan ? insista-t-elle.

Silence gêné.

— *Lasaï*, Lily, il est en vacances…

— Tu charries, Nico. Deux macchabées, c'est pas du tout tranquille, ça ! Vraiment pas !

Nico piqua un fard. Bredouilla quelque chose qu'elle ne prit pas le temps d'écouter.

— Et le légiste ? On a photographié la scène de crime ?

— Oui… et, non, le légiste n'est pas arrivé.

— Toujours aussi pressé, celui-là. Bon, j'espère qu'il sera là avant le proc'. Allons voir ça.

Dès qu'elle aperçut le visage de l'homme, un signal d'alarme résonna dans un coin de son crâne. Une impression de déjà-vu.

— Mais, qu'est-ce que…

Lily n'en croyait pas ses yeux. L'excitation qui lui courait sous la peau redoubla. Son cœur battit plus fort et ses mains devinrent moites. Dans l'angle de son regard se profilaient de longues tresses. Elle examina l'autre victime, et se releva légèrement écœurée.

— *Ostia !* lâcha-t-elle. T'as déjà vu un truc pareil, Nico ?

Interpellant un agent, elle lui donna cinq minutes pour trouver Birixan et se dirigea rapidement vers sa voiture. Le visage de l'homme ne lui était pas inconnu. Sauf que ce n'était plus vraiment un visage.

Plutôt…

Rebroussant chemin, elle mit sa voiture sens dessus dessous.

— Lily ?

Relevant à peine la tête, elle aperçut son frère qui lui souriait.

— *Ongi zira,* Pierre ?

— Ça irait mieux si, pour te voir un peu plus souvent, je n'étais pas obligé de massacrer la population.

Il partit d'un rire puissant. Lui frictionna la tête d'une main rêche et affectueuse.

— On te voit bientôt ? Ça ferait plaisir à maman, tu sais. Et puis, on se fait du souci pour Fanchoa.

— *Ostia !* Mais nom de nom de Dieu, s'écria Lily.

Elle se pencha sur le siège, ouvrit la portière côté passager.

— Nico ? Nicooooo ! Amène-toi, avec un téléphone portable. Magne !

— À plus tard, petite sœur, fais attention à toi.

— *Barkatu*, Pierre, vraiment désolée. Je... je passerai, bientôt.

Pierre regardait Nico approcher.

Grand et mince, visiblement attentif à son corps aux muscles bien entretenus. Yeux sombres et tignasse noire, le front haut et le nez busqué et un peu long, typiquement basque.

Regard soutenu vers Lily et sifflement admiratif.

— Dis donc, le Nico, il est très sexy. Très !

— Quoi ? fit-elle, sans même le regarder.

Pierre geignit. Sa sœur était ce que l'on appelait une célibataire endurcie, et ça lui déplaisait au plus haut point. Ça gâchait l'avenir. Ça rendait gris le visage de leur mère quand on parlait petits-enfants.

— Ton collègue, t'as pas remarqué ?

— Remarqué quoi ?

Le téléphone collé à l'oreille, Lily ne l'écoutait pas.

— Beau gosse.

Silence, et soupir de Pierre.

– *Adio*, Lily. Prends soin de toi.

– À bientôt, Pierre, c'est promis.

Il hocha la tête et s'éloigna.

Il savait à quoi s'en tenir avec les promesses de Lily. Si l'intention partait du cœur, son métier l'en détournait si souvent, qu'il ne la croyait plus. Enfin, elle avait l'air en forme. Et puis il pourrait toujours téléphoner à Mona, pour qu'elle le tienne au courant.

Les yeux fixés sur un avis de disparition et le cerveau fonctionnant à cent à l'heure, Lily n'en revenait pas.

– Tu parles d'une équipe… De Dieu, ça va barder !

Nico attendait à côté de la voiture, sans la quitter des yeux. Trouverait-il le courage de l'inviter à dîner ? Pas en ce moment, se dit-il, mais plus tard. C'est ça, plus tard. Au Talotegi, ce petit restaurant à Bayonne, que tenait l'un de ses copains d'enfance. Non, ce n'était pas une bonne idée. Mieux valait l'emmener dans un endroit où personne ne le connaissait, au cas où.

– Nico… Hé, c'est pas le moment de rêvasser ! Faut passer la zone au peigne fin, et interroger les abrutis qui ont marché là où ils n'auraient pas dû.

– Dis, Lily, t'as vu leur visage. C'est pas humain, un truc pareil, non ?

Elle approuva d'un grognement.

– Tu sais qui c'est ? demanda-t-il.

Elle hocha la tête. Pour dire oui. Pour dire non.

Ce que leur raconteraient ces visages, Dieu seul le savait !

— Des nouvelles de Birixan ?

— Impossible à joindre.

— Ça m'aurait étonné !

— T'agace pas, tu sais comment il est, non ?

— Mais sur ce coup-là, il va se faire secouer, tu peux me faire confiance. Nico, tu veux bien dire à tous ces incapables de se remuer pour battre leurs records d'efficacité.

— *Lasaï*, Lily ! C'est pas notre premier meurtre, non ?

Elle fit volte-face.

— Nico, on n'a jamais eu une affaire pareille. Pour que Paris envoie ses meilleurs limiers, faut que ça soit sérieux. Et pas question de passer pour des bouseux !

— Paris ? Mais…

Elle lui colla l'avis de disparition dans les mains et accéléra le pas. Courant à petites foulées pour la suivre, il la rattrapa.

— Hé, Lily, tu la connais, toi, cette Jeanne Debords ?

Mouvement de tête affirmatif. Puis négatif.

Uniquement de réputation, songea-t-elle. Et quelle réputation !

Avec elle, il allait falloir marcher droit, et Birixan s'en tirerait au minimum avec un ulcère carabiné.

Le procureur, un homme blasé, invariablement costumé de beige et de gris, s'avança vers elle, lui parla en tout et pour tout trois minutes, et lui confia la direction de l'affaire. Avant de la quitter, il lui précisa combien la situation était grave.

Ils ne savaient ni l'un ni l'autre à quel point.

Plus question d'être *tranquille*. Quelqu'un semait la mort et la peur dans le Pays basque, et Lily se faisait un point d'honneur à résoudre rapidement ce qui s'annonçait comme l'affaire la plus passionnante de sa carrière. La plus intolérable. Mais elle l'ignorait encore.

14

Septembre
16 h 05
Quelque part

Jeanne n'en pouvait plus.

Cet avion n'en finirait donc jamais de voler !

— On arrive quand ?

Albertini jeta un œil à sa montre.

— Un bon quart d'heure… Énervée ?

Elle mourait d'envie de fumer, et la promiscuité de la cabine la mettait à rude épreuve. Tout autant que de sentir la jambe de Franck si proche de la sienne.

— Où t'as dégoté cet engin antédiluvien ?

— C'est mieux que de descendre en voiture. Et puis, avec leurs grèves de merde, rien d'autre à faire.

Trou d'air.

— Bon, et si on reprenait.

Ils se replongèrent dans leurs dossiers.

Odeur de mort, ancienne et récente.

Premier temps. Une vingtaine de policiers assassinés dans des circonstances atroces. Torturés et abusés psychiquement, à la fois victimes et bourreaux, certains avaient tué, accomplissant leurs plus sombres pulsions. D'autres avaient été décapités.

Deuxième temps. Des fausses pistes en veux-tu en voilà. Des nuits blanches à éplucher des milliers d'informations qui ne menaient nulle part. Si ce n'était à mieux connaître leur assassin. À comprendre qu'il était beaucoup plus organisé qu'il n'y semblait au départ.

Toutes les maisons de Schöeller avaient été achetées ou louées des années auparavant. Pratiquement à chaque fois, il leur avait fallu se battre avec les agences immobilières et les notaires, et les menacer d'une commission rogatoire. Au bout du compte, la brigade financière avait pris les choses en main. Pour rien. Si le montage était compliqué, il n'avait d'autre but que de faire perdre du temps à celui qui mettrait son nez dedans.

Quelques lignes suffisaient à résumer des semaines éprouvantes où chaque jour lui demandait de faire un effort pour ne pas flancher. Quelques phrases synthétisaient ce qui, dorénavant, lui apparaissait comme un plan de longue date.

Troisième temps. Un tueur en cavale depuis bientôt trois mois. Une biographie inutilisable, confuse, d'où il ne ressortait qu'une chose : Schöeller était investi dans une entreprise à long terme. Une stratégie digne d'un jeu de massacre, dont les tenants et les aboutissants leur échappaient encore.

Temps inchangé : lire et relire quantité de dossiers, chercher ce que l'on ne voit pas, ce qui se niche derrière les blancs et entre les lignes.

Pourquoi a-t-il modifié sa façon de tuer ?

Les deux victimes de Poitiers lui posaient un problème. Le modus operandi n'avait rien à voir avec le précédent. La dernière scène de crime exhalait un parfum bien plus barbare et sanguinaire. Une exécution sadique, comme les autres, mais…

Le lieu du crime… quelque chose à propos du lieu…

— Quel taré ! s'exclama Albertini. Quel putain de taré !

— Comment s'appelle ce lieutenant, déjà ?

— Naips. Lily Naips. Elle a l'air de piger la situation. Paraît que la scène de crime a été en partie bousillée.

— Je doute que ça change quoi que ce soit.

Ils reprirent chacun une partie du dossier.

— Tu avais raison, Franck, il se dirigeait vers le sud.

— Et alors ?

— On se rapproche.

Albertini secoua la tête.

— Non, Jeanne, il se rapproche. Et ne te fais pas d'illusions, s'il te plaît. Je sais que c'est dur… Non, en fait, je n'en sais rien, je n'ai jamais perdu deux coéquipiers en sachant qu'un détraqué…

Il lui prit la main, la serra fort dans la sienne.

— Fais gaffe à toi, Debords. S'il te plaît, fais gaffe.

Jeanne perçut à peine la chaleur de sa main. C'était comme si elle n'était plus dans son corps. Seul son esprit vibrait, oscillant entre tempête et réflexion.

Le Fou prend le Cavalier et menace la Tour.

Que fait la Reine ?

Elle entendit un hurlement, et tressaillit, avant de comprendre que c'était elle qui venait de crier. Sans ouvrir la bouche. Une poussée qui venait du plus profond de son être, là où Schöeller avait entrepris de lui arracher une partie de son âme.

Le Fou rendra-t-il la Tour ? Qu'a fait le Fou du Cavalier ?

Les messages du psychiatre repassaient en boucle dans son esprit, entamant graduellement son équilibre.

Ça suffit !

— Ça y est, on arrive, fit Albertini en s'étirant.

— Ce bled, c'est loin ?

— Vingt minutes, je dirais. En respectant la limitation de vitesse.

— Message reçu, capitaine Albertini.

— Tant que tu ne dépasses pas cent cinquante dans les virages, moi, ça me va. Au fait, où t'as appris à conduire comme ça ?

Tandis que l'avion amorçait sa descente, elle lui raconta.

Jeune, elle était dingue de karting et avait participé à de nombreuses courses. Contre l'avis de sa mère, mais avec la bénédiction de son père qui préférait la savoir sur un circuit plutôt qu'en train de faire l'imbécile avec ses amis.

Depuis qu'elle savait pourquoi on avait tué ses parents, sa mémoire se réveillait. Se libérait du passé et laissait remonter à la surface de sa conscience quantité d'événements. Les fantômes d'une vie remisée qu'elle partageait de plus en plus souvent avec Albertini, ce qui ne cessait de l'étonner. Un changement d'attitude troublant, dérangeant même.

Quelque chose se lézardait en elle, et permettait à des pans de sa personnalité de s'exprimer au grand jour. Ça lui faisait du bien et ça l'allégeait, tout en lui procurant un vif sentiment d'insécurité. En trois mois, elle s'était faite à l'idée que Franck avait un don particulier pour faire parler les gens. À ses côtés, il semblait naturel de se confier. D'avouer. Un talent dont profitait chacune de ses enquêtes.

Sauf pour Schoëller…

Elle jeta un rapide coup d'œil à son voisin et se surprit à regretter certains moments passés en sa compagnie en montagne, où tout était si paisible. Où il émanait d'Albertini une force rassurante. Une tranquillité déconcertante pour quelqu'un d'aussi nerveux qu'elle.

Traquer Schöeller l'avait néanmoins changé, rendu plus cynique que philosophe. Elle n'ignorait pas qu'il mettrait à profit la moindre occasion de le buter, afin qu'il paye pour ses crimes, et n'échappe pas à la justice en la manipulant.

Tout comme elle, bien que pour des raisons différentes, Franck ne se relevait pas de cet échec. De n'avoir pas su mettre en confiance ses anciens collègues qui avaient succombé à la folie du psychiatre.

Un sentiment largement partagé par l'ensemble de la police française, et qui s'étendait par-delà les frontières européennes. Cette affaire avait fragilisé les hommes et les femmes d'une profession qui, pourtant, en avait vu d'autres. Immense, son corps était envahi d'une rage colossale et silencieuse, en attente. Car c'était la tête du corps que Schöeller avait frappée, gangrenant et échauffant les esprits.

La haine avait désormais une odeur.

Âcre et nauséabonde.

Pour mieux lutter contre la pression, Debords avait continué à travailler sa condition physique. Contrainte et forcée sans nul doute, mais consciente qu'elle se devait d'être dans une forme irréprochable.

Curieux tout de même, se dit-elle, que cette enquête m'ait servi de déclencheur pour m'occuper enfin de moi.

Trois mois avaient suffi à opérer une profonde modification. Elle était plus athlétique, plus endurcie. Plus sombre aussi. Sa relation avec Khaled en avait souffert, mais elle acceptait leur séparation mieux qu'elle ne l'aurait cru.

Les aiguilles du Temps faisaient leur œuvre, les pages d'un livre se fermaient, en attente du prochain tome, dont il restait tout à écrire. C'était aussi enthousiasmant que terrifiant, car il lui faudrait se réinventer.

Du coin de l'œil, elle observait Franck qui étudiait une carte routière.

Faut reconnaître qu'il est plutôt… Arrête !

Ayant appris que les êtres auxquels elle s'attachait étaient mortels, et qu'elle les perdrait quoi qu'il advienne, elle se faisait distance et absence, négligence et silence.

Résultat, je passe à côté de ma vie.

Son esprit chavira en direction de Fred et d'Irma.

Avec l'obstination qui la caractérisait, elle se refusait à croire en leur mort. Comme s'il était plus supportable d'imaginer que Schöeller les détenait encore vivants, plutôt que de les penser à jamais disparus. Avec toute l'horreur que contenait l'idée qu'ils soient en vie et prisonniers de ce fou furieux.

Elle se passa une main dans les cheveux, alluma une cigarette et, finalement, renonça à conduire.

Réfléchis. Pourquoi le lieu du dernier crime te semble incohérent avec le reste ?

Ils traversèrent un village qui baignait dans le soleil. Sur le seuil d'une maison, vaste et accueillante, elle aperçut un couple et leurs deux enfants. Un chien qui bondissait, joyeux.

Albertini attendait au feu rouge.

Descendant la vitre, elle entendit des bribes de conversation, des rires et des aboiements, jeta sa cigarette et se désintéressa de cette vie qui ne serait jamais la sienne.

— On va l'avoir, ce pourri, lâcha-t-il. On va se le faire, Jeanne. Je te le jure !

Comme un rituel, il répétait cela tous les jours.

D'où Schöeller tirait-il ses ressources ? Aucun tueur ne pouvait tenir une si longue cavale sans moyens ni relations. Avait-il des complices ? D'après ce qu'ils savaient, Schoëller agissait en solitaire, ce qui nécessitait d'autant plus d'argent. Autant de questions qui les taraudaient en permanence.

Je t'aurai, Schoëller. Je t'aurai…

Petite litanie. Signe d'obstination, et d'impuissance.

Ce qui l'attendait à Bidarray renforcerait cette impuissance, bien au-delà du supportable.

*

Les bras souples et la démarche volontaire, Saverio observait la brise dans les arbres, s'emplissait de ce pays qu'il aimait tant.

Sortant de la forêt, il aperçut de la fumée qui, s'échappant de la cheminée d'une ferme, formait des volutes blanches dans un ciel d'un bleu éclatant. Un vent de mer soufflait par intermittence, transportant fragrances marines et odeurs de sous-bois. Il se redressa, mit la main au-dessus de ses yeux, huma l'air, caressa du regard les flancs roux et verts des collines avoisinantes, et poursuivit sa route.

Il lui fallait retrouver Nadège et Bruno, et les ramener à La Laguna. Pour Maria Conception, il n'était pas sûr, mais les autres n'auraient jamais quitté Anita et Paul sans prévenir.

Leur disparition l'avait obligé à abandonner cet endroit où il vivait reclus, mais en paix. Heureux chaque soir de se blottir contre le corps d'Anita, et de s'endormir en toute confiance. Certain de la retrouver le matin venu. Certain que leur union rendait son sommeil serein et réparateur.

D'une main ferme, il coiffa ses cheveux gris, presque blancs, coupés en brosse et épais. De ses yeux bleus, transperçants, il scruta le ciel. Sur sa peau matifiée par le soleil, se dessinaient de fines rides qui le rendaient séduisant. S'il en croyait Anita. Mais qui, pour lui, marquaient leur différence d'âge.

Répondant à un élan impérieux, il avait pris la route sans rien lui dire. Comment exprimer le pressentiment qui l'agitait ? Et où trouver les mots pour formuler cette sensation diffuse qui ne reposait sur presque rien ?

Mieux valait agir plutôt que de subir.

Arrivé près d'une carrière désaffectée, il fouilla scrupuleusement chaque parcelle de terrain. Des infiltrations, des nappes d'eaux mortes, et des trous dans le sol qui évoquaient un tir d'obus ou la chute d'une météorite. De la mousse verte partout où la nature reprenait ses droits, et des oiseaux par centaines, perchés çà et là sur des tiges de fer rouillées ou des branches d'arbres squelettiques.

Il s'engagea prudemment.

S'envolant dans un bruit infernal, une myriade d'oiseaux étendirent leur ombre sur l'azur du ciel. Saverio cherchait une ancienne cache d'armes, convaincu de devoir se prémunir, même s'il ignorait contre quoi. Contre qui. Sa seule certitude était qu'on avait enlevé les résidents de la Laguna.

Ça laissait une traînée nauséabonde dans l'atmosphère, comme la poudre qui colle aux doigts de l'assassin après son forfait. Une odeur inoubliable qu'il avait immédiatement discernée, et qui était à l'origine de sa décision de partir à leur recherche.

Examinant attentivement les environs, il pénétra sur la zone en friche, inquiet de la tournure des événements. Trouva ce qu'il cherchait, préleva de quoi affronter un gang et se dirigea vers un village.

Soudain, au détour d'un virage, il tomba nez à nez avec un Égaré, comme il les appelait. Saverio se désespérait pour ces hommes, et parfois ces femmes, qui erraient en guenilles, puant de crasse et de misère.

— Hé ! Casse-toi d'là, connard ! rugit l'homme, lui signifiant qu'il était sur son territoire.

Lentement, Saverio pivota sur lui-même, regarda droit dans les yeux ce qu'il restait d'un être humain. Remontant son sac sur l'épaule, il enfonça ses mains dans ses poches. L'homme lui jeta un regard en coin, dénué de vie.

Saverio ne bougeait pas. Il connaissait ce vertige qui les rendait fous de douleur. Il avait vu tomber trop de gens, et entendu le bruit de l'os sur le trottoir. Le craquement de l'âme, juste après la chute.

Personne ne pouvait supporter ce qu'avait enduré l'homme aux yeux mouillés d'errance, qui s'était sans doute arraché le cœur pour ne plus souffrir. Et cramé la mémoire pour ne plus y penser.

Une brûlure cardiaque, fugace et poignante, lui déchira la poitrine. Cette misère et ce dénuement, qu'il lisait à même la peau et les sillons de ce visage dévasté, lui faisaient un mal de chien.

Hébété, l'Égaré hésita. Sembla reconnaître cet homme à la stature d'athlète qui lui faisait face, et ne baissait pas les yeux. Chancelant, il recula, s'excusa et se tira vite fait.

Saverio sentit la présence de l'homme pâlir rapidement dans sa mémoire, comme les pétales d'une fleur fanée, et reprit sa route. Il devait rester concentré sur son but. Il avait trop fréquenté la mort pour ignorer cette intuition qui lui disait que le brusque départ des résidents de La Laguna augurait d'un avenir plus sombre qu'il n'y paraissait.

Sans s'en rendre compte, il faisait glisser l'anneau qu'il portait à l'oreille droite. En argent massif, avec gravés dessus son prénom et le *lauburu*, la croix basque.

Un cadeau de son grand-père paternel, qui le tenait lui-même de son grand-père. Un anneau aussi vieux que ce pays, que les hommes de sa famille avaient tant arpenté, plaçant la liberté au-dessus de tout.

Saverio descendait d'une longue lignée de bergers dont le plus ancien était une légende, et portait le même prénom que lui. On racontait qu'il aurait affronté un gros propriétaire, et sa famille, qui s'était mis en tête de fermer le passage permettant aux bergers de rejoindre les hautes estives.

Sans état d'âme, l'ancêtre de Saverio avait fait sauter à l'explosif la porte de leur ferme, puis avait crié cette phrase restée dans toutes les mémoires : *Hauda lehenengo adbertentzia ! Bigarrenean etxea leherraraziko dut, eta ohorez hilko naiz, eta purua erretzen* (« Liberté des pâturages et des eaux ! Premier avertissement ! Au second, je ferai sauter la maison et je mourrai dans l'honneur, le cœur en paix »).

Jouant avec son anneau, les yeux brillants de cette intensité tranquille qui l'habitait, Saverio souriait au vent et à la crête des arbres. Se perdait dans les souvenirs d'un temps où prévalait cette liberté qui, désormais, devait s'accommoder de clôtures et de panneaux d'interdiction.

Trop de peurs en ce monde, se dit-il. Trop d'humains au cœur frileux et racorni.

Il s'ébroua et s'aventura sur un petit chemin.

Aujourd'hui, il avait une dette envers Anita et Paul Oçafrain qui lui avaient spontanément offert l'hospitalité, sans se soucier de ce que l'on racontait à son sujet.

Une dette d'honneur qu'il escomptait bien honorer.

15

Septembre
16 h 55
Bidarray

Debords était livide.

Debout, elle fixait la montagne au loin. Sans vraiment la voir. Un bruit de fermeture Éclair la fit frémir. Mais elle ne se retourna pas. Elle tentait de contenir cette fureur qui se mêlait à son chagrin. Ce flux et ce reflux qui, par instants, menaçaient de la submerger.

Dans son dos, tandis qu'on embarquait les deux corps, Albertini s'entretenait avec Lily Naips, remontée à bloc. Légèrement paniquée, mais néanmoins enflammée par cette affaire qui suait la mort et la folie.

Il lui faut un territoire pour déployer sa haine et sa folie, se dit Jeanne, le cœur à l'envers.

Pas loin… quelque part, non loin d'ici…

Cette idée s'imposa à elle, et se transforma en certitude. Pour le malheur des habitants de la région, Schöeller semblait avoir élu domicile chez eux.

Mais comment dénicher sa tanière ?

Où s'endormait-il le soir venu, repu et satisfait de lui-même, l'esprit tendu vers un unique dessein : détruire et torturer. Et faire la peau à la fille du juge Debords. De cela non plus, elle ne doutait plus.

Le préfet Moreau avait hésité à lui confier la direction de cette enquête, parce qu'elle était personnellement impliquée. En tant que victime potentielle.

— Jeanne ? appela Albertini.

Elle se tourna lentement, les mains enfouies dans les poches de son jean pour lui cacher qu'elle tremblait. De rage et d'impuissance. Croisant le regard de Lily, elle y surprit un éclat de bienveillance, et eut envie de lui crier dessus. Pour évacuer son immense frustration, et hurler au monde entier qu'elle n'en pouvait plus de cette barbarie.

Ne laisse pas tes émotions t'égarer…

Les visages d'Irma et Fred l'assaillirent.

Réfléchis !

Elle les repoussa, respira plus profondément et chercha à ralentir son rythme cardiaque, comme le lui avait appris Albertini.

Il perçut le combat auquel elle se livrait. Le même que le sien, mais plus intériorisé. Plus intolérable aussi, parce qu'elle était l'enjeu d'une partie d'échecs menée par un fou qui ne désirait rien de plus que de la mettre à mort. Juste après l'avoir écorchée vive, à force de souffrance.

Il ressentit une envie irrépressible de la prendre dans ses bras, d'envoyer tout valdinguer et de l'emmener au bout du monde. Là où Schöeller ne pourrait plus l'atteindre. Là où ses yeux ardoise ne s'assombriraient plus.

— Jeanne… le lieutenant Naips va nous relayer. Si tu veux, on pourra rentrer, dès qu'on aura eu le rapport du…

— On reste.

Lily releva la tête, étonnée par le ton de sa voix.

— J'en étais sûr, lâcha-t-il en s'éloignant vers une voiture banalisée.

Et comment protégeait-on ceux qu'on aimait alors même qu'ils faisaient tout pour se mettre en danger ?

Le mot « aimer » court-circuita le cours de ses pensées.

Et merde !

Il donna un coup de pied dans une portière entrouverte, attrapa un téléphone et fit signe à un flic de s'approcher. Lily se tortillait, basculant d'une jambe sur l'autre. La tension de Debords était palpable, envahissante.

Elle a l'air d'une guerrière, se dit-elle.

S'ébouriffant les cheveux, Jeanne accrocha Lily d'un regard dur. Enténébré.

— On peut se loger facilement ? demanda-t-elle d'une voix sourde.

— À Hendaye ? Sûrement. Vous… vous comptez sérieusement rester ?

Se sentant stupide, Lily faillit baisser les yeux.

Ostia, quelle question !

Debords la fixait, sans vraiment la voir, de ce regard si particulier qui donnait aux autres l'impression d'être invisibles, et simultanément mis à nu.

— Vous êtes arrivée à quelle heure ?

Elle prit son bloc-notes.

— 11 h 55.

Il était 17 h 50.

Jeanne se demanda comment Schöeller s'y était pris. Et que préparait-il, car elle savait que ce n'était qu'une mise en bouche, qu'une manière de signaler son retour. Elle inspira, sentit ses nerfs se détendre, et sa tension retomber.

Observant Lily, elle lui trouva l'air juvénile, presque radieux. En comparaison, elle se sentit épuisée et vieille.

— C'est votre première enquête criminelle ? s'enquit-elle calmement.

— Non… mais, je n'avais jamais rien vu de pareil ! Dans le coin, c'est plutôt des bagarres ou des crimes passionnels, l'alcool…

Elle fut distraite par un mouvement de précipitation, non loin de la scène de crime.

— *Ostia !* Non mais, regardez-moi ces cons !

Elle s'élança.

Jeanne la suivit des yeux. Lui emboîta le pas, sans parvenir à effacer de sa mémoire les visages des cadavres. Deux gendarmes venaient de glisser, s'écrasant lourdement sur le sol. Son regard accrocha quelque chose. Elle cria à Lily de faire attention, et lui indiqua de l'index le pied de l'un des agents.

Avec précaution, elle dégagea de dessous d'un caillou ce qui s'avéra être une enveloppe. Ne leur simplifiant guère la tâche, en bon joueur, Schöeller avait enterré son message pour qu'ils ne le trouvent pas immédiatement. Elle remercia mentalement les deux hommes d'avoir buté sur la pierre.

– Franck, viens voir.

L'enveloppe n'était pas scellée. Elle sortit un sachet en plastique de son blouson, même si elle connaissait son expéditeur. Se conformant à la procédure, elle accumulait les preuves en vue d'un procès qu'elle envisageait de moins en moins, à mesure que la vengeance la dévorait.

Ce sentiment allait à l'encontre de tout ce qu'elle avait appris, et de la personne qu'elle était. Qu'elle croyait encore être. Mais elle finissait par s'y faire, et l'acceptait mieux. Après tout, pourquoi la vengeance serait-elle à ce point-là blâmable ?

Tu déconnes, Jeanne…

Écartant de son esprit ces considérations personnelles, elle ouvrit l'enveloppe, en sortit une feuille pliée en deux qu'elle lut en s'ordonnant de conserver son sang-froid.

La partie continue !

Le Fou fait le jeu.

Quand prendra-t-il la Reine ?

Sans un commentaire, elle tendit le papier à Albertini qui explosa.

— Le fils de pute !

— Bon, on se tire, fit Jeanne.

— Excusez-moi, mais je fais quoi, maintenant ? intervint Lily.

— Où est votre supérieur, voulut savoir Debords.

— Il... il est... C'est moi qui assure l'intérim.

Birixan va se faire passer un savon, se dit Lily. Ça ne collera jamais entre lui et cette femme. Jamais.

— Vous savez où les corps ont été emmenés ? fit Jeanne.

— Bien sûr.

— Alors, vous nous y conduisez, je veux assister à l'autopsie.

Surpris, Albertini la regardait intensément. Debords avait la réputation de ne jamais entrer dans une morgue, et détestait tout autant se rendre à l'hôpital.

— Tu es certaine, parce que...

— Qu'est-ce qu'on attend pour y aller ? fit-elle en se dirigeant vers la voiture qu'ils avaient louée.

Interloqué, il mit dix secondes à réagir. Lily en profita.

— Ça vous ennuierait de m'affranchir ?

La prenant par le coude, il partit rejoindre Jeanne qui attendait, assise côté passager.

À la place du mort, ne put-il s'empêcher de penser.

— Au fait, lieutenant Naips, vaudrait mieux lui dire pour Birixan.

— Quoi ? Vous connaissez…

Il hocha la tête, lui ouvrit la portière arrière et s'installa au volant, sans pouvoir s'empêcher de sourire. S'il connaissait Birixan ? Et comment !

— Dites-moi, lieutenant Naips, fit Jeanne.

— Lily.

— OK, Lily. Raconte-nous ce que tu as vu en arrivant sur les lieux.

Elle prit son temps pour répondre, feuilleta son carnet.

— Non. De mémoire, précisa Jeanne.

— Les deux corps étaient allongés sur le dos. J'ai d'abord vu les pieds. Sans chaussures. Puis leurs mains qui se tenaient.

— Ça t'a évoqué quoi ?

— Leurs mains ?

Elle se tut, l'idée qui lui venait était sûrement stupide.

— Des amoureux, répondit-elle.

Bien vu.

Dans le rétroviseur, Lily croisa le regard d'Albertini, encourageant.

— Et ensuite ?

— Leurs visages…

Le silence se fit.

— Ça t'a fait penser à quoi ?

— À des momies… Non, à des pantins, oui, c'est ça, à des visages de marionnettes.

Jeanne jeta un coup d'œil à Franck, et sut qu'il pensait à la même chose.

— Bienvenue sur l'affaire Schöeller, conclut Debords. Mais attends-toi au pire.

Lily s'enfonça dans son siège, souriante.

— Jeanne, fit Albertini enfilant un virage en épingle, pourquoi veux-tu assister à l'autopsie ?

Odeurs de formol et de sang mêlées.

Odeur de peau acidifiée par la peur.

— Les visages. Je veux voir ce qu'il y a… en dessous.

Odeur d'un ravage innommable qui la liait à Schöeller. Lily sentit son estomac se creuser.

— Et je veux savoir comment il a fait ça !

Soudain, Lily eut un doute. Serait-elle à la hauteur d'une telle enquête ? Et pourrait-elle encore s'endormir sans crainte. À peine avait-elle posé la question qu'elle sut que le cours de sa vie venait de changer. Irrémédiablement. Pour le pire, comme lui avait dit Debords.

Plus tard, en quittant la morgue, Lily ne doutait plus que ses nuits seraient bientôt peuplées de cauchemars.

16

Septembre
22 h 30
Hendaye

Lily gara sa moto devant le café-restaurant que gérait son amie Mona.

— *Ongi zira*, wonderwoman ! claironna cette dernière.

— Ça va, Mona. Ça va. Juste besoin de boire un verre !

Abondamment frisée, ses cheveux noirs relevés et tenus par une barrette en argent, maquillée avec soin, des anneaux immenses aux oreilles, en forme de lune, moulée dans une robe en cuir et portant cuissardes, Mona traversa la salle à la manière d'une star.

Elle serra chaleureusement Lily dans ses bras, et lui laissa la marque de son affection sur la joue. Rouge foncé. Ancienne comédienne, elle n'avait connu qu'un seul succès et s'était offert un bar, n'en gardait pas rancœur à la vie, s'étant découvert entre-temps d'autres talents.

Elles se connaissaient depuis le collège, et s'adoraient comme deux sœurs. Mona était l'aînée de cinq frères qui fréquentaient assidûment ceux de Lily, ce qui n'avait que renforcé les liens entre elles.

— Tu te fais rare, en ce moment.

— Tu m'offres un verre, répondit Lily, en s'approchant du comptoir.

Tirant un tabouret, elle s'assit, observa Mona s'affairer, repensant aux événements de la journée, et à Jeanne Debords.

— Dis donc, Anita et Paul, ça va pour eux ? Quelle affaire !

— Ils se remettent, éluda Lily.

Mona ouvrit une bouteille de Médoc, remplit deux verres et vint s'asseoir à côté d'elle.

— Quoi de neuf ?

— Je... Toi, t'es déjà au courant !

Mona éclata de rire, et ses clients se sentirent gagnés par son allégresse. Aussi noirs que ses cheveux, ses yeux brillaient de malice.

— Qu'est-ce que tu crois, Lily Naips, une fusillade et deux cadavres, ça fait jaser ! *Zorionak !* Si, si, félicitations ! lieutenant Naips. L'honorable commissaire Birixan a à peine tourné le dos, que tout le Pays basque est à feu et à sang !

— *Placer bauzu*, Mona. S'il te plaît ! Ne me parle plus de Birixan... Tu sais ce que Paul Oçafrain en dit : la honte du homard et la paresse du loukoum.

— Un homme bien, ce Paul ! Allez, buvons à la santé de Birixan, le seul commissaire du monde à vivre éternellement trannnnquillllle !

Elles discutèrent, s'interrompant chaque fois que Mona devait abreuver son petit monde, firent quelques parties de 4-21, en vidant stoïquement la bouteille de vin.

La porte s'ouvrit, laissant passer un air frais. Mona leva la tête, se fendit d'un large sourire.

— Fanchoa ! Ben, ça alors !

Sursautant, Lily renversa son verre.

— Je t'abandonne, fit-elle en glissant de son tabouret.

Elle se précipita vers son frère et lui tomba dans les bras. Ils s'installèrent à une table, un peu à l'écart, attendirent que Mona leur apporte un verre de *patxaran* pour lui, et un verre de vin pour elle. Fanchoa rayonnait.

Il avait un physique typiquement basque : cheveux et yeux noirs, nez un peu long, la peau claire, les pommettes plutôt plates et le front dégagé. À vingt-huit ans, il respirait la joie de vivre, et croquait la vie à pleines dents.

— Toi, t'es amoureux, fit Lily.

— Pas encore…

— … mais c'est pour bientôt, conclut-elle. Raconte.

— Une artiste, Lily. Une vraie ! s'exclama-t-il.

— Les parents, ils savent ?

— Seulement *Ama*. J'ai rien dit à Papa, j'ose pas. Pas encore.

— Et les frangins ?

Fanchoa secoua la tête. Un immense sourire aux lèvres.

– J'attends encore un peu. Vont se foutre de moi, sinon.

– Pourquoi ?

– Parce que je veux l'épouser. Mais qu'elle ne le sait pas encore.

Ça lui fit quelque chose à Lily, d'entendre son plus jeune frère lui parler mariage. Depuis toujours, Fanchoa clamait qu'il aurait plein d'enfants et, qu'à la fin, avec sa femme et cette ribambelle de petits Naips métissés, ils formeraient un cirque.

Fanchoa vouait une passion absolue au cirque. Ça lui était venu en regardant *Huit et demi* de Federico Fellini. Ce jour-là, il avait décidé de devenir funambule, et personne n'avait pu le faire changer d'avis. Pour gagner sa vie, il confectionnait du fromage de brebis traditionnel, et faisait les marchés.

– T'es sérieux ? Tu sais même pas si elle est amoureuse de toi !

– *Itxilik*, Lily !

– Que je me taise ? Non, Fanchoa, non, je ne me tais pas. L'amour, c'est pas rien, faut être vigilant.

Il fut pris d'un fou rire. Venant de Lily, c'était désopilant. Il se calma rapidement.

– Tu devrais être heureuse pour moi, non ?

– Je le suis… Comment s'appelle-t-elle ? Que fait-elle et où hab…

– Là, tu fais ta flic, Lily.

Elle prit un air mutin. S'apercevant qu'elle mourait de faim, elle commanda du saucisson et du jambon.

— T'as dîné ? voulut-elle savoir.

— Non.

— Ça va, t'as assez d'argent en ce moment ?

— *Lasaï*, Lily. Je suis grand, tu sais. Merci quand même.

— Tu la vois souvent ?

Il secoua la tête, et tendit ses deux pouces.

— Je me rends ! Cassy est polonaise, blonde, tellement blonde ! Des yeux avec des cils comme ça, qui n'en finissent pas ! Elle a vingt-quatre ans, elle est incroyablement menue, et ravissante.

Lily sourit. Elle adorait son frère. Il vida son verre d'un trait.

— C'est une danseuse et…

— Et ?

— *Ostia*, Lily ! Elle sait aussi marcher sur un fil !

Elle eut une vision de son frère s'élançant à la poursuite d'une frêle petite blonde qui ferait des pointes à cent mètres du sol.

— Et comme toi, elle passe son temps à jurer.

— Moi ? J'ai fait des progrès, t'as remarqué, non ? Ça marche la traversée des airs ?

— Vingt mètres, avec du vent, sans un seul arrêt. Ce soir, c'était la première fois, Lily. Vingt ! C'était magnifique. Juste au-dessus du port. J'ai marché sur les voiles des bateaux, Lily. Et toi ? Tu dis rien. T'es amoureuse ?

— Pas encore…

— … mais c'est pour bientôt ! fit-il, des étoiles dans les yeux.

Ils se regardèrent, ressentant cette tendresse qui les unissait, cette complicité fraternelle.

— Autant que tu l'apprennes par moi, je suis sur une grosse enquête.

Elle lui raconta sa journée.

— Rien de grave, rassure-toi.

— Je n'ai pas peur, t'es la meilleure !

Lily éclusa son verre, une boule de chaleur au ventre. Il n'y avait que Fanchoa pour la soutenir ainsi dans le choix de sa carrière.

— Faut que j'y aille, dit-elle en se levant. Tu rentres à la maison ?

— Bien sûr, comme tous les soirs… ou presque, ajouta-t-il en lui faisant un clin d'œil.

— Embrasse *aïta* et *ama*. Fort.

— Promis. Hé, Lily, tu prends soin de toi…

Elle arqua un sourcil.

— T'as jamais su mentir. Ton enquête, là, ma main à couper que c'est une sale affaire.

Vu qu'elle avait forcé sur le vin, elle décida de laisser sa moto devant chez Mona et rentra à pied, l'esprit bouillonnant, se repassant les détails de cette longue journée pleine d'imprévus.

Elle se coucha avec le sentiment que cette affaire serait effectivement pénible. Et qu'elle n'en sortirait pas indemne. Qu'un jour, elle pourrait bien avoir au fond des yeux la même lueur qui striait ceux de Debords. Quelque chose entre la vie et la mort. Un balancement indicible, d'un monde à l'autre.

Dans le noir, elle écouta le vent, et la mer qui s'écrasait au fond du port. Rêvassant à propos du mariage de Fanchoa, elle en vint à penser à ses deux amants dont personne ne soupçonnait l'existence. Sauf Fanchoa.

Saxophoniste, l'un vivait à Bayonne, traînait de bar en bar, buvant et jouant du soir au matin avec ses comparses, tous musiciens ou chanteurs. L'autre, installé à Irún, était professeur de mathématiques et se passionnait pour la mythologie. Diamétralement opposé au premier, il avait toujours une équation à l'esprit, mais savait la faire rire aux larmes.

Loin de se désintéresser de la question, les hommes bouleversaient Lily, qui les aimait déraisonnablement. Cette fausse attitude de célibataire ne servait qu'à la protéger d'un milieu encore trop macho, et de frères aussi affectueux qu'envahissants. Au moins, elle évitait de mélanger boulot et vie privée. Quoique, à bien y songer, elle eût volontiers commis une entorse à la règle pour les yeux du beau Nico.

Si Pierre savait…

Elle s'endormit au bord du fou rire.

Sans se douter qu'elle n'aurait guère l'occasion de rire dans les jours à venir.

*

Ils s'installèrent dans le complexe hôtelier-thalassothérapie de Serge Blanco. Après avoir pris une douche, fureté un peu partout, contrôlé la fermeture des fenêtres et des portes, Albertini rejoignit Debords sur la plage. S'asseyant à ses côtés, il lui offrit une bière. Elle décapsula la canette, les yeux perdus par-delà les rouleaux qui s'écrasaient sur le sable.

– Pourquoi, Jeanne, pourquoi te prend-il pour cible ?

– Parce que je suis la fille de mon père, et qu'il me considère responsable de son échec. Si je n'avais pas poursuivi l'enquête sur la mort de mes parents, je ne serais jamais remontée jusqu'à lui. C'est aussi simple que ça.

– Mais à ce point-là ?

– À ce point-là, Franck, et je suis certaine qu'il me réserve d'autres chiens de sa chienne. Je ne sais quel cauchemar qui aura longuement pourri dans son esprit de malade mental.

Ils se turent.

– Tu crois qu'ils sont encore…

– Vivants ? Non, Jeanne. Du moins, je ne leur souhaite pas. Pas après ce qu'on a vu aujourd'hui.

Impossible de ne pas penser à Fred et à Irma en vie. Définitivement impossible.

Elle termina sa bière, alluma une cigarette et s'allongea sur le sable froid. Au-dessus, scintillante d'étoiles, la voûte céleste était mouchetée de nuages qui ne faisaient que passer, poussés par le vent.

– J'ai rappelé le légiste, pour les visages. On aura son rapport complet demain matin. Mais il confirme ses premières conclusions.

— On sait au moins pourquoi il a dépecé les autres…

Debords se releva, l'invita à faire de même.

— Tu sais, Franck, pour l'instant, on s'en tire bien. Sur une affaire pareille, on s'en tire bien. Sauf que… enfin, je me dis que c'est grâce à lui qu'on y arrive, et ça, ça me fout en l'air.

— Il joue, Jeanne. Il se prend à son propre jeu, et ça complique la donne.

— Pardon ?

— Il devient instable. Sa soif de vengeance commence à prendre le dessus sur sa stratégie, ça peut le perdre et nous faire gagner. Ça peut, aussi, tous nous condamner.

Et moi ? Où ça va me mener ce désir de vengeance ?

— Attendons le rapport médico-légal…

Elle jeta un coup d'œil à la montre d'Albertini qui lui apprit qu'il était plus d'une heure du matin.

— On ferait mieux d'aller se coucher, proposa-t-elle.

Ils rentrèrent à leur hôtel, chacun perdu dans ses pensées.

Jeanne prit un long bain, manquant s'y endormir. Chaque fois, elle sursautait comme réveillée au milieu d'un rêve où s'entremêlaient les visages de Fred et d'Irma, et des images érotiques d'elle avec Franck.

Elle sortit de l'eau, s'essuya vigoureusement, tout en admettant qu'elle était de plus en plus sensible à son magnétisme.

— Comme si j'avais besoin de ça en ce moment ! s'exclama-t-elle, reléguant au fond d'elle son attraction pour Albertini.

Lorsqu'elle se coucha, elle se fit la réflexion qu'il était anormal qu'elle n'ait pas pleuré. Face à une telle sauvagerie, elle aurait dû pleurer.

Depuis son lit, elle admira la nuit étoilée, le quartier de lune qui montait au ciel, remplissant immuablement son rôle dans l'équilibre de l'univers, que rien ne parvenait à ébranler.

Pas sûr, s'entendit-elle penser, avant de s'endormir comme une masse.

17

Septembre
8 h 45
Hendaye

Inquiète pour Anita, Lily décida de faire un saut à La Laguna, avant de se rendre au commissariat.

Sally et Milène prenaient leur petit déjeuner dans la salle commune. Du doigt, Milène lui indiqua le panneau mural où était affichée une nouvelle citation, signée Sade, à méditer et commenter.

« Avez-vous pitié du poulet que vous mangez ? Non. Vous n'y pensez même pas. Faites-en autant pour la femme. »

— *Asto pitoa !* lâcha-t-elle.

— C'est tout ce que tu trouves à dire ? Queue de l'âne ! Remarque, pour Sade, c'est plutôt bien vu.

— Tu les trouves où, ces phrases ?

— Dans les livres, Lily.

Milène parlait cinq langues, possédait un diplôme de sociologie et savait comme personne décorer une pièce. Mais pour rien au monde, elle n'aurait changé sa situation. Faire des ménages n'était peut-être pas aussi gratifiant aux yeux des autres que peintre ou lieutenant de police, mais elle s'en fichait.

La cinquantaine approchant, elle affirmait que c'était la seule activité sportive, exception faite de l'amour, qu'elle acceptait de pratiquer. Elle gagnait correctement sa vie, logeait à La Laguna pour trois fois rien, jouissait de l'un des plus beaux jardins avec vue sur la mer, et passait des heures à lire, seule chose qu'elle plaçait devant toute autre.

Milène était là depuis le début, et Lily n'imaginait pas qu'elle puisse finir sa vie ailleurs. Ses petites citations marquaient le rythme de l'association, ponctuaient le temps qui s'écoulait, et servaient d'introduction au débat qu'elle animait chaque vendredi, en fin d'après-midi. Elle avait judicieusement choisi ce créneau horaire pour marquer la fin de semaine dans l'emploi du temps de femmes qui, souvent, n'avaient pas grand-chose d'autre à faire que de chercher un introuvable boulot.

– Sade, t'as déjà lu, Lily ?

– Non.

– Bienheureuse que tu es ! Sache que tu ne perds rien. Dans le genre érotique, je connais cent fois mieux, t'as qu'à demander.

Adressant un clin d'œil à Sally, elle retira son épingle à cheveux, ramassa une tignasse blonde décolorée par trop de permanentes, et les remonta au-dessus de son crâne. Derrière ses lunettes, elle scrutait Lily. Toute chose et toute personne constituaient un sujet d'étude pour Milène. Même quand elle vous connaissait depuis des années.

Lily s'apprêtait à se servir un café et à s'enquérir d'Anita, quand son portable sonna.

— Allô ? Oui... oui, bien sûr... quoi ? Bordel de merde ! J'arrive.

— Lily, fit Sally, tu recommences.

— Quoi ?

— À jurer ! s'exclama Milène en éclatant de rire. Allez, le monde a besoin de toi, lieutenant Naips, file !

Ce qu'elle fit, non sans laisser un message à l'attention d'Anita.

*

Il lui fallut moins d'une demi-heure pour se rendre à Sare, célèbre à cause de ses grottes préhistoriques.

Albertini et Debords étaient déjà sur place quand elle arriva, ainsi que plusieurs voitures banalisées et ambulances.

Il y avait aussi un autobus où se pressaient des touristes parlant bruyamment dans une langue qu'elle ne reconnut pas.

Nico se précipita vers elle, tandis qu'elle retirait son casque.

— Ça chauffe, Lily, là, ça chauffe !

— Tu m'expliques, fit-elle en s'avançant vers Jeanne.

— Elle te dira mieux que moi, je ne suis pas encore allé dedans, fit-il en montrant l'entrée des grottes de Sare. Mais j'ai entendu le proc…

Sans écouter la fin de sa phrase, Lily contemplait l'entrée de la grotte. Elle n'aimait pas l'idée de s'enfoncer sous terre. Et à voir l'air qu'affichaient Jeanne Debords et Franck Albertini, ça s'annonçait mal. Machinalement, elle regarda sa montre qui indiquait 9 h 55, et sortit son carnet.

Face à l'imposante caverne, elle eut une seconde d'hésitation. Inspirant profondément, elle suivit Debords qui était d'une pâleur alarmante. Luttant pour contenir sa fureur, Albertini serrait les mâchoires.

Sombres malgré les torches qui flambaient de part et d'autre des parois rocheuses, les grottes étaient un haut lieu touristique. On y apprenait l'histoire du peuple basque, découverte qui, en temps normal, se faisait au rythme de la *txalparta*, un instrument de percussion séculaire, comme le lui avait confié son amant musicien.

Ils progressèrent le long d'un chemin illuminé en bleu, franchirent un large porche où des hommes d'un autre temps s'étaient réfugiés, avaient vécu, aimé et haï, avant de succomber. À l'entrée de la galerie des ours, des cavernes aux parois luisantes d'ocre, Jeanne et Franck s'arrêtèrent.

Le silence se densifia.

Odeurs de roches et d'humus venues du ventre de la Terre.

Odeur de sang et de peur fossilisés.

Debords tressaillit et alluma une Camel. Le cœur battant, Lily attendait, redoutant, une fois franchi l'accès de la grotte, de n'avoir plus qu'une seule envie : s'enfuir, et oublier.

Jeanne s'engagea la première. Lily compta jusqu'à trois et l'imita, non sans remarquer le coup d'œil discret que lui lança Albertini. Un regard blessé.

Paume sur la bouche, elle retint un cri. Ravala son envie de vomir et de courir au-dehors. Se tenant par la main, quatre marionnettes, à l'allure humaine et aux membres désarticulés, reposaient contre la paroi.

Ils restèrent là, sans parler, sans bouger. Puis Franck se secoua, chuchota des ordres et répartit les tâches. Pétrifiée, Jeanne ne lâchait pas des yeux les cadavres adossés à la roche suintante d'humidité.

Des clones…

Elle aurait voulu hurler, ou tuer.

Allumant une autre cigarette, elle s'efforça de faire refluer cette montée de rage et d'impuissance.

– Le légiste est là ? s'enquit-elle d'une voix sourde à l'intention de Lily.

– Va pas tarder… *Ostia !* Mais c'est qui ce Schöeller ?

– Ost… ?

– OS-TIA. Ça veut dire : nom de Dieu ou merde, au choix.

– C'est de l'espagnol ?

– Du basque.

Même en pareilles circonstances, il sembla à Debords qu'il perçait une pointe de fierté dans la manière dont elle avait dit « basque ».

Jeanne entendit Albertini leur recommander d'être vigilants car il pouvait y avoir un message enfoui quelque part. Un bruit l'alerta. Les nerfs à vif, elle fit volte-face et reconnut le légiste. Ils se saluèrent en silence et il se mit immédiatement au travail. Des flashs crépitèrent à intervalles réguliers.

Encore des dizaines d'informations à ajouter au dossier Schöeller, se dit-elle en réprimant une brutale envie de boire.

Sans réfléchir, Debords rebroussa chemin. Elle avait besoin d'air et de lumière. D'une image du monde paisible.

Dehors, l'automne rayonnait vert et roux. Levant les yeux, elle aperçut une nuée de martinets qui se jouaient du vent. Elle repensa à cet oiseau qui en avait tué un autre, à peine né, d'un coup de bec, lors de sa virée en montagne. Une affaire de territoire avait suggéré Albertini. La nature avait ses lois et ses exigences.

Les hommes ne respectent aucune des leurs, songea-t-elle, observant le groupe de touristes qui braillaient à côté de leur bus.

Fred, Irma, que vous a-t-il fait ?

Elle secoua la tête, pour chasser une pensée insoutenable. Écrasant sa cigarette, elle se sentit vulnérable et au bord des larmes.

– Ah, t'es là ! fit Franck, avec soulagement.

– Tu croyais quoi ?

– Rien… j'interprète tout de travers. Ça commence à me miner grave cette affaire. Et toi ? Tu…

— Je veux qu'on fasse un brief avec Lily, et…

— Et qu'on reprenne tout. Faudra prévenir Moreau aussi.

Elle perçut sa lassitude.

— Tu sais quoi, Jeanne, parfois ça me démange de leur foutre ma démission et de me tirer.

— Pour aller où ?

— Quelle importance ?

— Et tu ferais quoi ?

— N'importe quoi qui me tienne à distance de cette merde.

Debords fut envahie par une sensation de déprime. De peur que Franck ne renonce et la laisse se débrouiller seule. Elle déglutit plusieurs fois, tenta de repousser ce sentiment de solitude et de perte qui la déstabilisait.

— J'ai… j'ai besoin de toi, Franck.

Sans la regarder, il lui posa une main au bas de la nuque.

— T'inquiète, je suis là. Tant qu'on n'aura pas chopé cette ordure, je reste dans le coup.

Puis il pénétra à nouveau dans les grottes.

À l'endroit où il avait posé sa main, Jeanne eut l'impression d'avoir été brûlée. Un chaud-froid qui la mit mal à l'aise.

Si tu craques…

Elle inspira profondément.

Réfléchis…

Et décida d'aller interroger l'accompagnateur du groupe de touristes.

*

En arrivant à Ainhoa, Saverio s'arrêta pour prendre le temps d'apprécier la beauté de ce village. Derrière lui, des forêts de chênes et de sombres hêtraies, à cheval sur la frontière. Officiellement en France, à Ainhoa c'était l'*euskara*, la langue basque, qui liait et soudait la population où, depuis des siècles, s'étaient mêlés Espagnols et Français.

Il entra dans une maison qui faisait office de bar et d'épicerie, même si rien ne l'indiquait de l'extérieur. Une jeune fille brune l'accueillit bruyamment, visiblement ravie de le voir.

— Saverio ! *Egun on… Aïta ! Aïta*, Saverio est là !

Un homme de taille moyenne dégringola l'escalier. Saverio et lui s'étreignirent.

— *Ongi zira ?*

— Bien, je vais bien, fit Saverio, ému comme chaque fois qu'il revenait chez son ami Txomin. Dis-moi, ta fille, elle est de plus en plus belle.

— Tu veux un café ?

— Je m'en occupe, *aïta*.

La belle se réfugia dans la cuisine.

— Txomin, faut qu'on parle.

— Assieds-toi.

Une fois le café servi, la fille de Txomin fut priée de les laisser seuls.

— Tu connais La Laguna ?

Il hocha la tête et se roula une cigarette. Saverio lui parla de Paul et d'Anita, et des résidents qui manquaient à l'appel.

— Qu'est-ce que je peux faire pour toi ?

— Faire circuler l'information, et demander à tout le monde d'ouvrir l'œil.

— C'est sérieux, alors.

— Très.

Txomin eut un rire rauque.

— Non, je voulais dire... Il y a longtemps que je ne t'avais vu si amoureux, précisa-t-il, un éclat d'amusement dans les yeux.

Les deux hommes continuèrent à discuter, délaissant le café pour un verre de *patxaran*. L'odeur de pastis se fondit dans celle du bois qui refroidissait dans l'immense cheminée. La veille au soir, Txomin avait fêté ses cinquante-cinq ans, en compagnie de tout le village. Des jambons et des piments séchés pendaient au plafond.

— On va faire fonctionner le voisinage, sois sans crainte, Saverio. Ici, tout le monde est avec toi. Elle est belle ?

— Très...

— Faut pas que tu me la présentes, alors.

Il se leva, s'étira et frappa dans ses larges mains.

— Y a un tournoi de pelote, tu viens voir.

Saverio hésitait.

— *Lasaï*, Saverio. Pendant qu'ils taperont dans leur balle, on discutera de ton affaire avec les autres. Demain, toute la Navarre sera au courant. Et tout le monde veillera. S'il le faut, on fera passer le message en Labour, en Soule, et à ceux de Biscaya...

Dehors, le soleil dardait ses rayons et l'après-midi s'annonçait chaud. Des dizaines d'hommes, plus ou moins jeunes, habillés d'une chemisette et d'un pantalon blancs, une ceinture rouge ou verte autour de la taille, évoluaient sur la place libre où s'élevait un fronton. Il s'agissait d'un tournoi important, et les résultats étaient psalmodiés par un chanteur de points — les *Jokoa !* (jeu) ou *Bota !* (but) fusaient au rythme de la partie.

Concentré, un jeune garçon, qui paraissait bien mince pour ce sport réclamant force et dextérité, lança la pelote contre le mur. Une clameur s'éleva lorsqu'il récupéra la balle à main nue. Le silence retomba, et le bruit de la pelote contre la pierre du fronton claqua à nouveau dans l'air. S'écartant, Txomin entraîna Saverio vers un groupe d'hommes qui buvaient à l'ombre d'un arbre, sans lâcher la partie du regard.

— Une dernière chose, Txomin, et ça vaut pour tout le monde. Je ne sais pas ce qui se passe, mais quelqu'un se cache derrière ces disparitions. Faut le trouver. C'est tout. Et aucune trace de sang sur aucune main.

Mouvements de têtes approbateurs.

— On peut dérouiller, quand même, murmura Txomin.

— On peut, confirma Saverio.

Plus tard, traversant un tronçon de forêt pour se rendre dans un autre village, Saverio croisa un vieil homme. Assis sur un banc, il sifflotait une ancienne chanson d'amour : « *Maitia nun zira* ».

— T’es Saverio ?

— En effet…

— T’as les yeux de ton grand-père.

Il s’arrêta, prit le temps de discuter avec lui et de l’informer de sa démarche. Au fil de la conversation, il découvrit que c’était un vieux rabatteur de palombes. Une technique de chasse qui consistait à crier en s’aidant de chiffons blancs attachés à des bâtons que l’on agitait à bout de bras. Pour faire tomber les oiseaux dans les filets.

L’homme s’exprimait dans un mélange de français et d’un dialecte, vif et nerveux, de basque. Puis, lentement, comme si cela réclamait un effort important de sa part, il tendit un bras noueux en direction d’un col, lui indiquant une grande cabane perchée.

— Tu vois, cette palombière, faut toujours que j’y retourne. Elle ne sert plus, et ça fait longtemps que je ne chasse plus, mais je peux pas m’empêcher d’y aller. Compte sur moi, j’ouvrirai l’œil.

Saverio remercia le vieux.

— *Milesker zaharra.*

— *Adio*, Saverio.

En quittant l’homme, il se sentait galvanisé.

D’un bout à l’autre du Pays basque, des hommes et des femmes s’unissaient à lui, surveillaient le paysage et faisaient circuler l’information. Parcourir la région à pied était résolument une bonne idée, le meilleur moyen de rencontrer le plus de monde possible. De vérifier ce qui se passait dans les villages, mais également dans les baraques isolées.

Le cœur gonflé d'une immense tendresse pour ces gens et ce pays, il se chercha un endroit où passer la nuit à la belle étoile.

18

Fin septembre
7 h 10
Hendaye

Debords s'était réveillée à sept heures, recrue de fatigue.

Elle prit quelques minutes, se leva et fila sous la douche. Appuyée au mur, elle laissa l'eau chaude ruisseler sur son corps, jusqu'à ce qu'elle se sente le courage d'attaquer la journée. Et que s'évanouissent les bribes d'un rêve dont elle ne voulait surtout pas se souvenir.

Albertini en était à son deuxième café lorsqu'elle le rejoignit. Il attendit qu'elle en ait bu un et lui demanda comment elle envisageait de s'organiser.

– On s'installe au commissariat. On va avoir besoin de lignes téléphoniques et d'un ordinateur. Fais-moi penser à contacter Moreau, et Janson.

– Je doute qu'on puisse tout gérer d'ici.

– Faudra bien, Franck. On ne bouge pas tant qu'on n'a pas mis la main sur Schöeller.

Il la regarda longuement.

— Mal dormi ?

Jeanne haussa les épaules, alluma une cigarette et se leva. Elle n'arrivait même plus à se souvenir de sa dernière nuit de sommeil réparateur. Sans cauchemars.

Au commissariat, il régnait une effervescence rare.

Lily était arrivée vers six heures et demie, en pleine forme et décidée à tenir son rôle dans la résolution de l'affaire Schoëller. Elle avait également prévu une réunion avec son équipe car il restait des dizaines d'autres affaires à régler.

L'infanticide commis par Maria Conception, toujours introuvable, un cambrioleur qui courait depuis dix jours, un poivrot à remettre en circulation, la mort du jardinier de La Laguna et ses résidents dans la nature. Mais La Laguna n'était pas la seule concernée. Deux autres associations caritatives avaient signalé des disparitions. Et si la presse n'en parlait pas encore, ça n'allait plus tarder.

Lily mettait les bouchées doubles. Sous l'œil inquiet de ses collègues habitués au régime Bixiran, elle répartissait les tâches, les submergeant d'ordres et de contre-ordres. À neuf heures et quart, la plupart d'entre eux étaient déjà sur les rotules quand Jeanne et Franck franchirent la porte du commissariat.

Lily lâcha ce qu'elle faisait, et les guida vers la

plus grande pièce qu'elle avait pu mettre à leur disposition. Elle avait pris l'initiative de faire brancher deux lignes pour le téléphone et le fax, installé son propre ordinateur et prévu de quoi imprimer des milliers de pages de comptes-rendus.

— Bravo, fit Albertini en s'asseyant sur le bord d'une table. Rien à dire, t'es efficace !

Rose de plaisir, Lily lui colla une tasse de café dans les mains et en proposa une à Debords, à qui elle trouva l'air dévasté.

— La nuit a été…

— Courte, et cauchemardesque, répliqua Jeanne. Fais pas attention, je suis un peu… tendue. Merci pour le café, et le reste ajouta-t-elle en se laissant choir sur une chaise. On s'y met ?

— C'est parti, dit Franck en attrapant une chaise. Lily, t'as pu jeter un œil aux dossiers qu'on a laissés hier soir ?

— Pas vraiment, juste les deux du dessus…

Le portrait. Les meurtres du côté de Poitiers. En dessous de la pile, vingt meurtres, des récapitulatifs et des photos qui réclamaient de l'estomac.

— OK, fit Jeanne, le plus important c'est de savoir où en est le légiste.

— On attend son rapport.

— Appelle-le, Lily, et dis-lui de se magner le train, suggéra Franck.

Elle vida les lieux, non sans remarquer que Debords s'était plongée dans un dossier.

Va falloir que je m'y mette, se dit-elle, et que je lise tout ça avant ce soir.

Indigestion en prévision.

— Nico ? On en est où ?

— *Lasaï*, Lily, tu vas nous tuer, à ce rythme-là…

— Faut se remuer, Nico, t'entends ?

— Je ne suis pas sourd, Lily, mais ça fait seulement dix minutes que je suis là. Au fait, le proc', tu dois le rappeler.

Tandis que Lily s'entretenait avec le médecin, Jeanne tentait de joindre le préfet Moreau. Franck feuilletait les journaux qui relataient les meurtres survenus au Pays basque.

— Ça chauffe ? fit-il, dès qu'elle eut raccroché.

— C'est peu de le dire. Moreau vient de me sonner les cloches.

Ils s'entreregardèrent, conscients que le temps devenait un facteur prépondérant. Une fois Lily revenue, ils firent le point, discutèrent de certains aspects, de la ligne de conduite à adopter vis-à-vis de la presse.

— Bon, on a six meurtres sur les bras, fit Debords. Toujours pas d'identification ?

Lily regarda sa montre.

— Ça ne devrait plus tarder…

Une pensée affleura à sa conscience, tellement invraisemblable qu'elle poussa un cri. Immédiatement, Jeanne et Franck furent sur le qui-vive. Précisant qu'elle n'en avait pas pour longtemps, Lily fila à toute vitesse, et revint au pas de charge, avec deux dossiers dans les mains.

— J'ai une suggestion, je ne sais ce qu'elle vaut mais… *Ostia*, la coïncidence serait tout de même incroyable !

Elle inspira un grand coup et leur expliqua l'idée qu'elle venait d'avoir.

— Ça pourrait coller, fit Albertini, l'air soucieux.

— Ça colle, affirma Debords, lisant en diagonale les documents apportés par Lily.

— T'es sûre de toi ?

— Souviens-toi, il cherche des individus affaiblis qui proviennent du même groupe. Et il a trouvé, merde !

Lily écouta attentivement Debords lui expliquer sa théorie concernant le choix des victimes de Schöeller.

La sonnerie du fax retentit.

— Lily, tu connais ces associations ?

— Plutôt bien, surtout La Laguna, je leur file un coup de main, une fois par semaine.

Elle se leva pour ramasser les fax qui arrivaient et les tendit à Jeanne.

— On en a identifié une : Nadège Apesteguy…

Lily sentit ses jambes s'amollir et se précipita sur une chaise.

— Faut prévenir Anita et Paul Oçafrain, les responsables de La Laguna. C'est… c'était une de leurs résidentes… Bordel de merde ! Mais ça veut dire quoi ?

— Bonne question, lieutenant Naips, fit Albertini en se levant pour se resservir du café. Quelqu'un en veut ?

Ils furent interrompus par Nico qui voulait parler à Lily.

— Franck, non seulement il recommence, mais…

Il remplit sa tasse, nota que sa main tremblait en allumant une Camel.

– T'as repris ?

– Quoi ? Ah, la clope… Tu sais, parfois, j'ai l'impression de retomber en enfance avec toi.

– Faut bien que quelqu'un prenne soin de toi… Tu disais ?

Elle s'ébouriffa les cheveux, refoula quelques pensées parasites et jugula un accès de colère. Plus l'affaire Schöeller traînait, plus ses nerfs menaçaient de craquer.

– S'il a jeté son dévolu sur ces associations, ça veut dire, commissaire, que ton hypothèse était juste. Le groupe le plus faible… donc, il est bien dans le coin. On s'y prend comment ? Difficile de faire quadriller toute la zone.

– D'autant qu'il peut être n'importe où, même en Espagne. Tiens, lis ça… j'ai besoin de prendre l'air.

Jeanne gagna la plage rapidement. Il fallait qu'elle se calme. S'empêchant de penser à Fred et à Irma, elle se concentra sur les premiers éléments qu'elle possédait.

Des femmes et des hommes en détresse, un réseau associatif, des corps mutilés et des visages destinés à la rendre folle ; une région de montagne, frontalière à l'Espagne, et puis la mer. Autant de possibilité de planques pour un criminel en cavale. Son regard fila vers le bout de la baie où entraient et sortaient des bateaux.

Il nous faudrait des centaines de flics pour tout passer au peigne fin, se dit-elle, scrutant l'horizon.

La gendarmerie était mobilisée et une brigade spéciale était arrivée en renfort, mais c'était tout ce qu'elle obtiendrait, malgré la gravité de cette affaire. Éblouie par le soleil, elle tourna le dos à la montagne, se perdit un moment dans la contemplation des vagues qui s'écrasaient sur le sable.

Elle avait besoin d'aide, c'était l'évidence même.

Cette question des lieux continuait à la tourmenter, lui donnant le sentiment qu'elle passait à côté d'un point essentiel. En soupirant, elle fit demi-tour, se préparant à une autre conversation avec le préfet Moreau. Apercevant Franck sur le haut des marches qui descendaient à la plage, elle accéléra le pas, anxieuse.

— Qu'est-ce qui se passe ?

— On vient de recevoir les conclusions du légiste. Tous les corps ont été identifiés, ton hypothèse est définitivement confirmée.

Sans réussir à évacuer cette angoisse qui la tenaillait, elle pénétra dans le commissariat.

Qu'est-ce que je peux faire ?

Rapidement, elle survola les derniers fax envoyés par le médecin, se sentit soudain encerclée par la paperasse, résista à l'envie de tout envoyer valser et s'assit.

— Je vais être franche, je ne sais plus par quel bout prendre cette affaire. Bon, que dit le rapport du légiste ?

Ayant pigé comment travailler avec Debords, Lily mit de côté les détails techniques et leur résuma la situation. Schöeller fabriquait vraisemblablement des moulages des visages d'Irma Buget et de Frédéric Partenay. Puis il faisait une sorte de patchwork de peaux, dont l'origine restait inconnue, coulait un film de paraffine, suffisamment fin et transparent pour donner l'aspect de deux visages ; ceux des lieutenants de Debords.

— Enfin, c'est ce que suppute le légiste, rapport à d'infimes particules de plâtre et de paraffine.

Elle déglutit, joua un instant nerveusement avec la barrette qui retenait ses cheveux.

— La peau... ne correspond à aucune des victimes retrouvées.

— Jeanne, fit Franck, en se redressant vivement. J'appelle le légiste et je lui dis de se mettre en relation avec Poitiers.

Accablée, elle hocha la tête.

Des moulages, ça veut dire qu'il lui faut... les originaux...

Une vision, aussi brève qu'insupportable, claqua dans son esprit. Fred et Irma, étendus, ligotés, le visage recouvert d'un masque blanc. Asphyxie temporaire. Une seconde peau lisse et plâtreuse, idéale pour faire un moulage.

Des clones...

Crispée, elle mit Lily au courant de leur macabre découverte à Poitiers, tandis que Franck s'écartait pour téléphoner.

Fred, Irma...

— Vas-y, continue.

Lily se racla la gorge.

— Il coud son masque sur le visage de chaque victime et maquille les corps : perruque noire pour simuler les cheveux de Fred ; longues tresses pour Irma, etc. De loin, l'illusion est parfaite. Désolée…

Albertini et Lily récapitulèrent les points clés qu'ils avaient mis en évidence. Debords punaisa au mur une carte du Pays basque et une de France, entoura tous les endroits qui apparaissaient dans l'enquête, faillit se passer la main dans les cheveux, croisa le regard d'Albertini, et se rabattit sur une Camel. Un frisson lui parcourut la colonne vertébrale.

Les lieux… Du nord au sud…

— Faudrait qu'on fasse une recherche sur les produits utilisés pour les masques, lâcha Franck, mal à l'aise. Tu peux t'en charger, Lily ?

— C'est déjà fait… Pour l'instant, l'enquête de voisinage n'a rien donné. Personne n'a rien vu ni rien entendu. Ça paraît incroyable mais…

— Que je suis conne ! s'exclama Jeanne, en tapant du plat de la main sur la table.

Elle se leva et attrapa son blouson.

— Tu vas où ? s'enquit Franck.

— On va chez Laure Bellanger. J'aurais dû faire ça immédiatement après notre arrivée.

— Ta psy ?

— Je sais ce que tu en penses, mais elle est OK. Et balèze, tu verras. Lily, tu nous accompagnes ?

— Je ferais mieux de rester ici pour superviser l'équipe.

Elle montra du doigt la pile de dossiers.

— Et m'y mettre tout de suite.

— On peut faire des photocop' ici ?

— Pas de problème, je m'en occupe.

Combien pouvait-on faire de copies à partir d'un seul moulage ? se demandait fiévreusement Jeanne.

N'y connaissant rien, elle se lança dans d'aléatoires calculs, se convainquant que la fragilité du matériel devait réclamer plusieurs moulages.

Fred, Irma, tenez bon !

19

Septembre
17 h 40
Saint-Jean-de-Luz

En franchissant la porte de la Fondation Michel-Bellanger, Jeanne bascula dans le passé[1].

Depuis le seuil de l'entrée, fin sourire aux lèvres et bras croisés, Laure la regardait monter les marches d'un large escalier en pierre. Un coup d'œil suffit à l'informer que les dernières années n'avaient pas été douces pour Debords.

— Finalement, nous nous retrouvons, commissaire.

Laure lui tendit une main aux doigts longs, parfaitement manucurés. Elle portait deux lourdes bagues en argent, serties d'émeraudes. Ses cheveux bruns, dégradés et au carré, renforçaient ce mélange d'autorité et de passion qu'elle affichait, mettaient en valeur le vert de ses yeux.

1. *Pour toutes les fois*, Folio Policier n° 374.

Hormis quelques rides en plus, elle n'avait guère changé.

Perchée sur hauts talons, Bellanger devait faire plus d'un mètre quatre-vingts, ce qui obligea Jeanne à lever les yeux et lui donna l'impression d'être bâtie comme une naine, malgré son mètre soixante-quinze. Troublée, elle en oublia de faire les présentations.

Conscient de son aversion envers les psys, Albertini scannait les lieux, tout en restant concentré sur les deux femmes. Laure lui adressa un discret signe de tête et les invita à la suivre.

– Ce soir, nous organisons une petite fête. Ne soyez donc pas étonnés de croiser quelques fous, fit-elle à l'attention de Franck, en les faisant passer sur la terrasse.

Jeanne eut le souffle coupé, et mit un certain temps à comprendre ce qu'elle voyait. Longilignes et altiers, faits d'ocre et de pierre, des êtres immenses paraissaient s'avancer vers elle. Armés d'un long bâton et vêtus sommairement, une trentaine d'hommes et de femmes remontaient les marches d'un invisible escalier souterrain, semblant sortir tout droit des entrailles de la Terre.

Un sourire flottant au bord des lèvres, Laure les laissa apprécier l'œuvre de sa sœur.

Il avait fallu plus de deux ans à Ève Bellanger pour réaliser cette sculpture spectaculaire. Sans répit, elle avait creusé, taillé et poncé la roche, jusqu'à en extraire une horde venue d'un autre temps. D'un temps si lointain que personne ne savait le dater, mais qui éveillait en chacun une mémoire ancienne. Celle des premiers humains, nomades et pacifiques, arpentant le sol de la Terre promise. Les visages étaient doux, emplis de cette sérénité qu'avait avidement recherchée Ève, juste après la mort de leur frère Thomas.

Un accident de voiture avait emporté les derniers hommes d'une famille qui avait été entièrement décimée en l'espace de quelques semaines. Laure avait alors décidé de quitter Caen et d'emmener sa sœur pour l'aider à surmonter cette épreuve. Contre toute attente, la perte de son jumeau s'était avérée libératrice. Trois jours après l'ouverture de la Fondation, Ève avait entamé un chantier gigantesque dans le parc.

Face à eux, venue du plus profond des âges, progressait une tribu, avec lenteur et confiance. L'âme de Jeanne résonnait, mélancolique.

— Je vous offre quelque chose à boire ?

— Un verre de vin, fit Debords, hypnotisée.

Laure hocha la tête.

— Et vous… ?

— Capitaine Franck Albertini. La même chose, s'il vous plaît… Mais qui a fait ça ? s'exclama-t-il.

— Ma sœur, répondit Laure.

Franck aperçut, déambulant dans le jardin, une jeune femme aux longs cheveux noirs et d'une beauté évanescente. Quelque chose d'antique dans les traits et l'ovale de son visage, la blancheur de sa peau, quasi diaphane. Se tournant vers Laure, il surprit une lueur moqueuse dans ses yeux verts. Si clairs ce soir.

Tandis qu'elle s'éloignait, il ne put s'empêcher

de lui trouver la démarche féline, une animalité qui l'aurait peut-être attiré en d'autres occasions. S'il n'avait eu déjà quelqu'un en tête.

— Dis, Jeanne, tu…

— Ça va ? demanda-t-elle, en suivant du regard Laure Bellanger.

Non sans ressentir une pointe… de jalousie ?

Jeanne !

— Tu la connais bien, Bellanger ?

— Elle m'a filé un coup de main sur une enquête[1]. Elle est un peu spéciale, mais fiable, et très douée. Sans doute la seule psy que je sois encore capable de supporter.

Franck enregistra l'information, et nota que le ton de sa voix se faisait dur. Voilé de haine.

Laure revint avec un plateau.

L'après-midi touchait à sa fin, mais il faisait encore chaud. Jeanne apprécia le vin d'Irouleguy, et alluma une cigarette.

— Votre Fondation, Docteur Bellanger, elle accueille quel type de patients ?

— En majeure partie des cas désespérés, capitaine Albertini, dont personne ne sait que faire.

— J'ai peur de ne pas comprendre, avoua-t-il, tout en appréciant le vin, et Laure Bellanger sûrement plus qu'il ne l'aurait voulu.

Elle se fendit d'un sourire, loucha sur le paquet de cigarettes de Jeanne, s'en détourna immédiatement, pour finalement craquer et en allumer une aussi. Suite à un stupide vœu, elle avait renoncé à

1. *Pour toutes les fois*, Folio Policier n° 374.

ses Pall Mall, une décision qui manquait de fermeté.

— Savez-vous combien d'individus souffrent d'un mal que personne ne comprend et ne sait soigner ? reprit-elle. Des milliers. Parmi tous ces pauvres « fous » comme on les appelle…

— Dont certains sont des criminels notoires, fit Debords, d'une voix douce.

Bon sang, se dit Laure, toujours aussi chiante !

Elle s'abstint de lui répondre.

— La Fondation traite les psychopathologies les moins courantes, les plus étranges. Rarement des criminels.

Jeanne ne s'offusqua pas de son ton sarcastique.

— Je ne voudrais pas gâcher votre soirée, Docteur Bellanger, mais j'ai besoin de vos talents.

— Je m'en doutais, commissaire. La dernière fois que vous m'avez téléphoné, en juin, je crois, c'était…

— Il s'agit de la même enquête.

Laure avait suivi l'affaire Schöeller dans la presse, attendant que Debords la contacte. Qu'avait-elle fait depuis trois mois ?

— Vous ne m'en voudrez pas si je ne m'y mets que demain matin ?

Jeanne hocha la tête.

Dans l'angle de sa vision, immobile, une horde progressait vers elle. Rien à dire, la sœur de Bellanger était une prodigieuse artiste. Mais que faisait-elle ici ? Elle faillit questionner Laure, y renonça, se disant qu'il serait toujours temps de prendre des nouvelles de sa famille plus tard.

— Je peux revenir. Demain soir ?

Laure eut un léger rire.

— Je n'en attendais pas moins de vous, commissaire.

— C'est une sale affaire, Bellanger.

— J'ai cru comprendre.

— Vous ne savez rien. La presse n'a pas eu l'intégralité des éléments. Le minimum.

— Je pensais pourtant que vous n'aviez plus rien à apprendre sur les tueurs en série…

— Ce n'est pas un *serial.*

— Pardon ? Mais, si j'ai bien compris, il a une vingtaine de victimes à…

— C'est pire.

Laure eut un geste d'impatience.

— C'est un stratège, et il est ici, au Pays basque. J'en suis certaine. Je piste cet homme depuis des mois, et…

Est-ce qu'elle va bientôt penser comme lui ? s'interrogea Laure. Non, elle finira par le dépasser. Pour l'attraper, elle ne pourra pas faire autrement. Merde !

— Expliquez-moi ça.

— Je vous ai apporté un dossier, fit Debords. Ça vous ennuierait d'y jeter un œil, maintenant ?

Elle est à cran, se dit Laure, et dans l'urgence. Mauvais, ça.

Sa curiosité en alerte, elle entreprit une rapide lecture. Une synthèse qui regroupait les faits avérés ainsi que les hypothèses émises par Jeanne et Franck.

— N'hésitez pas à aller faire un tour au jardin, leur suggéra-t-elle.

Du regard, Debords accrocha deux hommes qui s'approchaient en discutant.

— Ah, permettez-moi de vous présenter mes confrères, Shashi Roupi et Juan Felipe Gonzalez. Messieurs, le commissaire Debords et le capitaine Albertini…

Voyant la mine de ses collègues, elle précisa :

— Une visite de courtoisie.

Il ne fallut que dix secondes à Jeanne pour enregistrer les visages qui lui faisaient face. Mince et fin, l'un possédait un charisme tranquille et rassurant, un regard et des mains empreints d'une sensualité tout indienne. L'autre, l'orgueil et le racé des vieilles familles espagnoles. La froideur aussi, même si ce n'était qu'une façade qui contenait une ardente nature. Si on en jugeait la façon dont il contemplait Laure. Comment pouvait-on s'entourer de deux hommes aussi diamétralement opposés ?

— Allez-y, fit cette dernière. Au fond du parc, il y a d'autres sculptures, si ça vous chante…

En descendant vers le magnifique jardin de la Fondation, Franck lui fit part de ses réticences.

— Tu crois qu'elle va pouvoir nous aider ?

Elle perçut la méfiance que sous-entendait sa question.

— Si elle le peut, elle le fera, sois-en sûr.

Ils croisèrent Ève Bellanger qui reconnut Debords et la salua chaleureusement. À nouveau, ce picotement qu'elle identifia cette fois-ci sans l'ombre d'une hésitation : la jalousie.

Qu'est-ce qui me prend ?

Ève se proposa de leur servir de guide. Jeanne refusa poliment, mais fermement.

— On dirait que tu connais tout le monde…

Elle lui raconta sa rencontre avec les Bellanger, ne s'attarda guère sur les détails, et reprit le fil de leur conversation.

— Je n'arrête pas de me demander où il peut bien se terrer.

— Les possibilités sont infinies, Jeanne.

— Je sais, il n'a pas choisi cette région au hasard.

— Il ne fait rien au hasard. Rien.

Au détour d'un chemin, une pancarte indiquait : « Le parc aux rêves ». Ils y pénétrèrent, tout d'abord sans y prêter attention, puis furent saisis par le spectacle qui s'offrait à eux.

Des corps d'hommes et de femmes, des animaux et d'hallucinantes plantes grimpantes ou rampantes recouvraient la surface de l'herbe, s'enchevêtraient les unes aux autres. Dépourvus d'yeux, des visages renvoyaient à quelques visions d'outre-tombe. Des animaux sortis tout droit d'un esprit tourmenté les entouraient, sans que l'on puisse déterminer s'ils les agressaient ou les défendaient contre un invisible danger.

— Rentrons, fit Jeanne, un peu sèchement.

Ce qu'elle voyait lui rappelait ses propres cauchemars. Insoutenables. Ils firent demi-tour et rejoignirent Laure sur la terrasse.

— À voir votre tête, le Parc aux rêves ne vous a pas emballée, lâcha-t-elle, légèrement ironique. La première fois, c'est éprouvant, mais… bref, j'ai examiné vos notes, commissaire. Rien à dire, vous êtes sur une affaire très spéciale.

— Pour le moins, répliqua Debords en s'asseyant. Ça vous inspire quoi ?

Laure resservit du vin à tout le monde, et alluma une cigarette. Les meilleurs vœux avaient une durée de vie limitée.

— Autant être honnête, vous êtes mal barrée. Ce Schöeller est diablement intelligent, si je puis m'exprimer ainsi. En d'autres circonstances, je l'aurais volontiers embauché à la Fondation.

Jeanne ne put s'empêcher de sursauter. Laure ne s'en formalisa pas et poursuivit.

— Ce type est un pervers de la pire espèce, Debords, et il vous en veut à mort. Vous devriez prendre cette indication très au sérieux et vous faire protéger. Je n'exagère pas. Non seulement, vous l'avez débusqué et obligé à se montrer en pleine lumière mais, de surcroît, vous l'avez fait au nom de votre père.

— Je ne suis pas sûre de vous suivre.

— Schöeller a un sérieux problème avec l'image paternelle. Mais peu importe, je ne vais pas me lancer dans une analyse sauvage. Il y a une chose que vous ne mesurez pas à sa juste valeur, c'est son goût du jeu.

Albertini eut une moue désapprobatrice, lui signifiant qu'elle ne leur apprenait rien. Deux yeux vert bronze le harponnèrent. Il détourna la tête, mal à l'aise.

Qui était donc cette femme dont la couleur des yeux se modifiait au gré de ses humeurs ?

— Expliquez-nous ça, s'impatienta Jeanne.

— J'y viens. Je ne m'occupe pas de l'assassinat des policiers, car il s'agit là d'une stratégie qui relève de tout autre chose. Je parle des meurtres commis ici. Nous avons des cadavres qui ressemblent à vos lieutenants... Frédéric Parthenay et Irma Buget. Je me souviens d'eux. Le jeu, ce n'est ni les messages ni l'analogie aux échecs.

Jeanne tressaillit.

— Le jeu consiste désormais, poursuivit Laure en accrochant un regard inhabituellement doux à celui de Debords, à faire des masques humains, « vivants », sur des visages de morts. Première chose : savez-vous, Debords, comment on appelle les secousses sismiques ?

Secouant négativement la tête, Jeanne sentit son estomac se préparer à remonter jusqu'à sa gorge.

— Des répliques, commissaire. Vous comprenez qu'il pousse le jeu plutôt loin !

La nausée empêcha Jeanne de lui répondre.

— Pourrait-on dire, intervint Franck, qu'avec ces masques-répliques, Schöeller a l'intention de provoquer chez Jeanne un tremblement de terre de dix sur l'échelle de Richter ?

— De cent, capitaine. Vous saisissez parfaitement bien la situation.

Elle jeta un œil aux feuilles éparses devant elle.

— Il ne maquille pas ses victimes pour vous faire croire qu'il s'agit de vos coéquipiers. Le but est de vous déstabiliser, de vous obliger à rester dans la partie, de croire qu'ils sont encore vivants, sachant qu'il vaudrait peut-être mieux qu'ils soient morts. Pardon, si je suis brutale mais… Donc, deux cadavres la première fois, puis quatre la fois d'après…

— Un jeu de la multiplication ? fit Jeanne en se resservant à boire.

— Exact. Normalement, la prochaine fois, vous devriez avoir huit dépouilles, soit quatre couples. Intéressant ça, si je puis me permettre, qu'il les présente… Vos lieutenants avaient-ils une relation amoureuse ?

Elle vit Debords pâlir brusquement.

— Bon, pour faire court, il va vous inonder de cadavres, jusqu'à ce qu'il obtienne de vous…

— Faut les trouver, quand même, tous ces corps, non ? fit Albertini qui sentait l'exaspération revenir.

— Il sait où les trouver. Bien vu, commissaire, je parle de votre analyse sur les groupes. Mais j'irai plus loin que vous en suggérant qu'il agit sous l'emprise d'une haine pour les indigents. S'en prendre aux plus faibles, aux sales et aux démunis, à cette partie fragile et si peu enviable de l'humain, doit lui permettre de se sentir moins dévalorisé.

— Mais, alors, comment l'arrêter, Docteur Bellanger ? cracha Franck en serrant les dents.

— J'ai dans l'idée qu'il viendra vers vous. À un moment, qu'il déterminera avec soin, il se montrera. Il vous en veut mortellement, Debords, n'oubliez jamais ça. Il est plus intelligent que la plupart des êtres humains, et d'une perversité étonnante, je veux dire cliniquement.

— Comment ça ? fit Jeanne d'une voix blanche.

— Qu'il est dans un processus régressif tourné vers son père, de façon fantasmagorique. Je ne vais pas vous faire un cours de psychologie mais, en l'affrontant, vous avez, comment vous dire ? rouvert en lui une faille. Une brèche dans son histoire personnelle, quelque chose qui a à voir avec son père, l'image qu'il en a. Je doute qu'il en ait lui-même conscience, ce qui le rend à la fois particulièrement fort mais également vulnérable.

— Il pourrait… aller à la faute ? voulut savoir Franck qui couvait Jeanne des yeux.

Laure intercepta son regard et sourit.

Une idylle policière, se dit-elle, comme c'est charmant ! Bonne chance, Debords, il a l'air très bien cet homme. Et beau mec avec ça.

— Possible, mais j'en doute, reprit-elle. À moins d'un événement qui lui ferait perdre les pédales. C'est un cinglé, pour utiliser une expression commune. Un vrai, Debords, et vous êtes sa cible.

— Vous étiez en train de dire qu'il cherchait à obtenir quelque chose de moi ?

— En effet. Vous rendre folle de douleur, et combative aussi, avant de vous tuer. Un peu à la manière dont un toréador prépare la mise à mort de son taureau. Désolée, ajouta-t-elle d'une voix plus douce, vous êtes salement embarquée, commissaire. Je ne peux rien vous dire de plus, j'ai besoin de temps pour étudier de plus près ce dossier. Nous en reparlerons demain soir, si vous voulez bien.

Adroitement, elle les congédiait. Ils se levèrent, sentant peser sur leurs épaules un poids indescriptible.

— Commissaire, fit Laure, à voix basse. Pour vous aider, il faudra me dire ce qui n'est pas écrit dans votre rapport.

Jeanne sourcilla, et la salua d'un signe de tête.

En refermant la porte, Laure admit s'être trompée. Debords avait considérablement changé. Elle alluma une cigarette, sous le regard courroucé de Juan Felipe. Sous le regard de velours de Shashi. Que s'était-il donc passé ? Et que cachait-on à la presse sur ce Gilles Schöeller ?

En quittant la Fondation Bellanger, Jeanne éprouva le besoin de s'asseoir face à la mer. De se rincer l'esprit. Et si possible d'oublier les visages d'Irma et de Fred.

Des répliques… un séisme…

La première chose qu'elle avait volontairement cachée à Bellanger, c'était que Frédéric s'était rendu à sa consultation, alors même qu'elle soupçonnait Schöeller, non pas de meurtres, mais de complicité. Une erreur qui pesait une tonne dans son cœur, et dont elle s'attribuait l'entière responsabilité. Oubliant que Frédéric avait entrepris, de son plein gré, une thérapie avec un malade mental qui, aujourd'hui, utilisait ce qu'il connaissait de ses sentiments pour faire souffrir Jeanne.

Pour couronner le tout, l'équipe chargée de surveiller et de protéger Irma, juste après qu'elle eut reçu des menaces de Schöeller, n'avait pu empêcher celui-ci de l'enlever. C'était la deuxième chose qui n'apparaissait pas dans le rapport que Laure Bellanger avait lu.

Elle se promit de la rappeler dès le lendemain matin, et de lui faire part de ce qu'elle avait sciemment occulté. Une perspective qui la libéra en partie de sa culpabilité.

20

Fin septembre
18 h 30
Hendaye

Tout le monde était déjà installé, quand Anita poussa la porte.

Elle remarqua qu'elles n'étaient pas nombreuses ce soir et songea que, la semaine précédente, Maria Conception avait participé à leur groupe de parole. Elle leur fit un signe de tête, se força à sourire même si le cœur n'y était pas, et prit place à côté de Clara.

— Nous étions en train de dire, fit Valérie à son intention, qu'il serait peut-être intéressant de parler de Maria…

— Ça servira à quoi ? la coupa Clara, sans quitter la fenêtre des yeux.

Le jour baisse, songea Anita. Elle va avoir du mal à rester assise.

Elle se mordit les lèvres pour s'interdire un sourire en pensant à la tête de Valérie si Clara se mettait à battre de ses ailes de papillon imaginaire, et pourtant bien réel pour elle.

– D'après toi, répondit Valérie, en quoi ça pourrait nous être utile ?

Clara haussa les épaules et ignora la question. Un silence pesant s'installa.

Un peu absente, Anita laissait son esprit vagabonder, quand elle eut l'impression que quelque chose n'allait pas. Elle examina la pièce, observant à la dérobée chacune des participantes, quand Sally, une Afro-Américaine de cinquante-quatre ans, leva la main.

En France depuis cinq ans, elle avait trouvé refuge à La Laguna huit mois auparavant. Elle parlait un français impeccable, et militait pour le droit des femmes. À part Milène qui l'avait immédiatement prise sous son aile à son arrivée, et elle-même, personne ne connaissait son histoire.

Valérie lui adressa un regard qui signifiait qu'elle l'avait vue, mais qu'il lui faudrait attendre. Anita se dit qu'elle ferait bien d'engager une autre psy. Elle avait entendu parler d'une femme, du côté de Saint-Jean-de-Luz, qui semblait très compétente.

Elle nota dans un coin de sa tête de prendre contact avec elle dès le lendemain. La bonne volonté de Valérie ne saurait pallier son manque d'expérience et d'empathie. Cette sécheresse qu'elle utilisait pour se prémunir contre la rudesse de certaines femmes.

– On t'écoute, Sally, fit Anita, d'une voix posée, autoritaire.

Elle jeta un rapide coup d'œil à Valérie, consciente de briser le consensus qui voulait que seule la psychologue dirige les débats. Cette dernière se tassa légèrement sur elle-même.

— Ce qu'a fait Maria Conception nous a toutes choquées, mais…

Elle scruta le petit groupe d'un regard marron foncé, presque terreux.

— On est ici pour discuter de nous, pas des absentes, acheva-t-elle.

Approbation générale.

Elles avaient tellement besoin de parler d'elles. De comprendre, et de mettre des mots sur des années de silence, de honte et de désolation. Elles étaient en demande, et dans l'urgence de trouver des réponses à l'immense abîme qui s'ouvrait sous leurs pieds.

— Bien, fit Valérie. Dans ce cas-là, pourquoi tu ne nous raconterais pas ton histoire ?

Coup bas, se dit Anita, en regardant Sally qui ne sembla pas s'émouvoir de l'attitude de leur psy.

D'un geste, elle lui fit comprendre qu'elle voulait une cigarette. Elle n'arrivait pas à se débarrasser de cette impression pénible qu'il y avait quelque chose d'anormal ce soir.

— Es-tu certaine de vouloir l'entendre ? répondit Sally d'une voix ample, légèrement éraillée.

— Nous sommes là pour ça, répliqua Valérie.

Tour à tour, Sally effleura du regard chacune des femmes, s'arrêta plus longuement sur Anita, puis sur Valérie qui ne put cacher son malaise et, finalement, se refermant comme une huître, elle alluma une cigarette.

— Sally ? fit Valérie d'une voix monocorde, théoriquement professionnelle.

— *Bullshit !* D'accord, je vais te raconter mon histoire. Même si je doute qu'elle soit utile aux Françaises, parce que la justice et les prisons américaines n'ont rien à voir avec les vôtres.

Une impulsion parcourut le groupe comme une onde électrique se propageant d'un individu à l'autre. Les corps se redressèrent sur les chaises, les jambes remuèrent et se croisèrent en même temps que les bras sur des poitrines lourdes ou menues, épuisées. Les nuques se raidirent.

Elle tira une longue bouffée, écrasa sa cigarette et souleva son sweat-shirt au-dessus de son nombril. Une longue cicatrice lui barrait le ventre.

— Tu vois ça, Valérie, c'est la marque de la bête.

Elle rabaissa son sweat en riant doucement.

— Ça faisait tout juste un mois que je venais d'être incarcérée quand j'ai perdu les eaux. On m'a transférée à l'hôpital, avec un officier de sécurité en guise de nounou. Détail intéressant, mesdames : j'étais menottée et mes chevilles étaient ferrées. Une spécialité américaine !

La tension grimpa d'un coup au sein du groupe, et malgré les efforts qu'elle fit, Valérie ne put se maîtriser. Le sang reflua de son visage, et ses mains se mirent à trembler. Elle n'avait jamais obtenu de Sally la moindre confidence. Anita pariait qu'elle commençait déjà à le regretter, n'étant pas assez armée pour entendre ça.

Et qui l'était ?

Elle va mettre des semaines à s'en remettre, se dit-elle, sans lâcher Sally du regard, l'encourageant à faire ce qu'elle estimait juste pour elle.

— Pour m'examiner, on m'a libéré les jambes. Mais on m'a laissé les menottes. Durant ma césarienne, les portes du bloc devaient rester ouvertes, pour que ma nounou puisse me surveiller. Des fois qu'il m'aurait pris l'envie de filer en douce !

Quelques rires nerveux firent écho à celui de Sally. Tendue à mesure que le soleil descendait à l'horizon, Clara se dandinait sur sa chaise.

— Quand il est sorti de mon ventre — un petit mec, une crevette toute noire —, ils l'ont immédiatement embarqué et m'ont mise en salle de repos. J'avais vingt et un ans : je ne l'ai jamais vu. Je n'avais pas le droit, à cause de…

Elle fit une pause, le regard vitreux d'émotion. D'une main tremblante, elle alluma une autre cigarette. Personne ne songeait à bouger ou à parler.

— Lors de mon procès, ils m'avaient dit : vous allez rester dans une cellule pendant vingt-cinq ans, ça vous donnera le temps de réfléchir à vos actes. Comme si ça pouvait m'absoudre de mon crime et me réconcilier avec moi.

Elle enveloppa Valérie d'un lourd regard.

— J'ai été élevée dans la foi catholique. J'habitais une région au sud des États-Unis où les Noirs ne sont pas les bienvenus. Tu sais, Valérie, dans la

Bible, il est dit : tu ne tueras point. Pourtant, on y évoque tant de meurtres et de viols.

Elle eut un petit rire de gorge.

— Pour quel motif as-tu été envoyée en prison ? voulut savoir Valérie.

— Mauvaise question, lâcha quelqu'un d'une voix dure.

Sally eut un geste apaisant de la main.

— Nos dix commandements, reprit-elle, la vie s'est chargée de m'apprendre que les humains, et en particulier les hommes, les violent mille fois par jour. Les catholiques et les extrémistes encore plus souvent que les autres. Est-ce que c'est grave ? Non, ils se rendent à l'église, mettent de l'argent sur l'autel, se confessent, et mentent, bien entendu, sur leurs prétendues exactions. Mais malheur à la femme qui tue, même pour se protéger ! Et plus grand malheur encore à la femme noire qui ôte la vie d'un homme ! Quelle que soit sa couleur.

Elle fut interrompue par Clara qui battait des ailes.

Le regard vide, elle bondit de sa chaise, fonça en direction d'une lampe allumée, se cogna à la table, et repartit en sens inverse. Un étrange sourire aux lèvres, elle voleta en direction de Valérie qui paraissait débordée et inquiète.

Anita se leva et lui ouvrit la porte. Clara s'envola.

Elle l'entendit grimper l'escalier qui menait aux chambres. Sonnée, Valérie proposa une interruption, brancha la bouilloire et intercepta Anita.

— Il faut faire quelque chose !

— Je m'en occupe, répondit Anita, sans pouvoir contenir une légère agressivité.

— Non, Anita, je veux dire qu'elle a vraiment besoin de soins.

— On en reparlera demain, si tu veux bien.

— Il faut la faire interner...

Anita sentit sa main la démanger, et s'en effraya. Serait-elle capable, elle aussi, de frapper quelqu'un ? Une femme qui plus est ? Elle fut submergée par une bouffée de détresse.

— Valérie... je ne veux plus que tu travailles pour nous.

— Pardon ?

— Tu es virée.

Sans attendre de réponse, elle lui tourna le dos et rejoignit le groupe de femmes qui buvaient du thé ou de la tisane.

Songeait qu'elle aurait mieux fait de se fier à son instinct le jour où Valérie était venue lui proposer son aide. Elle sentit le poids des années s'abattre sur sa nuque, perçut l'absence de Saverio comme une épreuve supplémentaire à traverser. Et elle en avait marre des épreuves. Vraiment marre. Qu'est-ce qui clochait donc en elle pour que tout soit si lourd à porter ?

Soudain elle s'aperçut que les résidentes se taisaient et regardaient derrière elle. Lentement, le cœur comprimé, elle pivota sur elle-même. Adossée au mur, Clara arborait un sourire éclatant.

Surprise, Anita enregistra que, pour la première fois depuis son arrivée, elle n'était pas montée se coucher à la tombée du jour. Ni roulée en boule sur son lit en s'imaginant chrysalide. Ni brûlée aux lampes de la maison. Le poids s'allégea.

— On reprend ? proposa Clara en désignant les chaises vides.

Valérie se tenait raide comme un piquet au milieu de la pièce, ballottée entre une colère et une incompréhension qui lui tordaient la bouche.

Sans justifier de son attitude, Clara retourna s'asseoir, attendant patiemment les autres. Anita et Valérie se jaugèrent du regard et, d'un même mouvement, reprirent leur place. Une à une les femmes de La Laguna se joignirent à elles.

— Sally, tu veux poursuivre ? proposa Valérie.

Cette dernière leur expliqua qu'une fois sortie de prison, elle avait décidé de parcourir le monde, de rencontrer des femmes qui avaient vécu des histoires similaires à la sienne. Partout, les religions ou les dictatures produisaient le même effet : faire régresser le statut de la femme. Partout, elles subissaient la violence des hommes, au travail et dans leur foyer.

— En France, même si vous êtes moins puritains que nous autres, vous n'en avez pas terminé avec l'extrême droite et la branche traditionaliste du catholicisme. Et autres extrémismes religieux.

Elle eut une grimace.

— Comment et pourquoi les hommes nous massacrent-ils depuis la nuit des temps ? Mystère. Et comment et pourquoi nous ne les avons pas encore exterminés ? Encore plus mystérieux.

— Pourquoi, commença Clara…

— J'ai fait de la prison ?

— Non, ça, personne ne devrait te poser la question, fit-elle à l'attention de Valérie. T'en parles, si tu le décides. Pourquoi t'es à La Laguna ?

Sally jeta un coup d'œil à Anita qui l'encouragea d'un signe de tête.

— Avec Anita et Milène, et d'autres associations, nous allons organiser des groupes de parole plus grands, et plus structurés. Des forums, avec des femmes de tous les pays. Et des hommes aussi.

Anita tiqua, et Sally s'interrompit.

D'un geste de la main, Anita lui enjoignit de poursuivre. Elle venait de comprendre ce qui la gênait dans cette réunion. C'était l'absence de Milène.

— As-tu remarqué, Clara, que la plupart du temps, nous sommes isolées, chacune dans son coin, enfoncée dans son histoire ? Toutes honteuses, faibles et culpabilisantes, en train de cultiver notre position de victime. Et cela ne concerne pas uniquement les classes socialement défavorisées.

— Ouais, ben moi, si j'avais du fric, dit une femme, ça serait plus simple, et je pourrais me tirer loin d'ici.

Clara murmura quelque chose d'inaudible. Sally reprit la parole.

— Hier, avec Milène, nous avons été voir une prof, à Biarritz. Elle est agrégée d'anglais et mariée à un chirurgien qui la bat depuis des années. Elle avait pourtant décidé de porter plainte et de le quitter. Alors il a essayé de la faire passer pour folle, et de l'interner. Même les flics lui ont gentiment conseillé de rentrer chez elle. Elle est intelligente, elle a des moyens financiers, des amis et une famille. Mais elle a peur.

Le silence se fit.

Tout en se demandant où était passée Milène, Anita observait Clara. Hypnotisée par Sally, elle donnait l'impression de la découvrir pour la première fois.

– Je vais terminer mon histoire, enchaîna Sally. Après mon accouchement, ils m'ont remis les fers aux chevilles, et ramené à ma cellule. Quelque part, j'ai un fils… que je n'ai jamais vu. Qui ne me connaît pas. J'ignore si quelqu'un lui a appris que sa mère était une meurtrière, et qu'elle avait tué son père…

Sa voix se brisa.

– T'es pas obligée, Sally, tu sais, intervint une femme.

– Un jour, je l'ai surpris en train de violer ma nièce, une gamine de huit ans. Je ne sais plus comment, je n'ai jamais réussi à m'en souvenir, mais je me suis retrouvée avec un couteau de cuisine dans la main… Parce que je ne suis pas partie à temps, j'ai tué le père de mon enfant.

Elle inspira profondément.

– C'est ça l'important, au fond, c'est que je suis restée trois ans de trop avec un homme qui me maltraitait. S'il n'avait pas violé ma nièce, je serais peut-être encore avec lui. Ou morte. Si j'étais partie avant, il n'aurait jamais agressé ma nièce. Si…

— Et t'as pris vingt-cinq ans ? s'exclama Maïe.

— Je n'y connaissais rien, j'étais assommée, et ignorante. Mon avocat, un jeune qui croyait faire le procès du siècle — l'acquittement d'une femme battue, noire de peau ! —, m'a convaincue de plaider non coupable. Le juge n'a pas apprécié, et j'ai pris le maximum.

— Ça paraît beaucoup, fit Valérie.

— Pas quand on est noir, qu'on est une femme et qu'on vit en Amérique.

Puis elle éclata de rire, et alluma une cigarette.

— Je vais vous raconter une histoire qui s'est déroulée dans l'Idaho. Les partisans de la « préservation de la vie » interrompaient les IVG et leurs commandos semaient la terreur dans les cliniques… Bref, il devait être voté une loi répressive pour satisfaire cette croisade anti-avortement. C'est alors que les femmes de l'Idaho ont eu une idée géniale : elles ont lancé une vaste opération de boycott.

Anita se fendit d'un sourire.

Elle connaissait le talent de Sally pour raconter une histoire. Celle-ci, elle l'avait déjà entendue de nombreuses fois, mais rien n'y faisait, c'était toujours un moment particulier. Et à voir la tête des autres, elle venait encore de créer la surprise.

— OK, pour vous, ça ne veut rien dire, fit-elle, les yeux pétillants de malice. Mais pour le gouverneur de l'Idaho, boycotter les pommes de terre, c'était la catastrophe.

Des rires et des cris d'exclamation fusèrent.

— La loi n'a pas été votée. Pourtant, ce gouverneur n'était pas homme à soutenir les femmes, bien au contraire ! Il luttait férocement pour la consolidation d'un État patriarcal et la glorification du pénis procréateur !

Sally n'avait pas son pareil pour jongler avec les émotions des femmes de La Laguna, les faisant passer du désarroi au fou rire en quelques minutes.

— Vous voyez, ce n'est pas sans raison qu'aux États-Unis nous sommes, aussi, les champions en matière de crimes sexuels… nos fameux *serial killers* ! Eh bien, dites-vous que pour les Américaines, la réalité est toujours bien pire que ce que vous en lisez dans les romans policiers.

Les rires moururent sur toutes les lèvres.

— Pourquoi les autres femmes ne font-elles pas comme celles de l'Idaho ?

— Je crois, Maïe, que toute la question est là. Si en Idaho, elles ont démontré qu'il était possible d'exercer une pression au niveau économique, d'autres ont démontré qu'elles n'y songeaient même pas.

Elle soupira bruyamment.

— Maïe, pourquoi t'as laissé ton mec te battre à mort pendant des années ? Et pourquoi nous sommes toutes là, ce soir ?

Le silence retomba. Lourd. Poisseux du sang et des larmes versées, de l'humiliation et de l'incapacité à se révolter. À quitter ce cercle de la soumission et de l'acceptation mortifères.

— Quelqu'un veut prendre la parole ? s'enquit Valérie, lessivée.

Le silence s'accentua.

Dehors, un vent de mer agitait les arbres devant les fenêtres.

Toutes sursautèrent lorsque le téléphone sonna. Annonçant la fin de la réunion, Anita se leva pour aller répondre, un nœud à l'estomac. Elle n'aimait pas cette impression que quelque chose de terrible se produisait, sans qu'elle puisse comprendre ce qui se passait. En raccrochant, la tête lui tournait.

Nadège, Christophe, deux personnes de l'association Cœur Bleu, et maintenant Isabelle !

Où donc étaient-ils tous passés ?

Perdue dans ses pensées, elle ne vit pas Valérie enfiler sa veste et attendre devant la porte d'entrée.

— Anita ?

— Hmm…

— Je peux venir demain, pour qu'on parle ?

— Tu peux, en fin d'après-midi. Mais je crois que tu n'es pas faite pour…

— On en discutera demain, d'accord ? Bonne nuit, Anita.

— *Gau on*, Valérie, répondit-elle, d'ores et déjà convaincue que la nuit serait tout, sauf bonne.

Dans la pièce qui servait de salle de lecture, elle trouva Sally en train de se servir un verre de vin. Sans un mot, elle en attrapa un deuxième et le remplit à l'attention d'Anita.

— On dirait que t'en as besoin.

— Merci…
— Tu veux en parler ?
— Non, c'est…
— T'as peur, Anita. Tu as à nouveau peur. Ne le laisse pas gagner. Pas encore. Pas toi !
— C'est Milène qui t'a raconté ?
Sally hocha la tête. Anita se sentit soufflée par une vague d'angoisse, et vida son verre d'un trait.
— On s'occupera de mes peurs et de la libération de Xaver plus tard. Isabelle… sa sœur vient de téléphoner, elles devaient dîner ensemble… elle n'est pas venue. T'es au courant ?
— Non… je ne l'ai pas vue de la journée. Téléphone aux flics, Anita, c'est pas normal, tous ces gens qui quittent La Laguna sans rien dire. Pas normal du tout.
— Et Milène, tu sais où elle est ?
— Ah, ça oui ! fit Sally en souriant. Un rendez-vous galant impossible à reporter, mais je ne t'ai rien dit. Avec une rousse sulfureuse… Ou bien est-ce un charmant blond au visage d'ange ? Je ne sais plus. Je m'y perds entre les femmes et les hommes de Milène.
Sourires laconiques.
Reposant leur verre, les deux femmes s'ébranlèrent, inquiètes, mais résolues à affronter la réalité, d'une manière ou d'une autre.
Quelle qu'elle soit.

21

Fin septembre
21 h 20
Hendaye

Seuls leur respiration et le cri des mouettes trouaient le silence de la nuit.

Dix kilomètres plus tard, ils finirent sur un long sprint, et s'arrêtèrent en face de leur hôtel, les muscles durcis par l'effort. Le souffle court, Debords se tenait accroupie. Les jambes fléchies et les mains sur les cuisses, Albertini récupérait.

– Tu te sens de faire un peu de combat à mains nues ?

– T'en as pas assez, Franck ?

– Jeanne, je n'aime pas savoir qu'un taré t'en veut à mort.

Elle vérifia sa pulsation cardiaque.

– C'est bizarre, tu sais. Je suis en train de me rendre compte que toutes mes dernières affaires étaient… similaires.

— Explique, fit-il en faisant quelques exercices d'assouplissement.

— À Caen, j'ai poursuivi un type qui ne s'était pas remis de la mort de sa mère, un cinglé, OK, mais le lien familial était là[1]. Quand ils m'ont mutée aux Disparitions, j'en ai affronté un qui en voulait à mort à sa génitrice[2].

— Je m'en souviens très bien. Ce n'était pas la première fois que j'entendais parler de toi, mais ça m'avait vraiment interpellé. Continue.

— Et maintenant, si j'en crois Bellanger, je me fade un autre dingue, encore plus dangereux que les précédents, et qui aurait une faille du côté du père.

Elle fit quelques mouvements avec les bras.

— Et alors ?

— Alors… rien, juste une constatation. Toutes ces affaires ont pour point commun des tueurs qui ont eu une relation meurtrière avec leurs parents.

— Tu donnes dans la psychologie de bazar ?

Elle lui sourit, et il se sentit une envie terrible de l'embrasser.

— Ce qui m'interpelle, c'est la conjonction entre ces trois cas et mon histoire personnelle.

Il faisait nuit noire, mais ni l'un ni l'autre n'avaient envie de retourner à l'hôtel. Ils firent encore quelques abdominaux, en silence. Entre deux mouvements, sans réticence, Jeanne lui parla d'elle.

1. *Pour toutes les fois*, Folio Policier n° 374.
2. *Portées disparues*, Folio Policier n° 429.

Ses grands-parents paternels avaient évité à nombre d'enfants de connaître les camps d'extermination nazis. Ils s'étaient comportés comme le leur dictait leur conscience, simplement parce que ça leur était insupportable, et qu'ils n'avaient pas trouvé de moyen plus efficace pour lutter contre l'infamie.

Elle avait grandi auprès de son père avec une perception aiguë de la violence qui franchissait les épaisses murailles qu'il dressait pour épargner sa famille. La torture et la barbarie n'en avaient pas moins fait partie de leur vie.

Sa première confrontation au meurtre en série l'avait conduite sur les traces d'un tueur dément, bien que parfaitement socialisé, et qui l'avait retenue prisonnière dans une cave. La deuxième concernait des disparitions en série orchestrées par un assassin qui enfermait ses victimes sous terre[1].

– Mes parents ont été tués par Schöeller, qui les a abandonnés dans les catacombes.

– Et la fille du juge s'est juré de mettre un terme à ses exactions.

Serrant involontairement les mâchoires, elle hocha la tête. Invariablement des affaires de famille, et de torture. Inexorablement le lien à la terre. À l'emprisonnement. L'Histoire se rejouait, différemment, mais toujours et encore au diapason d'une autre.

– Ce n'est pas tout, poursuivit-elle.

En voulant sauver un groupe d'enfants, ses

1. *Portées disparues*, Folio Policier n° 429.

grands-parents avaient été capturés par la Gestapo, et fusillés. En s'intéressant de trop près au suicide suspect de policiers, son père était tombé aux mains d'un psychiatre fou à lier.

— Des enfants. Des policiers, et maintenant des indigents. Toujours des affaires interrompues brutalement, et des groupes, Franck. Troublant, non ?

Il approuva.

Elle eut soudain l'étrange sensation que toutes ces vies étaient reliées. Qu'il y avait eu rupture et mort prématurées, et qu'il lui revenait, peut-être, de mettre un terme définitif à cette suite d'histoires sanglantes, restées en suspens quelque part dans le temps. Fermer un cycle, pour en rouvrir un autre qu'elle espérait plus serein.

— Prête ?

Elle acquiesça d'un signe de tête, s'essuya le front qu'elle avait en sueur et se prépara mentalement à se battre. Ils se cherchèrent un moment. De loin, on aurait dit deux boxeurs qui se préparaient avant d'aller au combat. Il lui porta un coup, enchaîna avec une clé. Elle répondit par un mouvement de jambe, le fit tomber, non sans qu'il n'ait le temps de la faucher avec ses pieds.

Elle se retrouva le nez dans le sable, roula sur elle pour lui échapper, mais il fut plus rapide et la cloua au sol. À califourchon sur elle, ses mains lui maintenant les bras, il l'immobilisait complètement.

— Là, tu n'aurais pas dû te faire avoir, commissaire. Ce soir, tu manques de concentration, et de maîtrise.

Les yeux dans les yeux, ils cherchaient à reprendre leur souffle. Soudain, il n'eut plus qu'une envie : lui enlever ses vêtements et lui faire l'amour. Se glisser en elle, et rester au creux de son corps le plus longtemps possible.

— Il n'y a pas que moi qui manque de maîtrise, capitaine Albertini, souffla-t-elle malicieusement.

Il s'écarta immédiatement et se releva gêné par son érection.

— Désolé, je…

Apercevant son visage, elle fut prise d'un fou rire irrépressible, se plia en deux sur le sable. Lorsqu'elle fut enfin calmée, elle découvrit qu'il n'était plus là.

Rire, et parler d'elle, lui avait fait plus de bien que deux heures d'entraînement. Elle s'allongea sur le sable, mit son blouson sous sa tête et rêvassa en regardant la voûte céleste, sans se rendre compte qu'elle s'endormait malgré la température qui baissait.

Sans se rendre compte qu'elle souriait en songeant à Franck.

*

Il n'en croyait pas ses yeux.

Elle était là.

Il l'observa attentivement, jouissant de la savoir si proche de lui, tandis qu'elle ignorait qu'il était là.

Vérifiant qu'il était bien seul, il se mit à tourner autour d'elle, en veillant à ne pas la réveiller. Pas encore. Elle était plus avenante que ne le suggéraient les photographies de presse. Agitée aussi, s'il devait en croire les mouvements brusques qu'elle faisait sans pour autant se réveiller.

Le destin était avec lui, à n'en pas douter !

La trouver sur cette plage, alors même qu'il s'apprêtait à abattre la prochaine carte de son jeu, c'était un cadeau de la providence. Il ne put s'empêcher de relever la tête et adressa un pieux remerciement aux étoiles. À l'univers.

Puis il réfléchit à la façon de la tuer, passant en revue ce qui s'offrait à lui. Il prit également en considération le fait qu'il pouvait être à n'importe quel moment surpris par un promeneur. Avec cette arrière-saison quasi torride, les touristes ne désertaient pas complètement le Pays basque.

Pas d'impatience ! s'ordonna-t-il.

S'il avait pu prévoir une telle rencontre, il ne serait pas venu les mains vides. Il s'écarta, fouilla les poches de sa veste, y trouva un morceau de papier et un stylo. Fébrilement, il griffonna quelques mots à l'attention de Debords, d'une main tremblante d'excitation. S'approchant, il glissa la feuille dans les plis de son blouson.

Sans plus attendre, il rebroussa chemin, et se chercha un endroit d'où il pourrait l'observer, tout en restant à couvert.

Soudain, il se crispa.

Quelqu'un approchait.

Quelqu'un courait en direction de son ennemie.

— Jeanne ? murmura Franck.

Elle marmonna et se tourna sur le côté.

Il essaya de la réveiller en douceur, en vain.

Et je fais quoi, moi, maintenant ?

Glissant ses bras sous elle, il la souleva, non sans oublier de ramasser son blouson, et la porta jusqu'à l'hôtel. Durant le trajet, la tête de Jeanne reposant sur son torse, il espéra qu'elle sortirait de son sommeil.

Une fois dans sa chambre, il hésita.

Fallait-il la déshabiller ? Son survêtement était humide de transpiration et de sable froid. Délicatement, il la couvrit et vérifia que les fenêtres étaient correctement fermées. Jeanne remua et ouvrit enfin les yeux. Désorientée, elle se redressa sur les coudes et mit quelques secondes à comprendre où elle était.

— Tu fais quoi dans ma chambre ?

— Depuis quand tu dors dehors ?

Écarquillant les yeux, elle repoussa la couverture et se leva. Elle avait la tête lourde. Dans la salle de bains, elle avala deux aspirines et s'aspergea le visage d'eau froide. Et la mémoire lui revint.

— Je dois vraiment être crevée pour m'écrouler comme ça…

Il hocha la tête, tira une bouffée, hésitant à lui parler de ce qu'il ressentait pour elle.

— Au fait, lâcha-t-il d'une voix rauque, c'est tombé de ton blouson.

Il lui tendit un morceau de papier qu'elle attrapa sans se méfier. Un gémissement mourut sur ses lèvres.

— Tu m'offres une cigarette ?

Il lui passa son paquet, qu'elle lui échangea contre le billet de Schöeller.

Le Fou est magnanime.

Ne tentez pas le diable, commissaire !

— Merde !

Jeanne ne pouvait refréner les tremblements qui secouaient son corps. Ils ne se lâchaient plus du regard, sachant pertinemment ce que pensait l'autre. Ce qui était arrivé sur la plage.

— J'ai… Bon sang, j'ai les jetons, Franck.

Elle aurait voulu se blottir contre lui, puiser dans cette force qu'il irradiait. Se calmer et s'endormir, sans crainte.

— Je vais faire fouiller la zone, et demander une protection.

Il attrapa son portable, mais elle l'arrêta d'un geste.

— Ça peut attendre demain.

Il insista.

— Franck, il ne se passera plus rien cette nuit.

— Comment tu peux en être sûre ?

— S'il avait voulu, il m'aurait déjà tuée.

— Je ne te lâche plus d'une semelle.

Arquant un sourcil, elle retourna dans la salle de bains, prit une longue douche chaude. Une fois calmée, elle tenta d'évaluer la situation, enfila un tee-shirt et un bas de jogging sec, et le retrouva dans la même position, en train de fumer et de téléphoner.

— On aura deux gars, demain, en tout début de matinée.

Elle haussa les épaules, lui piqua une autre cigarette, ouvrit la fenêtre et se pencha au-dehors. Immédiatement, il se leva et la rejoignit, fouilla la nuit d'un regard inquiet. Dans son dos, elle perçut sa chaleur et sa respiration, légèrement altérée par l'appréhension.

– Jeanne, rentre, s'il te plaît.

Elle se tourna, plongea ses yeux ardoise dans les siens et l'embrassa à pleine bouche. Frissons, et confidences de peau à peau.

– On risque de s'en mordre les doigts, fit-il, la dévorant des yeux.

– Risquons.

Vers 23 heures, après avoir signalé la disparition d'Isabelle, Anita et Sally retournèrent à La Laguna, le cœur sombre.

Ivres de fatigue, deux heures plus tard, Franck et Jeanne s'écroulaient dans un lit amoureusement défait.

À trois heures du matin, tandis que Gilles Schöeller se déchaînait, Lily Naips s'endormait, fourbue et le cerveau en ébullition. Pour se réveiller quatre heures plus tard, enfourcher sa moto et se rendre en haut du plus célèbre col du Pays basque.

22

Début octobre
5 h 15
Quelque part

Elle se sentait dériver.

Comme si son corps n'était qu'une coque de bois ballottée par les flots. De temps à autre, une vague un peu plus forte que les autres la submergeait. Un coup, elle buvait la tasse et sombrait ; un autre, elle battait des pieds et parvenait à s'extraire de cette masse aqueuse qui cherchait à l'engloutir.

Se tourner sur le côté l'aida à se réveiller. À revenir plus près de cet état de semi-conscience qui lui permettait occasionnellement de reprendre contact avec l'extérieur. Fermement, elle s'accrocha. Les sens à peine éveillés, elle sonda son environnement, sans réussir à déterminer s'il était réel.

Est-ce que je suis morte ?

Quelque chose en elle se rebellait contre cette pensée.

Elle s'obligea à changer de position. Son univers bascula. Mais cette fois-ci, elle eut le temps d'attendre qu'il se stabilise au lieu de sombrer. Naviguant entre deux eaux, elle hésita un moment, puis choisit de croire qu'elle faisait encore partie du monde des vivants.

Tiens bon, se dit-elle, tiens bon. Faut sortir de là.

Elle étendit son esprit, à l'affût d'une présence, d'un bruit ou d'une odeur, de n'importe quoi qui puisse la renseigner sur l'endroit où elle se trouvait.

Et lui, où est-il ?

Elle se mit à sa recherche, sans savoir précisément qui elle poursuivait. Peu lui importait d'ailleurs, car seule comptait cette nouvelle fenêtre qui s'ouvrait à elle : elle était en vie.

Tiens bon… et pour une fois, réfléchis…

Elle sursauta presque en s'entendant.

Douloureusement, elle souleva ses paupières sur une étendue humide et charbonneuse. Résistant à la tentation de s'échapper à nouveau, elle s'efforça de conserver les yeux grands ouverts.

Un trou… une cave… un puits ?

Au bout de plusieurs minutes, si longues qu'elle eut la sensation qu'une journée venait de s'écouler, se redressant sur les coudes, elle s'appuya au mur. Prit le temps de réguler sa respiration, ainsi que le cours de ses pensées. Un effort démesuré qui la vida momentanément de son énergie.

Tiens bon ! Nom de Dieu, tiens bon !

Elle se cala contre le mur, les mains agrippées à sa paillasse, les yeux écarquillés dans l'obscurité.

Puis elle prit conscience de bruits, furtifs et reptiliens. De respirations, lentes et sporadiques. Entrecoupées de sanglots par-ci, de gémissements par-là.

Irma, réfléchis et…

Il lui fallut plusieurs minutes pour réaliser qu'elle venait de prononcer son prénom.

Irma ?

Lentement, elle se réappropria une image d'elle. Une perception de son corps : un mètre soixante de chair qui contenait l'histoire d'une vie, celle d'Irma Buget, fille de gendarme, devenue lieutenant de police. Celle d'une jeune femme douée en informatique et passionnée par son métier d'enquêtrice. Irma-la-douce ou Irma-la-fougueuse, impatiente et gaffeuse, joyeuse et tumultueuse, et qui aimait la vie au point de sacrifier la sienne pour l'homme qui faisait battre son cœur, reprenait possession d'elle.

Fred ?

Elle fit basculer ses jambes hors de sa couche, bien décidée à se lever. À retrouver sa verticalité, son humanité. Lorsqu'elle fut debout, malgré la faiblesse de ses jambes où le sang se remettait à circuler, elle parvint à faire quelques pas, s'arrêtant régulièrement pour laisser le temps à son organisme de se reposer, de réapprendre, pour ainsi dire, à marcher.

Elle trouva un pot d'eau, en avala pratiquement tout le contenu, se sentit mieux et poursuivit l'exploration des lieux. Rapidement, son esprit recommençant à assembler des pensées cohérentes, elle découvrit qu'elle n'était pas seule. Ce qui n'était pas forcément réconfortant.

Schöeller ! Enfant de salaud !

Des hommes et des femmes somnolaient sur des grabats identiques à celui qu'elle venait de quitter. Des êtres ensommeillés, à l'esprit absent et aux membres dépourvus de tonicité. Des fantômes. Une peur indicible déferla en elle qu'elle jugula en se cramponnant à lui.

— Fred ? gémit-elle. Fred ?

Prise d'une frénésie subite, elle secoua tous ceux qui se présentèrent à elle, mais personne ne lui répondit. Combien étaient-ils ? Dix, quinze, vingt ? Elle n'aurait su le dire car elle s'orientait difficilement et tournait en rond.

Irma, concentre-toi...

Mentalement, elle s'organisa pour mieux appréhender son environnement, et reprit son exploration. Chaque fois qu'elle butait sur un matelas, se baissant, elle secouait vigoureusement une épaule ou un bras en scandant : « Fred ? Fred, c'est toi ? ».

Chaque fois l'espoir faisait battre son cœur, se réverbérait dans le silence, et une vague de solitude la terrassait.

23

Début octobre
8 h 40
Col de la Rhune

Malgré l'heure matinale, une bonne dizaine de personnes s'affairaient, les unes sous la houlette de Debords, les autres sous celle d'Albertini.

L'un et l'autre géraient la scène de crime silencieusement, avec un manque de sommeil évident. Lorsque le légiste arriva, Lily l'accompagna près des corps.

Huit cadavres.

Quatre femmes. Quatre hommes.

Comme en attente d'une promenade tranquille, ils étaient nonchalamment assis dans le petit train qui, en temps normal, transportait les touristes jusqu'en haut du col de la Rhune. La même scène que dans les grottes de Sare et qu'à Bidarray. Des pantins, au visage épouvantablement recomposé, qui se tenaient deux par deux par la main.

— Capitaine, fit le légiste, en se relevant. Venez voir ça.

Bien en évidence, cette fois-ci, une enveloppe se trouvait sous le siège de l'un des cadavres, dont les longues tresses et le masque évoquaient Irma, de façon grotesque et terrible. Avec ce qu'il fallait de réalisme pour produire son effet.

Jeanne se tenait à l'écart, le téléphone collé à l'oreille, les yeux rougis par l'horreur, et une nuit bien trop courte.

– … huit répliques… hum… oui, oui. Vous aviez raison, Bellanger… Quoi ? Oui, oui… Entendu, à plus tard.

Retournant interroger le conducteur du train qui avait découvert les corps en venant prendre son service, elle songeait que Schöeller avait le goût du crime matinal.

Donc, il opère la nuit…

Odeur sulfureuse et nauséabonde.

Odeur de larmes de terreur.

Odeur de désespoir, humide et ancien.

– Jeanne ! cria Albertini.

Lentement, comme à reculons, elle s'approcha des wagons où reposaient les corps ravagés des victimes qu'il restait à identifier. Lui faisaient face les simulacres d'Irma et Fred, glacés et momifiés. Se tenant par la main, ils formaient quatre couples, définitivement transis d'amour.

À mesure que le soleil réchauffait l'atmosphère, l'odeur devenait insupportable. Un mélange de chair morte, de cire et de crème. Elle sentit monter en elle l'envie de hurler.

Respire…

Franck lui remit l'enveloppe.

Quelques heures plus tôt, mais il eut le sentiment que cela remontait déjà à la nuit des temps, ils avaient fait l'amour. Quelques heures plus tard, il se demandait si tout cela était réellement arrivé.

Quelques heures plus tôt, Schöeller lui avait tourné autour, et remis un message pour lui faire savoir qu'il était là, qu'il rôdait, et qu'il pouvait la surprendre où et quand il voulait.

Et, maintenant, elle s'apprêtait à en lire un autre.

Il ne me laisse pas souffler.

Plus noirs que gris, granitiques, ses yeux semblaient se vider de toute vie lorsqu'elle les posait sur les visages d'Irma et de Fred. De leurs doubles.

À quelques mètres de là, Lily les observait, consciente de la qualité artificielle du silence qui plombait l'air. En dessous, sourdait une fureur qui ne tarderait pas à exploser. Il y avait une limite à l'ignominie et, la concernant, elle venait d'être franchie ce matin.

Avec ce paysage majestueux de la vallée à leurs pieds et le soleil éclairant les dépouilles des victimes, tels des figurants en attente sur un tournage, le spectacle était saisissant. Sublime et cruelle mise en scène destinée à faire plier Jeanne Debords.

Ostia, comment tient-elle le coup ?

Lily avait lu les trois quarts des dossiers concernant Schöeller, et se sentait nauséeuse. Elle nota qu'Albertini se comportait différemment ce matin. Ses gestes étaient plus amples, plus protecteurs, et cela lui mit du baume au cœur. En cet instant, elle s'imaginait Jeanne enfermée dans une solitude aussi vaste et aride qu'un immense désert de caillasses. De temps à autre, songeait-elle, il devait souffler un vent cinglant qui déplaçait des broussailles épincuses. Lui griffant le corps de l'intérieur.

Elle frissonna et se remit au travail.

– Franck, fit Jeanne d'une voix sourde. Si on a terminé ici, on redescend. Faut qu'on s'organise. Ça va trop vite et on s'y prend mal.

Il en convint d'un geste imperceptible, donna quelques ordres et rejoignit Debords. Lily les suivrait à moto. Les autres termineraient l'évacuation de la scène de crime.

Assis au volant, il mourait d'envie de poser sa main sur la cuisse de Jeanne qui regardait défiler le paysage à travers le pare-brise, sans y prêter la moindre attention. Tripotant nerveusement l'enveloppe, subitement, elle ordonna à Franck de s'arrêter et de faire demi-tour, obligeant Lily à freiner brutalement.

Par la vitre ouverte, Albertini lui cria qu'ils retournaient au col. Jeanne téléphona à l'équipe restée sur place pour leur dire de ne plus rien toucher.

– Il est là.

– Tu m'expliques ?

– Son message dit : *Le Fou voit la Reine qui ne voit rien.*

– T'en déduis quoi ? Qu'il s'est caché derrière un rocher ?

— Dans le genre, mais en plus pervers.

Ils mirent presque deux heures à trouver une microscopique caméra cachée dans la boutonnière d'un des morts. Pour cela, il avait fallu rouvrir les sacs à viande, et inspecter à nouveau chaque victime.

Donc, il a des moyens financiers importants…

Jeanne se sentait de plus en plus mal.

Un malaise inexprimable, car personne ne l'avait poussée aussi loin dans l'horreur. Cette exécution qui reposait sur sa vie personnelle ébranlait chaque millimètre de sa personnalité. Jamais dans sa carrière, elle n'avait détourné les yeux d'un mort. C'était la première fois, et ça la fragilisait.

Elle fit à nouveau fouiller la zone, sans y croire. Ils avaient des heures de retard et Schöeller s'était éclipsé depuis belle lurette. Elle crut l'entendre éclater de rire, et la montagne lui faire écho. Des images crépitaient dans son esprit.

Il avait attendu qu'elle s'approche du train, qu'elle soit face au corps qui arborait une pâle imitation du visage de Fred. Pâle, et si cruellement ressemblante. Il s'était sans doute félicité de son ingéniosité et s'en était délecté en la contemplant, douloureuse et abîmée.

— Lily, fit-elle, n'ayant même plus l'énergie de la rage pour lutter contre cette sensation de perte qui la faisait chanceler intérieurement. Lily, je veux que tu fasses le tour de toutes les associations du coin. Tu pousses, disons, à cinquante kilomètres autour d'Hendaye.

— Pas de problème, mais ça va prendre du temps.

— Fais-toi relayer, que tout le monde mette la gomme, on est en train de se faire manipuler dans les grandes largeurs, il faut que ça s'arrête. Et vite ! Bon, on dégage et on se retrouve au commissariat.

Elle s'éloigna, la démarche raide.

Lily enfourcha sa moto et, cette fois-ci, passa devant eux. Elle avait besoin de vitesse, de se laver la tête de ce qu'elle venait de voir. De ne plus se demander si elle avait fait le bon choix et si, tout compte fait, elle n'était pas au pire endroit pour aider les autres. Jeanne et Franck roulèrent sans échanger un mot. Pour se détendre, et échapper au silence, il alluma la radio.

Neneh Cherry chantait *Woman* et le ciel s'obscurcissait au-dessus des Pyrénées, annonçant l'orage. Il faisait une chaleur moite, quasi tropicale. Rien à voir avec la douceur d'un été indien. Après cinq ou six publicités hystériques, l'animateur annonça *Piensa en mi* de Luz Casal. N'y tenant plus, Jeanne coupa le son.

Il posa une main sur sa cuisse. La chaleur de Franck se diffusa de sa jambe à tout son corps. Elle se mordit les lèvres et fit refluer une violente montée de désir. La vie pour chasser la mort.

Tandis qu'ils redescendaient vers la mer, dans les collines, d'un bord à l'autre de la frontière, une rumeur s'amplifiait. La voix des hommes et des femmes basques suivait ou précédait les pas de Saverio qui, infatigable, allait de village en village, visitait toute maison abandonnée et faisait savoir à chacun qu'il fallait rester vigilant.

Quelqu'un s'en prenait aux Égarés, et il flottait dans l'air une puanteur digne des plus noires périodes de la région. Galvanisé, Saverio avait le pressentiment qu'il touchait au but, et qu'il pourrait bientôt à nouveau enlacer Anita. Qu'il était le digne descendant de son arrière-grand-père. Tripotant son anneau, il accéléra le pas.

*

Laure Bellanger avait passé une bonne partie de la nuit sur le dossier Schöeller. Un chercheur, dévoré par une folie meurtrière qui échappait à son entendement.

Il voulait faire trembler les autres. Intentionnellement. Il jouissait d'être particulièrement dangereux, même envers ses proches. Comme avec sa femme et sa fille qu'il avait assassinées.

Bon sang, quel cinglé !

Le caractère de cette intentionnalité était ce qui l'inquiétait le plus. Schöeller cultivait savamment cette volonté d'annihiler l'autre.

Comme s'il était parti en croisade contre… l'humanité ?

Et qu'il s'y préparait depuis longtemps.

Merde ! À ce niveau-là, ce n'est plus de l'organisation, c'est… militaire ? Genre escadron de la mort, commando…

Elle fut interrompue par un coup de téléphone qui ne manqua pas de la surprendre. Anita Oçafrain, qu'elle connaissait de réputation, venait lui demander conseil à propos d'une femme qui se prenait pour un papillon.

Le hasard objcctif, se dit-elle, songeuse.

– Tu parles !

Elle réfléchit un moment à cette question du hasard, au fait que Jeanne Debords réapparaissait dans sa vie, traînant derrière elle plus de macchabées qu'un entrepreneur de pompes funèbres. Qu'une fois de plus, elle était sur les traces d'un tueur exceptionnellement pervers.

Un souvenir se frayait un chemin du fond de sa mémoire jusqu'à sa conscience.

Militaire… Non ! Impossible…

Après s'être rapidement entretenue avec Debords, elle éprouvait encore de la difficulté à admettre qu'elle voyait juste. Il fallait qu'elle prenne l'avis d'un confrère. Quelques minutes plus tard, elle poussait la porte du Dr Juan Felipe Gonzalez.

– Salut, tu vas bien ?

Installé derrière son bureau, dont l'ordre contrastait avec le désordre qui régnait sur le sien, rasé de près et impeccablement vêtu sous sa blouse blanche, Juan rajusta ses lunettes qui ne masquaient nullement l'acuité de son regard bleu-gris. Il se dégageait de lui ce calme et cette sûreté que confèrent le pouvoir et le savoir.

D'une froideur et d'une affabilité peu appréciées dans son entourage, c'était l'un des meilleurs spécialistes des psychopathologies liées à la schizophrénie que Laure ait jamais rencontrés. Sa solide formation en psychiatrie et ses idées parfois peu orthodoxes leur ouvraient des perspectives fascinantes.

— Et toi ?

Elle hocha la tête et s'assit en face de lui, sans attendre qu'il l'invite à le faire. Juan ne se distinguait pas par sa courtoisie, mais elle s'en fichait éperdument.

— J'ai besoin de savoir ce que tu penses de ça, fit-elle en lui remettant un résumé qu'elle avait préparé à son intention. Il y jeta un œil tout d'abord lointain, puis vivement intéressé.

— Tu… comment as-tu eu accès à ces informations ?

— J'ai juste besoin de ton impression, rien d'autre.

Juan Felipe s'absorba dans la lecture, tandis que Laure réfléchissait de son côté.

— Saisissant, fit-il quelques minutes plus tard.

Il retira ses lunettes, se frotta les yeux, l'air concentré et tendu.

— T'en penses quoi ? s'enquit Laure en allumant une Pall Mall.

— Que tant que tu fumeras, ne serait-ce qu'une ou deux cigarettes par jour, tu resteras codépendante.

— M'emmerde pas avec ça, Juan. Pas aujourd'hui.

Il opina de la tête, remit ses lunettes, et relut attentivement les commentaires de Laure.

— Même si c'est horrible, j'aimerais mieux qu'ils

ne le tuent pas lorsqu'ils l'attraperont… s'ils l'attrapent. Laure, as-tu jamais eu un tel cas ?

– Juan !

Il ébaucha un sourire. Qu'elle lui rendit.

– Je ne crois pas qu'il soit fou, au sens commun du terme, j'entends. Il est vraiment dément et supérieurement intelligent, sauf…

– … lorsqu'il est assailli par le désir de vengeance.

– Effectivement.

– Donc, tu dirais qu'il va commettre une erreur.

– Possible, mais peu probable. Il aime la torture, Laure, d'un amour excessif. Il ne se nourrit que de ça, tout le reste est superfétatoire. Et il en veut à ton amie la commissaire.

– Ce n'est pas mon amie, Juan, rien qu'une connaissance.

– C'est déjà trop.

Ils se regardèrent un instant. Instantanément, les yeux de Laure passèrent du vert printemps au bronze foncé.

– Qu'est-ce que tu es en train d'insinuer ? Que je pourrais me retrouver dans le collimateur de ce dingue ?

– Si tu aides ce flic à l'approcher de trop près, il pourrait vouloir te neutraliser. Il veut la faire souffrir, le plus longtemps possible. C'est une sorte de tête-à-tête public, car il ne saurait se passer de publicité.

Elle faillit lui apprendre ce que projetait de faire Jeanne, hésita et s'en abstint. Juan en savait assez, et ce qu'il venait de lui dire confirmait largement ses premières analyses.

— Une idée pour le stopper ?

— Lui retirer son jouet… l'objet de son désir. Autrement dit, le commissaire Jeanne Debords. Mais ça peut se révéler extrêmement dangereux.

— Autre chose ?

Il prit son temps pour réfléchir.

— Deux choses. La première, il possède sans doute de solides finances, car on ne monte pas une telle opération sans moyens.

Elle hocha la tête.

— La deuxième, s'il panique, dans le cas où il perdrait Debords, sans l'avoir tuée de ses propres mains, il pourrait en arriver à une situation extrême.

— Tu penses à quoi ?

— Une guerre.

Elle haussa les épaules.

— Une vraie guerre, Laure. Incendie de villes, explosions diverses et variées : hôpitaux, crèches, que sais-je. Il peut très bien avoir constitué une milice, avec des individus surarmés et capables de tout, parce que la paye est bonne. N'oublie pas qu'il semble très compétent pour obtenir le pire d'un individu ! Tu as sans doute compris qu'il n'a pas choisi cette région au hasard. Son passé politique et historique l'a sans nul doute influencé dans ce choix. Sa frontière avec l'Espagne aussi.

— T'y vas fort, là, non ?

Mais elle savait déjà qu'il avait raison.

— Il a une obsession pour la guerre, que tu as

habilement mise en évidence. Laure, il ne s'est pas contenté de collectionner des soldats de plomb dans son enfance. Si tu vois à quoi je me réfère…

Laure frissonna de la tête aux pieds. Elle voyait. Trop bien.

Un goût du meurtre et de la destruction précocement développé, et soigneusement entretenu. Qui n'avait rien à voir avec ces gamins qui décortiquaient pour le plaisir des grenouilles ou autres animaux. Elle préférait ne pas savoir ce qu'avait fait Gilles Schöeller entre cinq et dix-huit ans.

– Conclusion, fit-elle d'une voix rauque.

– Un cas de conscience. Si Debords lui échappe, pour une raison ou pour une autre, je veux dire, si sa mise en scène de la souffrance ne fonctionne plus, il va se déchaîner. S'il conserve son avantage sur elle, il ira au bout de son processus. D'un côté comme de l'autre, quantité de meurtres en perspective.

– Tu as déjà eu à traiter des individus comme lui ?

– L'Histoire nous a appris qui ils étaient. Si mon père vivait encore, il pourrait te raconter ce que faisaient Franco et ses sbires. La démocratie reste corruptible, Laure. Et ce Schöeller a l'âme d'un tyran et le goût immodéré du pouvoir qui va avec.

Perplexe, Laure le remercia et se leva. Au moment où elle ouvrait la porte, elle fit volte-face.

– Au fait, je peux savoir ce que tu fabriques avec Ève ?

Seul un léger clignement des yeux trahit sa surprise.

— Je... je m'intéresse à elle.

— À quel titre ?

Il enregistra que la voix de Laure se durcissait. Tout le monde à la Fondation savait qu'Ève Bellanger, à l'instar de son frère décédé, avait un psychisme fragile.

— Ne crains rien...

— À quel titre, Juan ?

— Amical, répondit-il un peu sèchement.

Laure le dévisagea un instant, se demandant si son aînée pouvait éprouver quelque chose pour un homme tel que Juan. Une sensation désagréable au niveau du plexus solaire lui confirma que c'était envisageable. Car, à bien y regarder, il lui évoquait son père. Froid et hautain, l'élégance en plus.

— Un conseil, Juan. Veille sur elle comme sur la prunelle de tes yeux. Bonne journée.

Elle sortit en claquant la porte. Il secoua la tête.

S'il reconnaissait sa compétence et son intelligence, son audace de chercheuse et sa pertinence de psychologue, il supportait difficilement son tempérament volcanique. Cette autorité naturelle qui lui venait d'une éducation de nantie.

Allumant son ordinateur, il entreprit de faire la synthèse de sa journée de la veille, tout en songeant à Ève, et à Laure qui allait jouer les tigresses s'il approchait trop sa sœur. Domaine réservé, comme ses recherches.

Chaque jour, il espérait qu'elle l'autoriserait, enfin, à visiter son laboratoire personnel. Il ignorait, comme la plupart des autres collaborateurs de Laure, que les expériences qu'elle menait, sur le rêve lucide et les états modifiés de la conscience, étaient au point mort.

Ambitieux, Juan Felipe avait décidé que son passage à la Fondation devait lui rapporter un maximum. Jusqu'à présent, Laure était restée sourde à ses aspirations visant à établir une plus proche collaboration. Peut-être que la belle et étrange Ève pourrait l'y aider… À moins qu'il ne parvienne à apporter son soutien à la police sur l'affaire Schöeller. Un fin sourire étira ses lèvres.

C'était une perspective aussi excitante que divertissante. Lui, en train d'aider la police à cerner la personnalité d'un dangereux psychopathe, voilà qui se révélait ironique, si l'on connaissait sa profonde aversion pour tout ce qui portait un uniforme. Puis il se désintéressa du sujet, quitta son bureau en veillant à bien fermer la porte à clé et, d'un pas souple et silencieux, il traversa le couloir qui menait vers le hall d'entrée. Ses lèvres s'étirèrent. Il était certain que Laure n'apprécierait pas ce qu'il s'apprêtait à faire.

L'autorité n'était-elle pas uniquement destinée à être contestée ?

24

Octobre
15 h 45
Quelque part

Elle ondulait.

Son corps n'avait plus la densité d'autrefois. Par instants, elle avait l'impression qu'un fil ténu, amarré à son cœur, la retenait à la vie. Mais qu'il s'amincissait, et finirait bientôt par se rompre.

Irma ? Bouge…

Parvenant jusqu'à sa conscience, ces mots la firent réagir. Peu à peu, elle émergea de son brouillard intérieur, non sans avoir à lutter pour rester en éveil. Par bribes, la mémoire lui revint.

Nom de Dieu de…

Balbutiant, le souvenir d'une piqûre affleurait au bord de cette zone où son esprit se démenait pour rester lucide.

À nouveau, elle s'extirpa de sa paillasse qui sentait le linge humide qui aurait mis trop de temps à sécher. À nouveau, elle dut mobiliser toute son énergie pour se mettre debout. Comme venus de loin, les mots s'emboîtaient les uns à la suite des autres.

Irma, trouve une solution… t'es pas encore manchote !

Titubant, le temps que ses muscles s'oxygènent et que le sang se répartisse dans le corps, elle s'habitua à l'obscurité, et refit les mêmes gestes : marcher, se baisser, tenter de découvrir qui était avachi, perdu dans les brumes de l'inconscience due à une absorption massive de drogues. Au renoncement.

Tiens bon, Irma…

Elle fit une courte pause.

Faut trouver Fred… et Jeanne…

Chancelante, elle porta une main à sa tête et se sentit proche de l'évanouissement.

Tiens bon, nom de Dieu, Irma…

Elle tenta de respirer plus profondément.

Pour lui… Pour Fred…

Exténuée, elle tendit le bras, effleura du bout des doigts un fil électrifié. La décharge la fit reculer d'un mètre, lui procurant une douleur innommable.

Espèce d'enfoiré !

Tremblante, elle se remit en mouvement et, impuissante, sentit ses forces la quitter.

Non, pas mainte…

Mollement, elle glissa sur le sol.

*

En fin d'après-midi, Albertini n'en pouvait plus. Sa concentration lui faisait défaut dès qu'il repensait, ne serait-ce que fugitivement, à sa nuit avec Jeanne. Son regard ne cessait de la frôler. Il n'avait jamais tant désiré toucher le corps d'une femme.

Bon, ça va comme ça, Franck !

— On en est où ? demanda Debords, se passant la main dans les cheveux. Lily ?

— J'ai alerté dix-neuf associations. Huit d'entre elles ont confirmé qu'il était possible ou déjà avéré que certains de leurs protégés manquent à l'appel.

— Problème numéro un, fit Jeanne. On ne pourra pas les garder sous surveillance très longtemps. D'autant que je doute que Schöeller revienne au même endroit deux fois de suite.

— Problème numéro deux, poursuivit Franck, les médias se déchaînent. L'affaire des Masques fait la une. On va se faire souffler dans les bronches.

— Problème numéro trois, fit Lily, le territoire à couvrir.

— Problème numéro quatre, enchaîna Jeanne. Pour mener sa tâche à bien, Schöeller ne peut pas agir seul, je n'y crois plus. Et…

Quelque chose traversa son esprit.

— Et ?

— Habitué à manipuler les autres, à se déplacer aussi facilement…

Elle pensait à voix haute. L'éclair de fulgurance se précisa.

— Attendez !

Elle se mit soudain à farfouiller les dossiers, tournant et retournant les pages. La sonnerie du téléphone les fit bondir, leur faisant mesurer leur état de nerf respectif. Lily décrocha et passa le combiné à Jeanne.

– Bellanger.

– Allô… oui, oui… non, vous avez raison, bien sûr ! Merci.

Elle raccrocha un peu abruptement.

– Lily, c'est quoi cette histoire de camionnette ?

Elle lui tendit un procès-verbal, alluma une cigarette et croisa le regard de Franck.

– Et quoi, Jeanne ?

– Il connaît ses victimes, sait se faire accepter d'elles. Soit il est seul, et il est dans la place. Soit…

– Je reviens, fit Lily, faut que je voie Nico. C'est lui qui a tapé ce PV.

– Ça ne colle pas, répliqua Franck. Comment aurait-il pu faire ça en à peine trois mois ? S'introduire dans une association, faire copain-copain avec ses futures victimes, les retirer de la circulation, et les mettre au frais. Et recommencer dans une autre association pour, finalement, en moins de quatre jours, disposer dans la nature quatorze cadavres. Impossible, Jeanne. J'y crois pas.

– Tu ferais bien !

Elle se leva, furieuse. Parce qu'il avait raison, et que toutes leurs pistes aboutissaient à une impasse.

— OK ! Ça ne colle pas. Mais tu peux me dire, toi, avec tout ce qu'on a vu de merdique et de démentiel dans notre vie de flic, comment il se fait que nous n'arrivions pas à imaginer le pire dans cette affaire ?

Il réprima à grande peine une brutale envie de la prendre dans ses bras.

— Parce que nous, tu… tu es concernée de trop près, lâcha-t-il doucement.

Elle lui retourna un sale regard. Meurtri.

— Tu sais ce qu'elle suggère, Bellanger ? Qu'il parque ses victimes dans…

Nico et Lily l'interrompirent en revenant au pas de course.

— Alors, cette camionnette ?

— Dans le mille, commissaire, dans le mille ! fit Nico. On l'a repérée au moins trois fois.

— C'est beaucoup, non ? fit Albertini.

— Effectivement, renchérit Jeanne. Beaucoup trop pour un tueur qui voudrait passer inaperçu.

Ils s'entreregardèrent un instant.

— Nico et Lily, vous passez en priorité cette histoire de camionnette.

Ils disparurent en un clin d'œil.

— Franck, on reprend tout et on recommence. Schöeller connaît très bien les méthodes de la police… Et s'il faisait intentionnellement tout le contraire de ce que l'on attend de lui ?

— Au lieu de se terrer, il vit au grand jour…

— Au lieu de faire ses coups en douce, il les affiche aux yeux de tous.

Par la fenêtre, Debords vit que le ciel était noir

de nuages. Le vent soufflait plus fort qu'en début de journée, et le temps virait à l'orage.

— Il les parque où ? voulut savoir Franck.

On y est, se dit Jeanne. On est au cœur d'un cauchemar inventé par un fou furieux. Un stratège, mythomane, affairiste, raciste, organisé…

— Bellanger suggère quelque chose qui ressemblerait à un camp de concentration.

Elle eut une vision d'un terrain vague. Abrité au creux des collines, retiré du monde, entouré de barbelés, où des individus hagards seraient le jouet d'un dégénéré qui les utiliserait comme cobayes, et les livrerait en pâture à cette vendetta dirigée contre elle. Schöeller en uniforme haute couture, l'œil du médecin de famille inspectant ses troupes, ne pardonnant aucune faiblesse qui ne soit le résultat de ses expériences.

Odeur de folie, et de culpabilité. Rance.

Allumant une Camel, elle constata qu'elle avait repris de plus belle.

— Pourquoi Bellanger pense-t-elle ça ?

— Elle a lu l'historique sur sa famille. Mais j'ai un doute, sur le camp. À mon avis, Schöeller travaille caché… en sous-sol. On passera voir Bellanger en fin de journée.

Il regarda sa montre.

— Autant dire dans peu de temps.

Soudain, Debords se tendit. Une pensée venait de jaillir dans son esprit.

— Franck, tu as dit quoi… qu'en trois mois il n'avait pas eu le temps d'organiser toute cette mise en scène ?

Il acquiesça et comprit où elle voulait en venir.

— Je m'occupe de ça. Putain de merde !

— On avait raison, il n'est pas venu ici par hasard. Il a forcément anticipé les choses au point de s'être minutieusement, militairement, comme dit Bellanger, préparé à une cavale, et à l'accomplissement de tout ce merdier.

La main sur la poignée de la porte, il s'apprêtait à partir.

— Attends... On perd un truc de vue. Franck, il n'est pas seul. C'est de moins en moins envisageable. Qu'est-ce qu'on sait sur ses relations ? En dehors de Duvivien, on a quoi ?

— Un ramassis de conneries inutilisables. Je m'en occupe, et je vais mettre Janson et ses gars là-dessus. De ton côté...

La sonnerie du portable de Debords résonna.

D'une voix monocorde, elle répondit à son interlocuteur avec un minimum de mots. Se contentant de hocher la tête, le regard tour à tour furieux ou dans le vague. Elle raccrocha lentement. Trop lentement. Attrapant son blouson, elle se dirigea vers la porte.

Il se donna quinze minutes pour la laisser en paix, briefa l'équipe sur les relations de Schöeller, faxa un mémo au préfet Moreau, unique supérieur hiérarchique à qui Jeanne devait des comptes, suite aux accords spécifiques du BEP. Un quart d'heure plus tard, il prenait la direction de la plage, un trajet de cinq minutes qui lui parut interminable.

Trouvant le bureau vide, Lily décida de faire un rapide saut à La Laguna. Cette histoire de camionnette la turlupinait. Jacques, le cuisinier de l'association, en possédait une qui y ressemblait beaucoup.

Beaucoup trop.

25

Octobre
17 h 20
Hendaye

Il enrageait.

Elle était à cent mètres de lui, mais une muraille humaine l'empêchait d'aller lui foutre la volée qu'elle méritait. Face à La Laguna, trop impatient pour avoir pris le temps de réfléchir, Xaver se tenait sur la plage, les mains dans les poches d'un pantalon de toile grossière, le regard mauvais.

Loin de l'impressionner, cette attitude protectrice envers Anita le mettait en rage.

Dès qu'elle l'avait aperçu à travers la baie vitrée, elle était allée avertir Paul. Immédiatement, celui-ci avait réuni tous les hommes présents et ils étaient sortis. Silencieuses, les femmes s'étaient jointes à eux. Côté masculin, on sentait l'animosité pulser, l'envie de relever les manches et de cogner dur. Côté féminin, il émanait une tension où se mêlaient la peur et l'espoir que, pour une fois, l'agresseur serait puni.

Seule Anita demeurait calme, découvrait, non sans étonnement, qu'elle n'avait plus vraiment peur de Xaver. Elle avait pris le temps de l'observer, et constaté son air égaré et bêtement méchant, son vieillissement aussi, malgré une puissante musculature. Prime de compensation de la République qui entretenait d'insalubres prisons surpeuplées, mais dotées d'un équipement sportif qui aurait fait pâlir d'envie n'importe quel club.

Son passé avait défilé dans son esprit à la vitesse de la lumière. Pour finir, elle s'était demandé comment elle avait pu l'aimer, et en avoir si peur.

– T'as rien à faire ici ! tonna une voix qui la fit se raidir.

Les regards convergèrent vers un jeune homme qui s'approchait, les muscles bandés, une batte de base-ball à la main. Paul jeta un œil inquiet en direction de sa sœur.

Pétrifiée, Anita se sentit devenir froide jusqu'à la moelle épinière.

Non, pas ça ! Surtout pas ça !

Impulsivement, elle se dirigea vers son fils et fut interceptée par Paul.

– Laisse, Anita. Laisse faire.

Coup d'épée dans le cœur en croisant les yeux bleu lavande. Elle lui en voudrait longtemps d'avoir informé Mathieu du retour de son père. Il y avait réfléchi, pesé le pour et le contre avant de lui téléphoner, et ressenti de la fierté en entendant son neveu lui affirmer qu'il serait là le jour où Xaver reviendrait. Et il était là.

Paul pria pour ne pas avoir commis une erreur, et s'en remit au destin.

— Il fallait qu'il sache, Anita.

Épouvantée à l'idée que son fils aille affronter son père, elle fit un pas en arrière, buta contre Clara et Milène qui la prit dans ses bras. Tendrement, mais énergiquement.

— Paul a raison, Anita, laisse-le faire.

Lentement, la démarche souple, Mathieu Oçafrain s'approcha de ce père dont il ne gardait guère de souvenirs. En revanche, il n'avait pas oublié ce que sa mère avait enduré, ni ce que son oncle lui avait révélé. Il détestait l'idée qu'il était issu de l'homme qui se tenait devant lui. Goguenard.

— Tiens, tiens, le fils de la putain ! cracha Xaver.

Mathieu serra les dents. La colère des hommes augmenta d'un cran ; la peur des femmes, d'un autre. Sa batte à la main, il fit encore quelques pas, puis s'arrêta.

— Tu veux te colleter avec ton père ?

— T'as rien à faire ici.

— Tu planes, fiston. J'ai un tas de trucs à régler, ici.

Il décocha un regard haineux en direction d'Anita que Milène serrait toujours fermement contre elle.

— Personne n'a envie de te voir, reprit Mathieu. Et si tu touches à ma mère…

Soudain incapable de faire un pas de plus, il fixait son père, l'estomac serré. Indubitablement, il ressemblait à cet homme, et c'était une déchirure. Un reflet en chair et os que lui renverrait le miroir de la vie, inacceptable. Parce que cette vie-là avait des relents de mort.

– Alors, le morveux, tu te dégonfles ?

Dans le groupe, Paul tressaillit, conscient de l'hésitation de son neveu. À voix basse, il dit quelque chose à son voisin, qui transmit au sien. Trente secondes plus tard, les résidents de La Laguna se préparaient à porter main-forte au jeune Oçafrain. Celui-ci se ressaisit, fit virevolter la batte et s'approcha de son père qui souriait.

– Allez, montre-moi que t'as des couilles, fiston.

Habilement, il évita un premier coup, puis un deuxième.

De loin, ils entendaient les résidents encourager Mathieu. À la troisième tentative, Xaver esquiva, se retourna agilement et renversa la situation à son avantage. Anita cria lorsqu'elle le vit entourer le cou de son fils d'un bras au muscle hypertrophié.

Son corps d'ancienne femme battue se réveilla, et lui restitua le souvenir de la douleur, des coups reçus et de l'odeur de la peur. Une main sur sa gorge, au bord de la nausée, elle chercha à recouvrer une respiration normale. Ses jambes ne la portaient plus et Milène dut la soutenir.

– Alors, sale petit con, tu voulais me foutre une raclée… si tu veux mon avis, t'as encore du boulot sur la planche. La baston, c'est pas donné à tout le monde. Et ta salope de mère, tu sais ce que je vais lui faire, hein ? Tu sais…

Sans que personne ne comprenne comment, Clara se tenait derrière Xaver et lui appuyait la lame d'un couteau sur la gorge.

— Lâche-le, lui murmura-t-elle à l'oreille. Tu as… trois secondes.

Il n'attendit pas que la première soit écoulée. Il n'aimait pas le ton de sa voix, et avait fréquenté trop de malades en prison pour l'ignorer.

Cette gonzesse dévisse grave, se dit-il, oubliant qu'il lui rendait plus de vingt kilos de masse musculaire.

Mathieu n'était pas un bagarreur-né, mais Clara, ça, ça relevait encore moins de ses compétences. Il recula et décida de s'en remettre à son oncle qu'il entraperçut filant en direction de son bureau.

La rage des hommes fit place à de l'étonnement, mais surtout à un étrange mélange de honte et d'amertume. Chez les femmes, la stupéfaction le disputait à l'excitation. Silencieusement, elles se mirent à applaudir Clara, un petit nombre l'exhortant même à aller jusqu'au bout de son geste.

Xaver essaya de se dégager. Bien que maigre, Clara était animée d'une incroyable force.

— Tu sais quoi ? fit celle-ci, toujours à voix basse. Tu aurais dû t'informer avant de pointer ta sale gueule ici.

Anita était l'une des rares personnes à l'avoir acceptée telle quelle, sans jugement, ni appréhension envers son passé. Elle lui avait ouvert sa porte, donné le vivre et le couvert, ainsi que son amitié. Pour une telle femme, Clara aurait fait n'importe quoi. Ou presque.

— Oh, oh… chaque fois que tu bouges, connard, la lame s'enfonce un peu plus. Penses-y.

Xaver cessa immédiatement tout mouvement.

— Maintenant, écoute-moi bien. Si tu avais pris le temps de mieux monter ton coup, et d'annoncer ta venue, quelqu'un se serait chargé de te dire que je suis folle. Terriblement folle.

Elle eut un petit rire qui le fit se raidir.

— Tu ne me crois pas, hein ? Tu veux savoir pourquoi j'ai fait un long séjour en psychiatrie ?

Xaver sentit la sueur couler le long de son dos.

— T'as raison de flipper. Figure-toi que j'ai dézingué mes parents. Au couteau. Du sale boulot, parce que ça gicle partout quand la lame est émoussée. Et tu veux savoir pourquoi une fille flingue père et mère ? Mais parce qu'ils sont bien plus fous qu'elle, et d'une violence à vomir. Et tu sais comment on soigne les gens comme moi ? Non, tu ne sais pas, personne ne… Mais depuis ma sortie, va savoir pourquoi, j'ai une aversion pour les roquets de ton espèce.

— Lâche-moi… je…

Anita s'approchait d'eux en criant « Clara ! », lorsqu'elle vit Lily arriver à moto, se garer sur la promenade qui longeait la plage et courir comme une dératée. Paul réapparut au même moment, une arme à la main.

— Clara, s'il te plaît, ne fais pas ça, la somma Lily d'une voix qu'elle réussit à conserver calme.

– T’en as mis du temps ! répondit cette dernière d’une voix joyeuse. T’as les bracelets ? Toi, t’es vraiment un grand connard, dans le genre ! T’imagines quand même pas que j’allais retourner chez les oufdingues à cause de ta pomme !

D’une démarche sautillante, elle s’éloigna en riant.

Rapidement, Lily évalua la situation. Mathieu se tenait près de sa mère, une main sur son épaule. Derrière eux, indécis et curieux, mais solidaires, les résidents de La Laguna formaient une haie. De la main, Lily fit signe à Paul.

– Faut que je parle à ta sœur. Toi, tu veilles sur cet abruti, mais tu te contrôles. Et, *Ostia*, tu me ranges ce truc ! tonna-t-elle, lui indiquant son arme de l’index.

En quelques mots, Anita fit ce qu’elle aurait dû faire des années plus tôt : révéler son passé de femme battue à Lily. Congédiant Paul, cette dernière toisa durement Xaver.

– On va passer un deal, tous les deux. Je vais être brève. Si tu ne disparais pas de la région, si j’entends encore parler de toi, ne serait-ce que de loin, je te boucle. Avec ton casier et tes antécédents, je peux monter un dossier épais comme…

– Ça va, ça va, je connais la chanson !

– J’en doute. Écoute plutôt ça. Dans moins d’une heure, d’un bout à l’autre du Pays basque, en France comme en Espagne, ton nom sera maudit. Si jamais j’apprends que tu traînes dans le coin, même à cent kilomètres, je ne te laisserai pas en paix une minute. Autrement dit, Xaver, tu es banni. Interdit de territoire.

L'air arrogant, un sourire fielleux aux lèvres, il la dévisageait.

— Hé, tu te prends pour qui, la fliquette ?

— Pour que les choses soient définitivement claires entre nous, je vais te prouver que je ne plaisante pas. Quand j'aurai fait passer le message à tout le monde, j'en enverrai un autre, beaucoup plus personnel.

Il se redressa, aiguillonné par une inexplicable inquiétude.

— Je me demande comment il va réagir, quand il saura que tu as voulu dérouiller la femme de son cœur ?

— Qui ça ?

Son visage s'illumina d'un grand sourire.

— Saverio.

Xaver blêmit d'un seul coup.

— Je crois qu'on se comprend, conclut Lily en lui ôtant ses menottes. Maintenant, prends tes jambes à ton cou et tire-toi.

— Je peux porter plainte, fit-il en se frottant les poignets.

— Essaye, riposta Lily.

Xaver cracha par terre, survola d'un regard mauvais les hommes et les femmes qui se tenaient à quelques mètres de lui, fixa son ex-épouse et son fils un peu plus longuement.

Après tout, qu'est-ce que j'en ai à battre de cette grognasse, se dit-il, sentant la colère l'aveugler à nouveau.

— Fais-moi confiance pour rapporter à Saverio ce qui vient de se produire, dans les moindres détails, lâcha Lily en apercevant un éclair de rage dans les yeux de Xaver.

Les épaules voûtées et les poings serrés, il s'en alla. Ils le regardèrent s'éloigner, les uns frustrés de n'avoir pu se défouler, les autres soulagées. Tous se demandaient ce qu'avait bien pu lui dire Lily.

Cette dernière relâcha sa tension, souffla et s'entretint avec Paul au sujet de son arme, et prit Anita à part pour lui répéter ce qu'elle avait dit à Xaver. Éberluée, Anita l'écouta puis éclata de rire.

— C'est fini, la rassura Lily. Il ne reviendra plus. Trop lâche. Et puis, Saverio, il ne peut pas lutter, même pas en pensée.

— Oh, ma Lily…

Elle lui tomba dans les bras et fondit en larmes.

*

Paul les vit entrer les uns à la suite des autres.

Leur corps exprimait ce qu'ils n'avaient, pour certains, jamais encore osé dire en public. Ni même dans la plus stricte intimité : en tête à tête avec eux-mêmes. Le poids des années, du labeur ou de l'absence de travail courbait les épaules des uns, creusait les joues des autres. La peau reflétait l'abus de tabac et d'alcool, la grisaille qui se faisait un lit confortable au fond de leur cœur.

Tête basse, ils s'installèrent en silence. Des briquets crachèrent une courte flamme, car les mains réclamaient de quoi s'occuper. Il les sentait balancer entre lassitude et nervosité. Personne ne leur avait appris à parler.

Paul se redressa, la poitrine encombrée d'une tendresse, non exempte d'une légère impuissance. Lui-même se trouvait gauche et empêtré. Inspirant profondément, il leur souhaita la bienvenue et se lança :

— Bien, les gars, je n'ai pas l'habitude de faire ça, alors va falloir m'aider.

Il se passa encore quelques minutes pour que le premier décide de se jeter à l'eau.

— Puisque c'est moi qui t'ai demandé pour qu'on se parle, alors, j'y vais, fit Alain.

La quarantaine bien avancée, il était natif de Strasbourg mais vivait dans la région depuis son adolescence. Marié, puis divorcé, père de trois enfants qu'il ne voyait jamais, il vivotait à La Laguna depuis six mois, à la recherche d'un boulot stable et d'un peu de chaleur.

— Tout à l'heure, les femmes, elles auraient bien voulu qu'on le tabasse à mort, l'autre salopard.

Des murmures approuvèrent.

— Bon, ta sœur, elle mérite pas un type comme ce Xaver. Mais on s'est quand même dit que les femmes, elles allaient trop loin.

— Vraiment ? fit Paul, qui n'en revenait pas.

Ancien alcoolique, Alain luttait chaque jour pour ne pas replonger. Les fois où il avait été sobre se comptaient sur les doigts d'une main, avant qu'il ne renonce complètement à sa bouteille de blanc. Trois ans auparavant, il était encore capable d'en ingurgiter quatre à cinq litres par jour. Quatre à cinq bonnes raisons d'être hors de lui et de battre femme et enfants.

— Qu'est-ce qui t'a gêné ? Qu'elles aient envie de le voir se prendre une raclée.

— Ouais… c'était trop… je sais pas, moi, trop fort. Oh, elles ont pas vraiment parlé ou crié, pas comme nous, mais on les sentait derrière notre dos, tendues. Très énervées.

— Y avait de quoi, non ? demanda Paul, ouvrant la conversation aux autres, d'un regard qu'il espérait serein.

Un homme prit la parole, suggérant que les femmes les haïssaient, et que tout venait de là.

— Moi, je suis comme Alain, ça m'a foutu en rogne. Le Xaver, on aurait pu lui régler son compte si cette folle de Clara ne s'en était pas mêlée. Une vraie dingue, celle-là, et qui peut pas sacquer les mecs. Mais alors, vraiment pas !

— On dirait que vous leur en voulez aux femmes ? reprit Paul, conscient de jouer à l'apprenti sorcier en animant ce débat.

— Ouais, font chier, à la fin, lâcha un homme. Tiens, m'étonne pas qu'elles fassent des tournantes, toutes des…

Paul prit sur lui pour ne pas exploser.

— J'ai déjà dit que je ne voulais pas entendre ce mot ! gronda-t-il. Un viol collectif, ce n'est pas une tournante. Garde-moi ça pour tes parties de ping-pong !

Les briquets s'allumèrent les uns à la suite des autres. Paul inspira profondément.

— Dites donc, les gars, vous n'avez pas l'impression qu'il y a comme un problème, là ?

Les chaises couinèrent sous les fessiers amincis par la misère et l'errance. Les jambes s'écartèrent pour se donner de la stabilité, et les bras se croisèrent sur des torses que pas une seule femme n'avait caressés depuis des lustres. Le silence se plomba d'interrogations et de révoltes muettes.

— Combien parmi vous sont ici parce que leur femme les a quittés ? poursuivit-il, d'une voix plus assurée.

Il avait choisi de crever l'abcès et se sentait mieux. Timidement une main se leva, suivie de neuf autres.

— Alain, ta femme, pourquoi elle a foutu le camp avec tes gamins ?

— Comme si tu ne le savais pas ! rugit l'autre.

— Moi, je le sais, mais les autres ?

Alain se tortilla sur son siège et, n'y tenant plus, se leva.

— D'accord, je buvais, un peu trop, et trop souvent. C'est vrai. Mais elle avait pas le droit, tu comprends, Paul, elle avait pas le droit de me prendre mes gosses !

Un sanglot se logea en travers de sa gorge, l'empêchant de poursuivre. La tension augmentait graduellement et Paul était bien décidé à laisser les choses suivre leur cours.

— Dis, ta femme, tu l'aimais, Alain ? fit un homme, d'une voix à peine audible.

— Ben, ouais, normal quoi.

Soudain la rancœur le défigura.

— Sauf qu'elle s'en foutait que je bosse comme un damné, que je me tape plus de deux heures de trajet tous les jours. Elle, elle branlait rien de la journée, mais pour se plaindre, alors, là, championne… Et je vous dis pas ce qu'elle faisait de son cul, parce que, là, je vais m'énerver dur.

— T'oublies de raconter que tu picolais sévère, fit un autre homme. Et que tu lui foutais sur la gueule pour un oui et pour un non.

— Elle le cherchait ! Elle passait son temps à me contredire, ou à m'ignorer. Tiens, je sais plus ce qui me foutait la rage, sa grande gueule ou ses silences.

Il alluma une cigarette et fit mine d'aller se rasseoir.

— Tu vas pas prendre sa défense, non plus ?

Il se laissa tomber sur son siège, comme s'il venait de produire un effort colossal.

— Manquerait plus que ça, tiens, qu'on prenne sa défense, à cette garce.

Il avait dit ça d'un ton presque monocorde.

Paul attendit quelques secondes avant de leur demander ce qu'ils en pensaient. D'un côté, l'attitude des femmes les blessait, de l'autre, ils leur en voulaient terriblement, les accusaient de tous les maux, les rendant responsables de leur déchéance.

— Vous ne croyez pas que chacun de vous a sa part de responsabilité ?

— Tu dirais pas ça si tu connaissais ma femme, rétorqua Alain, bravache.

Imperceptiblement, ses compagnons de galère se désolidarisèrent de lui. Un léger déplacement, un dos qui se tournait, un regard qui se figeait, juge et arbitre.

— Pour en revenir à tout à l'heure, reprit Paul. Est-ce que quelqu'un voudrait prendre la parole ?

Une main s'agita au bout d'un bras maigre et précocement vieilli. Santiago était né non loin de Madrid, dans un petit village où l'on pratiquait encore des rites archaïques lorsque les femmes étaient déconsidérées par la communauté.

C'était un maçon extraordinaire, un buveur modéré, sauf les jours de trop grande déprime, un fils d'instituteur qui conservait de son enfance le goût de la lecture et des mots bien choisis. Il était arrivé six ans plus tôt, et Paul ne trouvait aucune raison de se séparer de lui.

En règle générale, les résidents ne passaient pas plus d'un an à La Laguna. Tous les trois mois, Paul faisait le point avec eux, afin de résoudre leurs différents problèmes. Un emploi et un logement, voilà à quoi se résumait la vie de ces hommes. Un passé dont peu étaient fiers. Un avenir qui n'avait aucune saveur.

— Je ne crois pas que tu vas apprécier, Alain, fit Santiago avec un accent espagnol qu'il n'avait jamais perdu.

— Alors, ferme-la, riposta ce dernier.

Santiago hocha la tête, peu impressionné.

Des hommes en colère, butés et violents, il en avait tellement rencontré que, parfois, il finissait par se demander si l'humain n'était pas voué à la dégénérescence, puis à l'extinction. Laissant ces considérations métaphysiques qui l'occupaient depuis des années, il reprit.

— Je vais vous dire, même si elles espéraient que Xaver se fasse remettre à sa place, ce qu'il y avait au fond de leur cœur, messieurs, c'était de la peur. Tu vois, Alain, je suis suffisamment vieux pour savoir qu'une femme ne devrait jamais s'effrayer à la vue d'un homme. Et réciproquement.

Alain s'esclaffa.

— Comme si j'avais jamais eu peur d'une gonzesse !

Tout le groupe fit corps avec Santiago, sans état d'âme pour Alain qui leur renvoyait une image d'eux-mêmes insupportable.

— Eh quoi ? fit Alain, avec la hargne de ceux qui se sentent soudain exclus. Qu'est-ce qui vous prend, là ? Faut-y que je vous rappelle que vos satanées bonnes femmes, elles vous ont largués ? Qu'y en a pas un ici qui voit ses gamins régulièrement. Qu'on est devenus des loques qui tiennent encore debout parce que y a des gens comme Paul pour les accueillir !

— Et Anita, fit Santiago, le regard lumineux.

Durant une seconde, Paul se demanda si Alain allait cogner sur le fragile Santiago et s'il devait intervenir.

— Bon, Alain, là, tu nous gonfles ! râla Serge,

un des plus jeunes de l'association. On n'est pas ici pour t'entendre chialer sur ton sort. Ta femme, à mon avis, elle aurait mieux fait de ne jamais croiser ta route, et toi, t'aurais mieux fait de ne jamais avoir envie de la sauter. Si on savait mieux tenir nos queues, on éviterait un tas d'emmerdements. Santiago, il parle bien, et il a raison, on a tous la trouille. De la vie, des nanas, et même de notre ombre. Sinon, on n'en serait pas là, non ?

Fou de rage, Alain lui sauta dessus.

Les chaises raclèrent le sol et tous se retrouvèrent debout, l'adrénaline fouettant leur corps meurtri, comblant un manque, un besoin d'expulser quelque chose qu'ils n'arrivaient pas à formuler. Discrètement, Santiago s'écarta et s'approcha de Paul, lui parla à l'oreille, et observa les deux hommes en train de se battre. Autour d'eux, les autres faisaient cercle, hésitant à se jeter dans la mêlée.

Soudain, une main s'abattit sur l'épaule d'Alain et le tira brutalement en arrière. Une autre bloqua Serge qui s'apprêtait à repartir à l'attaque. Le silence n'était altéré que par la respiration bruyante des deux hommes.

– Voilà pourquoi elles nous quittent nos femmes, cracha un homme en claquant la porte derrière lui.

Un claquement qui résonna morbide dans le corps des résidents de La Laguna. Au bout d'un temps qui lui parut incroyablement long, Alain releva la tête et osa regarder Paul.

— Je… j'crois que t'as plus qu'à me foutre dehors.

Paul secoua la tête et se fendit d'un sourire.

— On en reparlera demain. Je t'attends dans mon bureau, quand tu veux. Mais avant 20 heures.

Alain acquiesça d'un léger mouvement de tête, bafouilla deux ou trois mots d'excuse et se retira en traînant les pieds, se traitant de « foutu connard ». Avant de franchir la porte, il se retourna.

— Paul… j'crois que je vais avoir besoin d'un sacré coup de main. Et rangez vos bouteilles, les gars, ce soir, je me sens pas trop en forme.

Il leur adressa un geste las de la main et s'en alla retrouver son lit, petit et froid. Silencieusement, les résidents ramassèrent les chaises et se rassirent en cercle. Santiago pressa le bras de Paul et retourna à sa place, une lueur d'espoir au coin des yeux.

Plutôt satisfait de la tournure des événements, Paul relança la discussion, en songeant que c'était un grand jour, car il ne doutait plus que, dorénavant, à l'instar des femmes, les hommes de La Laguna prendraient le temps de se raconter.

Et peut-être qu'il en sortirait quelque chose, en fin de compte, de toute cette misère humaine. Quelque chose qui agrandirait chacun d'eux et ouvrirait une fenêtre sur un lendemain un rien ensoleillé.

Un lendemain sachant conjuguer le masculin et le féminin, sans faute d'accord, ouais, enfin, rêve pas trop quand même, se dit-il en s'autorisant un cigarillo.

26

Octobre
18 h 20
Hendaye

Face à eux, l'océan se contorsionnait sous la force du vent et de la marée.

Des mouettes piaffaient au-dessus de leur tête, et le ciel continuait à s'emplir de nuages. La température restait élevée, lourde et moite. Ils avaient fumé une cigarette en silence. Malgré son impatience, Franck attendait qu'elle mette ses idées au clair, avant de prendre la parole.

— Moreau me retire l'affaire, lâcha Jeanne.

Une immense vague s'écrasa non loin d'eux.

— Tu peux répéter ?

— T'as bien entendu. Il estime qu'il y a trop de cadavres, trop de bordel avec la presse, et que je suis trop impliquée. Et Moreau déteste le « trop ».

— Pressions politiques ?

— Avec les remerciements du Parquet et du proc'.

Albertini se leva, avec l'envie de coller son poing dans la gueule du premier venu. Ils tournèrent la tête en entendant Lily hurler « Jeanne ! Franck ! ». À grandes enjambées, elle les rejoignit.

Ses mains brassant l'air, elle leur annonça que le rapport complet du légiste venait d'arriver, et leur toucha un mot de la camionnette de Jacques.

— Je reviens de La Laguna et...

Elle n'acheva pas sa phrase, prenant soudain conscience que quelque chose n'allait pas. Franck la mit au courant.

Lily lâcha une bordée de jurons, et lui fit part de ses soupçons à propos de Jacques. Debords s'écarta un moment pour téléphoner.

— On retourne au bureau, fit Jeanne, souriante. Faut que je rappelle Moreau, et je préfère que vous soyez témoins de la conversation.

Elle venait de s'entretenir avec Laure Bellanger qui lui avait confirmé que son idée était bonne. Dangereuse, mais incontestablement bonne.

Une fois installée, elle mit le téléphone en mode haut-parleur et attendit qu'on lui passe le préfet Moreau qui n'était pas à prendre avec des pincettes. Non seulement il venait de congédier son meilleur flic, contre son gré, mais il savait pertinemment que si Debords était sur la touche, Schöeller avait toutes les chances de s'en sortir. Il ne faisait aucune confiance à ces « flics de choc » qui devaient prendre la relève.

— Oui, Debords, cracha-t-il dans le combiné.

— Je voudrais vous soumettre une idée, Monsieur.

— Je vous écoute.

— Que diriez-vous d'annoncer au journal de 20 heures que vous avez été dans l'obligation de me retirer cette affaire… pour incompétence.

On entendit le préfet étouffer une exclamation.

— Vous ne croyez pas que la presse s'est déjà assez fichue de nous ? répondit-il un peu hargneusement, ce qui n'était guère dans ses habitudes.

Mais depuis le début de l'affaire Schöeller, plus personne ne réagissait normalement.

— Monsieur, c'est peut-être notre dernière chance de faire sortir Gilles Schöeller de son trou.

Un long silence lui répondit.

— Pour que je me retrouve avec une ribambelle de cadavres sur les bras. Pas question, Debords.

— Alors, sachez que je vais informer la presse…

— Debords, l'interrompit-il, je vous recommande la plus grande prudence !

— Monsieur, avec tout le respect que je vous dois, nous sommes dans une merde noire.

Nouveau silence.

— Admettons que je fasse ce que vous me demandez, qu'est-ce que c'est censé nous rapporter ?

— Schöeller ne tue que parce qu'il veut me faire souffrir. S'il apprend que je suis hors jeu, alors les meurtres devraient s'arrêter. Mais il faut le faire de façon officielle, publique, et irréfutable. Qu'il n'ait aucun doute. Je crois qu'il serait souhaitable qu'un journaliste interviewe le lieutenant Naips, pour qu'elle confirme que je n'ai plus accès aux dossiers et donne ainsi de la véracité à nos propos.

D'un bout à l'autre du téléphone, l'angoisse se répandit. Tous comprenaient ce que signifiait la demande de Jeanne.

— Debords, vous êtes certaine que c'est bien cela que vous voulez ?

— Quitte à me foutre dehors, Monsieur, autant en profiter. Faites-moi confiance. Dès que Gilles Schöeller entendra la nouvelle, les meurtres prendront fin.

Moreau faillit lui demander ce qu'il en serait pour elle, et pour ses lieutenants, même s'il doutait qu'ils soient encore en vie, mais s'abstint.

— Je vous fais confiance, commissaire, soyez-en sûre. Je m'occupe de la presse.

Il faillit ajouter « occupez-vous du reste », se rappela qu'il venait de la congédier, même s'il doutait qu'elle lui obéisse. De là à l'inciter à la désobéissance…

— Merci, Monsieur le Préfet.

— Ne me faites pas regretter cette décision, Debords.

— Comptez sur moi. Bonsoir.

Elle raccrocha, visiblement satisfaite. Albertini bouillait. Croisant son regard, il sut qu'il ne se trompait pas. Tout comme elle sut qu'il savait ce qu'elle comptait faire.

— La guerre est déclarée, lâcha-t-elle. Je veux sa peau, Franck, et tous les moyens sont bons.

— Tu…, il déglutit avec difficulté. Tu risques ta vie, Jeanne.

— Je ne veux plus voir l'ombre d'un visage qui me rappelle Irma et Fred. Je ne le supporte plus.

Ils se turent un instant, s'interrogeant silencieusement du regard.

– Et pour cette camionnette, on fait quoi ? s'informa Lily, se dandidant sur sa chaise.

– Tu t'en occupes, répondit Franck. On va convoquer ce mec, et on verra bien où ça nous mène. On n'a vraiment pas grand-chose contre lui, faudra y aller mollo.

Jeanne prit le temps de réfléchir.

Officieusement, elle était écartée de l'affaire. Officiellement, ça attendrait encore quelques heures. Officieusement, Laure Bellanger lui avait fait part d'une rébellion possible de Schöeller contre la population. Officiellement, Schöeller ne l'apprendrait que dans deux heures. Au plus tôt.

– On continue, répliqua Jeanne.

– Excuse-moi, Lily, fit Albertini, les mâchoires serrées. Jeanne, est-ce que Moreau a compris ce que tu vas faire ?

– J'imagine que oui.

– Ne me dis pas qu'il te lâche comme ça dans la nature, alors que…

– Tout doux, Franck. Je ne suis pas sans protection.

Il la regarda de travers, incapable de supporter l'idée qu'elle soit en danger.

– Il te faudrait une escorte. Et encore, Schöeller trouverait bien le moyen de la corrompre ! Non, Jeanne, ton idée, c'est du suicide.

– C'est le seul moyen. De toute façon, je te rappelle que l'on m'a retiré cette affaire. Bien entendu, Moreau sait que je vais travailler à mon compte. Officiellement, tu reprends l'enquête. Ne t'inquiète pas, il a pigé que Schöeller allait se tourner droit sur moi.

— Magnifique ! Et s'il te tue ?

— Lily, tu veux bien nous laisser ?

Cette dernière se leva, à regret.

— Profites-en pour aller chercher ce cuisinier, qu'on tire ça au clair.

Albertini ne quittait pas Debords du regard.

— Je ne suis pas une bleue, Franck.

Si tu meurs, Jeanne…

Elle alluma une cigarette et plongea ses yeux dans les siens.

— Je n'ai pas l'intention de passer ma vie à jouer au chat et à la souris avec ce malade mental.

— La fin ne justifie pas toujours les moyens.

Elle eut un vague sourire. Entre épuisement et quelque chose qui ressemblait à de la joie. Celle de le sentir là, si préoccupé d'elle. Celle de se souvenir que quelques heures plus tôt, ils avaient fait l'amour, et qu'elle avait adoré ça. Qu'elle s'était sentie vivante, comme jamais.

— Je ne supporte plus ces répliques. Tu comprends ?

— Mais de là à…

— T'es inquiet ?

— Évidemment !

Elle s'approcha de lui.

— Reste professionnel, Franck. Quoi qu'il arrive, reste…

Il referma ses bras autour d'elle et l'embrassa. Puis s'écarta brutalement.

— Jeanne, je…

— Tu veux bien qu'on reporte à plus tard ce qui se passe entre nous ? Et qu'on reste concentré sur cette saloperie d'affaire. Je n'ai pas envie d'y passer dix ans.

— Et après ?

— Après quoi ?

— Quand tu auras chopé Schöeller, parce que avec ton obstination je finis par croire que tu l'auras, qu'est-ce que tu feras ?

— Je prendrai ma retraite et j'écrirai des best-sellers.

Il éclata de rire.

— On s'y remet, capitaine Albertini ?

Il hocha la tête, s'assit en face d'elle et, allongeant les jambes, lui frôla les chevilles.

27

Octobre
20 h 05
Quelque part

Lorsque la nouvelle fut diffusée en début de journal, Gilles Schöeller n'était pas en mesure de l'entendre.

Des années auparavant, il avait racheté une ancienne maison basque abandonnée qui, vue de l'extérieur, paraissait juste ce qu'elle était : une ferme délabrée, de taille moyenne. C'était après avoir visité les caves qu'il avait compris que ce lieu était pour lui.

Régulièrement, il était venu, discrètement, ce qui ne relevait pas de l'exploit vu qu'il n'y avait personne à vingt kilomètres à la ronde, et avait aménagé le sous-sol. Il avait également fait l'acquisition d'une bergerie à une demi-heure de là. À dix mètres de la frontière.

Au fur et à mesure, un projet que d'aucuns auraient jugé diabolique avait pris forme en lui.

Première phase, poursuivre le recrutement d'hommes dont le cœur et la conscience s'assimilaient à un compte bancaire, et le cerveau à une éponge. Puis les lancer dans la nature, et semer la terreur. Deuxième phase, liée aux circonstances : livrer à Jeanne Debords autant de répliques de ses lieutenants que nécessaire, jusqu'à la rendre folle de douleur.

Depuis qu'il avait réglé son compte au juge Debords, il avait étudié la personnalité de sa fille, anticipé ses réactions et collecté toutes les données disponibles sur elle. D'après ses calculs, elle tiendrait encore un peu.

— Huit fois deux, seize… à trente-deux cadavres, elle devrait perdre complètement la tête… Définitivement.

Il déambulait dans son antre, observant à la dérobée les corps avachis sur des lits de fortune, à même la terre meule. Ça sentait l'humus et le pourrissement des champignons, la vieille transpiration qui recouvrait ses prisonniers.

Il compta lentement et arriva à seize. Dans quelques heures, il en aurait deux fois plus à sa disposition.

— Si tout se passe bien.

Ce dont il ne doutait pas. Debords et son équipe croyaient détenir des informations, et s'épuisaient à vouloir le rattraper, mais il avait toujours une longueur d'avance.

Il vérifia que ses « troupes » se portaient bien, du moins physiquement, car il n'était pas question que l'un d'entre eux meure prématurément. Il testa l'installation électrique qui verrouillait les entrées et sorties de la cave, et remonta se préparer à dîner.

En passant devant Léa, il s'arrêta. Palpa la soie rouge carmin qui entourait les hanches du mannequin, frémit et banda. Un œil à sa montre lui apprit que le journal de 20 heures avait déjà commencé, et qu'il devrait se mettre en route juste après.

— Désolé, ma petite chérie, tu vas devoir attendre…

Il alluma le poste, se fit une assiette de charcuterie et se servit un verre de vin. N'en pouvant plus, il dégrafa son pantalon et s'approcha de Léa, son sexe à la main. Fébrilement, il s'enfouit dans les plis de la soie qui crissa. Rapidement, il éjacula, et s'essuya à même le tissu.

— Tu vois, Léa, dans moins de quarante-huit heures, je serai…

Il sursauta et se tourna vers l'écran. Le présentateur achevait son journal en revenant sur le limogeage du commissaire Debords, à grand renfort de termes sensationnels. Sa main se referma sur le bras du mannequin.

— Ils mentent ! cracha-t-il.

Mais en entendant le lieutenant Naips confirmer la nouvelle, il ne put contenir sa rage et envoya valser Léa à l'autre bout de la pièce.

— La salope !

N'ayant pas pris soin de fermer la porte qui menait aux caves, tous l'entendirent vomir sa hargne.

Instinctivement, ils se serrèrent les uns contre les autres. Du moins ceux et celles qui en avaient encore l'énergie.

Des cris lui parvinrent dans son brouillard, et il bascula sur le côté. Entrouvrit un œil.

Impression d'être sous la terre et que rien ne pourrait l'en déloger. Sensation d'humidité et de pourriture. Absence de souvenirs et, pourtant, quelque part au bord de sa conscience, des mots, comme un leitmotiv. Comme l'on scande une prière à un dieu païen.

Tiens bon !

Chute sans fin dans un précipice sans fond.

Il espérait que le sol finirait par se révéler, mais chaque fois qu'il ouvrait les yeux, il n'apercevait que du vide. Autour de lui, des formes s'agitaient, mais cela ne suffit pas à l'aider à sortir de son état de quasi-immobilité. Paralysie cérébrale et physique quasi totale.

Puis il sombra à nouveau, n'entendit plus de bruits, ni les éclats de cette fureur qui le terrorisait.

Tiens bon !

Irma passait près d'eux, leur répétant, inlassablement : « Tenez bon. Ne lâchez pas. » Fiévreuse, elle cherchait Fred, ne se rendant absolument pas compte qu'elle était dans l'incapacité de reconnaître quiconque se serait présenté à elle.

Elle délirait.

Sa longue détention, les drogues, l'éreintement dû aux efforts gigantesques qu'elle produisait pour retrouver un semblant de lucidité ne l'empêchaient pourtant pas de continuer à déverser sa prière : tenez bon !

Parmi les captifs, peu nombreux furent ceux qui l'entendirent, et encore moins ceux qui la comprirent. Mais dans la touffeur de leur semi-conscience, la voix d'Irma faisait office de rayon de soleil.

Une fois qu'il eut passé ses nerfs sur le mobilier, il se calma, redressa Léa et rajusta sa robe. S'asseyant à table, il entreprit de reconsidérer la situation. L'éviction de Debords lui coupait l'herbe de la vengeance sous les pieds. Il songea que c'était un coup monté pour le débusquer et le pousser à la faute. Emporté par la puissance de ses sentiments, il perdait toute contenance, finissait par être débordé par cette haine qui le rongeait.

Lorsque Gilles Schöeller se releva, longtemps après que Lily Naips fut passée au journal télévisé, il savait qu'il ne lui restait plus qu'une seule chose à faire.

*

Tard dans la soirée, ils se retrouvèrent Chez Mona, où sans conteste, Lily était la vedette du moment. Radieuse, Mona faisait couler le vin à flots. Seule ombre au tableau, Lily avait fait chou blanc à La Laguna.

On était jeudi, et c'était le jour de repos de Jacques qui était parti on ne savait où. Le seul domicile qu'on lui connaissait étant l'association, force lui était d'attendre le lendemain.

Anita et Paul s'étaient légèrement braqués lorsqu'elle leur avait succinctement expliqué la situation. Refusant de croire que Jacques était mêlé, de près ou de loin, à cette série d'assassinats, Paul s'était tout d'abord énervé, puis rapidement calmé. Et si Lily avait raison ? Après tout, que savait-il de Jacques ?

Les verres s'entrechoquaient et les conversations battaient leur plein. Debords et Albertini se tenaient légèrement en retrait. Assis au fond du café, ils sirotaient un verre, en silence. Épuisé, Franck rêvait d'une douche, d'une nuit d'au moins douze heures, d'un lit et du corps de Jeanne.

Curieusement, celle-ci se sentait libérée d'un poids.

Elle n'ignorait pas qu'un étau s'était resserré autour d'elle dès l'annonce de son retrait de l'affaire, mais elle escomptait ne plus avoir à ramasser les victimes de Schöeller. Demeuraient à sa mémoire les silhouettes de Fred et d'Irma, qui pâlissaient de jour en jour. Alors, elle se concentrait, et comme l'on souffle sur les dernières braises d'un feu, elle ravivait en elle leur image.

Combien de masques peut-on faire à partir d'un seul moulage ?

Le risque majeur était précisément relié à cette question, et à sa mise sur la touche. Plus de victimes, cela pouvait signer l'arrêt de mort de ses lieutenants. D'un côté comme de l'autre, elle était coincée. Annoncer son retrait de l'enquête sonnait sans doute le glas pour quelqu'un. Fred, Irma, et combien d'autres ? Elle, bien sûr. Qu'est-ce que Schöeller pourrait bien faire, désormais, de ces indigents ramassés le long des caniveaux du Pays basque ?

Elle sentit son cœur se comprimer, sa respiration se couper. Délaissant ce nœud inextricable de questions et suppositions sans solutions, elle reporta son attention sur Franck.

Les dés sont jetés…

Son verre dans une main, une Gitane dans l'autre, il la contemplait, une petite lueur au fond des yeux.

Combien de temps allait-elle rester assise dans ce bar, au lieu de filer dans sa chambre et d'explorer son corps jusqu'à plus soif ?

Elle ne s'était jamais sentie aussi sexuelle et passionnée. Et cela advenait sur l'une de ses pires enquêtes.

Après, se dit-elle, en sachant qu'elle ne tiendrait pas longtemps. Après, quand j'aurai eu Schöeller.

Elle repensa à ce que leur avait appris Bellanger.

À ce portrait d'un dictateur en puissance, car, selon Bellanger, c'était ainsi que Schöeller se rêvait. Un homme qui haïssait tant l'Humain qu'il était prêt à faire des autres de pâles copies de marionnettes. À exterminer ce qui pour lui n'était que de la vermine. Jouant à l'infini des notes discordantes sur les fragiles cordes mentales de ceux et celles qui s'étaient trouvés dans sa ligne de mire.

À nouveau, son intuition l'aiguillonna, et elle sut qu'elle touchait quelque chose du doigt, un indice important, mais ne put le saisir à temps. Seule l'idée qu'ils n'avaient pas assez considéré les lieux des derniers meurtres de Schöeller restait perceptible.

D'un geste de la main, elle mit un terme à ses pensées. Trop de fatigue, et de questions. Sans parler de ce désir lancinant qui mettait son corps au supplice. Agréablement.

— Je peux te poser une question ?

Elle sentit qu'elle n'allait pas aimer ça, mais hocha la tête. Il se redressa, regarda ses mains, inspira et se lança.

— Tu as renoncé à croire que Fred et Irma sont encore vivants ?

Elle se cabra, intérieurement.

— Non.

— Si Schöeller n'a plus besoin d'eux…

— Je sais. Je cours le risque.

— Non. On court le risque.

L'angoisse se désagrégea dans une bouffée de désir, et quelque chose d'autre sur lequel elle préférait de pas mettre encore de mots. Elle amarra le gris de ses yeux à cette lueur qui brillait dans ceux de Franck.

— Tu penses à quoi ? fit-elle.

Sourires de connivence.

— À la même chose que toi.

Frôlement de mains.

Et mes foutues bonnes résolutions ?

— On rentre ?

Ils laissèrent Lily festoyer avec ses amis et ses nombreux frères.

Dehors, il faisait encore lourd, bien qu'il fût minuit passé. La voûte céleste était moutonneuse. Sur le chemin qui les menait à leur hôtel, Albertini se sentait nerveux.

— Franck…

— Ça me tape sur les nerfs, si tu veux savoir. Que ce taré soit ici, et qu'il ait déjà appris qu'on te retirait l'affaire. Ça me rend dingue !

— À propos, demain, rappelle-moi qu'on doit sérieusement se pencher sur le choix des scènes de crime. Mais, pour ce soir, on décroche.

Elle lui entoura la taille.

— Protection rapprochée…

Il lui mit un bras autour des épaules.

— Comment tu peux être aussi… calme ?

— Disons que je me sens plus libre, plus proche de l'attitude juste à avoir… Si j'en crois Bellanger, mon limogeage va tellement le mettre en rogne qu'il va foncer droit sur moi, et foutre la paix à ses victimes. Ne dis rien… Tu sais, j'ai l'impression qu'on aurait dû faire ça dès le début.

— Quoi ? Coucher ensemble ?

— Non… enfin si… je voulais dire pour Schöeller.

— Écoute, Jeanne, il a fallu l'aide de Bellanger, et de son collègue, plus trois flics habitués aux affaires criminelles, sans oublier Janson qui bosse depuis Paris avec son équipe… On a tous fait du mieux qu'on pouvait. Tous.

Ils firent un détour par la plage et, n'y tenant plus, regagnèrent leur chambre. À peine la porte fut-elle refermée qu'il la souleva et s'enfonça loin en elle. Le souffle court, leurs mains courant à perdre haleine sur la peau de l'autre.

Ils somnolèrent, sans cesser de se caresser, avec l'envie de recommencer, et de parler de ce qui était en train de leur arriver. Avec l'envie de reléguer aux oubliettes, ne serait-ce que quelques heures de plus, le fait qu'ils venaient de s'en remettre à la décision d'un dangereux tueur.

*

Saverio sut immédiatement qu'il avait trouvé ce qu'il cherchait.

À sa connaissance, cette vieille bicoque n'avait aucune raison de posséder une antenne parabolique. En fin de soirée, il s'était installé dans un bosquet et avait attendu, se disant qu'il pourrait toujours y entrer le matin venu. Désormais, il en savait assez sur l'homme qu'il recherchait.

L'affaire des Masques lui était parvenue, ainsi que la rumeur adroitement allumée par Lily. Dès qu'il avait entendu parler de l'ancien mari d'Anita, il s'était senti déchiré, et avait failli tout abandonner.

Faire confiance à ses amis, et aux amis de ses amis, se dit-il.

Xaver ne ferait pas de vieux jours dans le Pays basque, puisque tout le monde savait qu'il en avait après la femme que lui, Saverio, aimait. Il sourit en songeant à Lily, qu'il connaissait depuis l'enfance, et repensa à ses frères avec qui il avait vidé plus d'une bouteille de vin.

Pour l'heure, la nuit ne fraîchissait pas et il attendait l'orage.

Tout éclatera au petit matin, se dit-il en somnolant.

Sans voir une ombre se faufiler hors de la maison.

Sans se douter qu'il n'aurait pas assez d'une vie pour se pardonner ces quelques heures de sommeil.

28

Octobre
7 h 35
Hendaye

Anita s'était levée, le cœur léger. Sans faire de bruit, elle descendit à la cuisine se préparer un petit déjeuner copieux qu'elle comptait savourer face à la mer.

Croisant Milène, elle l'embrassa et la laissa boire son café en paix.

— Anita, ça va ?

— Ça va même très bien.

Assise à la table de la cuisine, un livre ouvert, Milène recopiait, de sa belle écriture ronde et large, la citation du jour.

— Tiens, donne-moi ton avis, fit-elle, un sourire narquois aux lèvres. « Je hais la contraception. C'est une abomination. Je préférerais encore avoir ces foutus communistes chez moi. Les femmes ne sont pas nées pour être libres. » Norman Mailer. Incroyable, non ? J'ai remarqué que les plus jeunes se laissaient un peu aller du côté de la prise en charge de leur corps.

— Et l'autre ?

— Michel Poniatowski : « Avec la contraception artificielle et l'interruption de grossesse légale, les moyens d'autodestruction collective de notre société sont en place. » On croit rêver !

— Mets les deux.

— C'est bien ce que je pensais... Dis-moi, pour Clara, tu comptes faire quoi ?

L'air suppliant, Anita lui montra son plateau.

— Excuse-moi, je suis remontée comme une pile ce matin. Je dois être la seule, elles dorment toutes. Trop d'émotions... Va prendre l'air, c'est nuageux et il ne devrait pas tarder à pleuvoir. Mais il fait encore bon, avec un gros pull.

Elle lui tendit le sien.

— Merci. Et pour Clara, je vais lui trouver la meilleure des psys, et l'embaucher à l'association.

— C'est bien ce que je pensais, fit Milène en se replongeant dans sa lecture.

*

Debords se réveilla en sursaut.

Lentement, elle s'écarta de Franck, s'arrachant simultanément à son bras qui reposait sur ses hanches et à un rêve odieux. Dehors, le jour pointait, revêtu de nuages. Elle contempla un instant le bleu argenté de la mer, l'écume et les vagues qui léchaient le sable. Le ciel qui se fondait dans l'eau. Enfilant son jogging, elle observa Franck dormir, les traits du visage apaisés, détendus, et quitta sa chambre sans faire de bruit.

Au bar de l'hôtel, elle avala un café, appréciant le silence et ce moment de solitude. Puis elle sortit courir le long de la mer.

Lorsqu'il se réveilla, Albertini sentit son cœur s'affoler.

Où était Jeanne ?

Repoussant les draps, il constata que son blouson et son arme étaient toujours là et qu'il manquait ses vêtements et ses chaussures de sport. Ouvrant la porte-fenêtre qui donnait sur le balcon, il l'aperçut au loin en train d'enfiler les kilomètres. La plage était déserte.

À moitié soulagé, il téléphona pour s'assurer de l'arrivée des hommes chargés de sa protection, apprit qu'ils étaient en poste et veillaient au grain. Rassuré, il se commanda un petit déjeuner. Peut-être qu'il la rejoindrait, si son corps voulait bien sortir de cet état cotonneux dans lequel il se trouvait.

Pieds et torse nus, vêtu pour l'heure uniquement d'un jean, il but son café accoudé au balcon. Gardant un œil sur Jeanne, il suivit un vol de mouettes, s'attarda sur deux petits bateaux de pêche aux couleurs vives qui rentraient au port.

Il se sentait bien. Ça faisait des lustres qu'une femme ne l'avait à ce point-là touché, émerveillé, excité. Il la chercha, l'aperçut en train de faire des mouvements d'assouplissement face à la mer, éprouva un brutal désir de la rejoindre, de se lover contre son corps.

Les bras en l'air, Jeanne s'étirait, respirant l'odeur saline et celle plus forte du varech, lorsqu'un coup de feu retentit. Suivi d'un autre. Du haut de son balcon, Franck la vit basculer la tête la première dans l'eau.

— JEANNE !!!

Attrapant son arme, il se rua hors de sa chambre, somma le réceptionniste d'appeler une ambulance et partit à fond de train en direction de la plage. Des dizaines de pensées se bousculèrent dans sa tête, tandis qu'il hurlait à pleins poumons « Jeanne !!! ». Il courait comme jamais il n'avait couru. Lorsqu'il arriva près d'elle, sa gorge lui faisait mal et son cœur était à deux doigts de le lâcher.

Il la tira à l'abri des vagues et chercha l'endroit où elle avait été blessée. Ne découvrit qu'une vilaine éraflure près de la tempe droite.

— Jeanne ? Jeanne ! martelait-il, tentant de la faire revenir à elle. JEANNE !!!

Le bruit des sirènes lui parvint au moment où la mer se retirait, laissant apparaître une balle dans le sable. Il s'en saisit, juste avant la prochaine vague. Pour la deuxième fois en quelques jours, il la prit dans ses bras, conscient de faire ce qu'il ne fallait surtout pas faire dans ces cas-là.

La déposant sur le sable sec, il essaya de la ramener à la conscience, et se mit simultanément à l'affût, cherchant d'où était parti le coup de feu. À peu près certain que c'était Schöeller l'agresseur, et qu'il devait déjà être loin.

Un avertissement, ou bien…

— Jeanne !

Elle entrouvrit les yeux, croisa les siens, marron liquide. Les referma et glissa dans le bien-être que lui procurait sa semi-inconscience. Indistincte, une pensée retint toutefois son attention, se précisa. *Ne pas oublier les lieux. Les lieux, Jeanne, des meurtres en plein air… à ciel…*

— Jeanne, reviens !

Elle l'entendait l'appeler, comme s'il était à des milliers de kilomètres d'elle. Elle comprenait chaque mot, mais ne trouvait pas l'énergie de s'extraire de cette ouate qui l'enveloppait. Un éclair zébra le ciel, suivi d'un bruit de tonnerre. Au loin, deux hommes en civil couraient dans leur direction.

— JEANNE !!!

Il la gifla.

Faire ce qu'il ne fallait surtout pas faire…

Elle rouvrit les yeux.

— Jeanne ? Tu m'entends ?

Elle avait l'impression d'avoir la bouche râpeuse, asséchée, et fit mine de se relever, mais il l'en empêcha.

— Jeanne, est-ce que tu m'entends ?

Elle cligna des paupières.

— Pas la peine de gueuler…

— Nom de Dieu, tu m'as foutu une de ces trouilles !

Elle se mit sur les coudes, ressentit une vive douleur au-dessus de l'oreille, et la migraine qui roulait sous son cuir chevelu.

– Ne bouge pas. T'es blessée à la tempe. Ça n'a pas l'air grave, mais…

L'orage éclata brusquement. Des trombes d'eau leur tombèrent dessus.

– Franck… à ciel ouvert…

Il ne prit pas le temps d'y penser à deux fois.

Passant ses bras sous elle, il la souleva et traversa la plage en espérant qu'elle ne souffrait d'aucun traumatisme crânien. Il grelottait de froid et de peur lorsque les secours arrivèrent enfin. À peu près en même temps que les deux agents chargés de veiller sur Jeanne.

Personne ne réussit à convaincre Debords de la nécessité d'aller à l'hôpital. Un médecin la soigna dans l'ambulance, mais ce fut tout ce qu'on put obtenir d'elle. Non sans rechigner, elle accepta d'aller se reposer quelques heures. Entre-temps, Franck expédia la balle à la balistique, et Lily mit la main sur Jacques qui, prostré, attendait qu'on l'interroge. Tout le monde cavalait après Schöeller, et courait en tous sens. Dans le mauvais sens.

Incapable de dormir, Jeanne s'obligeait à rester étendue sur son lit, l'esprit en effervescence. Son intuition et les suppositions de Bellanger se confirmaient. Schöeller dérapait et s'en prenait directement à elle. Si Fred et Irma étaient encore de ce monde, alors…

Oui, mais dans quel état ?

À quinze heures quarante, elle estima qu'elle s'était suffisamment remise. Délaissant son lit, elle prit une douche, examina du coin de l'œil sa blessure à la tête, avala deux aspirines et enfila son blouson.

La pluie avait à peine rafraîchi l'atmosphère que déjà le vent chassait les nuages et ramenait le soleil.

Lorsqu'elle pénétra dans le commissariat, le silence se fit. Tous la regardaient s'avancer, les uns admiratifs, les autres anxieux. S'interdisant de se passer la main dans les cheveux, elle fila droit devant elle, un fin sourire aux lèvres. Juste avant de pénétrer dans la pièce qui lui servait de bureau, elle pivota sur elle-même.

– Ne me dites pas que vous n'avez rien à faire ?

Tout le monde s'agita, chacun retournant vers ce à quoi il était occupé avant d'apprendre que le commissaire Debords s'était fait tirer dessus. Et d'avoir l'impression dérangeante que la balle avait dévié de sa trajectoire jusqu'à les atteindre. Personnellement.

Fermant la porte, elle s'assit, et se renversa sur son siège. Immédiatement, Lily et Franck furent sur le qui-vive.

– C'est rien, un coup de pompe. Et arrêtez de me regarder comme ça, on croirait que vous avez vu un fantôme…

S'abstenant de lui dire qu'elle en avait l'aspect, et que sa pâleur n'augurait rien de bon, ils attendirent qu'elle prenne la parole, mais elle préféra les écouter.

— Quoi de neuf depuis… qu'il me prend l'idée de faire la sieste ? s'enquit-elle en souriant.

Franck et Lily se regardèrent, déconcertés par son attitude.

— Tu as l'air de prendre ça à la légère, fit Albertini en allumant une cigarette.

Retenant un sourire, elle choisit avec soin ses mots.

— Écoutez-moi bien tous les deux, je suis vivante. OK ? VI-VANTE. Et non, je ne prends rien à la légère, mais je vous assure… c'est incroyablement bon de se sentir aussi vivante ! Allez, racontez-moi, on en est où ?

— On avance, dans une certaine mesure, reprit Franck, sans la lâcher des yeux.

Ne me refais plus jamais ça, Jeanne, sinon, c'est moi qui risque d'avoir l'air d'un zombie !

— Franck ?

— Excuse-moi. Jacques, le cuisinier de La Laguna, possède bien une camionnette. Tu pourras lui parler tout à l'heure. Sache que pour l'instant, on n'a rien contre lui. La description concorde, rien de plus. Le labo est dessus.

— Il y a quelque chose dont je dois vous parler, intervint Lily. C'est un peu…

Elle souffla bruyamment.

— Bon, il existe une tradition au Pays basque qui repose sur le voisinage et… *Ostia !* Je ne vais pas y arriver, ou quoi ? C'est pourtant simple : Saverio est parti sur les traces de Schöeller, il va de village en village, alerte les gens du coin, de toutes les vallées, pour qu'ils ouvrent l'œil, et le bon.

Franck et Jeanne la regardèrent, incrédules.

— Qui est ce Saverio ?

— C'est... une légende, un héros, un type formidable, avec des yeux extraordinaires, et une allure de prince avec son anneau à l'oreille... Saverio, c'est un peu l'âme de ce pays et...

Jeanne éclata de rire.

— Désolée, Lily, mais je ne pige à rien à ton histoire.

— Le voisinage, ça veut dire quoi ? voulut savoir Franck.

— Ça veut dire que de maison en maison, de rue en rue, chaque Basque transmet à son voisin ce que veut Saverio, et s'assure, jour après jour, que son voisin est là, qu'il va bien, et que Schöeller ne s'est pas introduit dans la maison qui jouxte la sienne.

— Tu plaisantes ? Non, t'as pas l'air, trancha Jeanne, essayant d'ignorer son mal de crâne. On peut savoir ce qu'il a en tête ton... héros ?

— À mon avis, c'est à cause d'Anita et de La Laguna. Il est parti juste après la disparition de leurs pensionnaires.

Elle soupira. Comment allait-elle leur faire comprendre qui était Saverio, et ce qu'il faisait ?

— Personne, en dehors d'une bande d'allumés, un conflit personnel ou politique qui m'échappe, bref, personne ne saurait refuser quoi que ce soit à Saverio. Ce qui veut dire qu'en ce moment, il y a des centaines d'hommes et de femmes qui surveillent la région : les montagnes, les vallées, les bois, les maisons et les routes.

— Et moi qui me demandais comment convaincre Paris de nous envoyer d'autres renforts ! s'exclama Debords, subjuguée et perplexe.

Que devait-elle faire ? Elle décida de foutre la paix à Saverio. Pour le moment.

Sait-on jamais ce qui sortira de tout ça, se dit-elle, sans imaginer qu'il en ressortirait le meilleur comme le pire, mais il se passerait encore quelques jours avant qu'elle ne le comprenne.

— Lily, il y a autre chose à savoir à propos de cet homme ?

— Non, je voulais juste vous en parler. Ça peut être une idée géniale, ou ficher un bordel sans nom. Mais… impossible de contrôler Saverio et de savoir où il est. Normalement, pour des raisons qui seraient trop longues à expliquer, il doit se signaler à la police chaque fois qu'il change de ville. Mais avec tout le Pays basque en ébullition, pas la peine d'essayer d'obtenir un renseignement. Les gens d'ici préféreraient mourir plutôt que de le trahir. C'est notre côté moyenâgeux… et romantique ! acheva-t-elle en souriant.

— Formidable ! Et à part ça ? enchaîna Jeanne.

— On a identifié toutes les victimes de Schöeller, fit Franck, la voix altérée par l'émotion. Quant à l'arme utilisée pour te tirer dessus…

Il se racla la gorge et alluma une cigarette.

— C'est celle de Fred.

Contre toute attente, elle lui décocha un sourire confiant.

— Tu es sûre d'aller bien, Jeanne ? fit-il soudain inquiet.

Elle leur rapporta les propos de Laure Bellanger.

– Je sais que tu n'y crois pas, Franck, et laisse-moi te dire que ça m'emmerde, mais ça demeure une possibilité. Pour Irma comme pour Fred, même si pour lui, Bellanger est moins affirmative. Moi, j'y crois. Je ne lâche pas. Je ne les lâche pas.

Il abdiqua et hocha la tête, se disant que si elle avait tort, il serait à ses côtés quand elle le découvrirait. Dans le cas contraire, il ne restait plus qu'à croiser les doigts pour que Schöeller n'en ait pas fait des légumes au cerveau ramolli. N'y tenant plus, et sentant le cafard pointer le bout de son nez, il demanda à Lily s'il y avait moyen d'envoyer quelqu'un chercher de la bière. Elle répondit qu'elle s'en chargeait et revint une minute plus tard, avec une bouteille de vin, un cru du coin.

– Réserve personnelle de Birixan, dit-elle en leur servant un verre. Ça ira ?

– Tu sais quoi, Jeanne, quand tout sera fini, je crois qu'il faudra sérieusement s'occuper de Lily. Elle mérite une augmentation, non ?

Debords répondit d'un bref mouvement de tête et, attrapant le téléphone, elle demanda à parler au préfet Moreau. Franck se passa une main sur le visage, s'inquiétant déjà de ce qu'elle projetait de faire.

– Tu lui veux quoi à Moreau ?

– Chut… bonsoir, Monsieur… Oui, merci, ça va… Je vous mets sur haut-parleur. Bien, je vais sans doute vous étonner…

— Ça ne serait pas la première fois, Debords. Je vous écoute.

— Je crois que notre stratégie a porté ses fruits.

Franck s'étrangla, et Lily faillit en faire tomber son verre.

— Je veux dire, corrigea Jeanne, qu'aujourd'hui, nous n'avons aucune victime à déclarer.

— Vous vous êtes quand même fait tirer dessus ! lui rappela Moreau qui se sentit d'un coup très tendu. Bon, qu'est-ce que vous préparez, cette fois-ci ?

— J'ai besoin d'un peu de temps et, surtout, de renforts et de moyens.

— Vous comptez écumer la région ? J'aimerais pouvoir vous dire que c'est possible, mais ça ne l'est pas. Au mieux, je peux obtenir une dizaine d'hommes supplémentaires. Et concernant les moyens ?

Jeanne prit une profonde inspiration et lui résuma le plan qu'elle avait mis au point avec Bellanger. Puisqu'il était a priori impossible de ratisser chaque mètre carré de la région, il fallait faire venir Schöeller à eux. Elle n'en démordait pas.

— Tout repose sur le fait de faire savoir à la presse qu'elle est désormais la « psychologue attitrée » sur l'Affaire des Masques. Ce qui n'est d'ailleurs pas entièrement faux, vu que j'ai requis ses services…

— Vous voulez… les mettre en concurrence, pour l'énerver et le faire sortir de sa tanière ? Hors de question, Debords !

— Vous venez de me promettre du renfort. Ces

hommes pourraient être affectés à la surveillance de la Fondation Bellanger.

Bouillonnant dans son coin, Franck intervint.

– Capitaine Albertini, Monsieur, je… Jeanne, c'est du suicide ! Quant aux prouesses de ces crétins de la protection rapprochée, s'ils sont aussi vigilants que ce matin, la Fondation Bellanger a du souci à se faire !

Le silence leur tomba dessus. On entendait juste la respiration de Moreau, filtrée par le haut-parleur.

– Debords, intervint-il, je suis d'accord avec Albertini. Je ne peux pas vous accorder ça. Cette Bellanger, c'est une civile, imaginez un peu… Dois-je vous rappeler que vous n'êtes plus chargée de cette enquête ?

Son mal de tête s'accentuait. Jeanne soupira. Au moins, elle avait essayé.

– OK. Mais… si dans trois jours, il ne s'est rien produit, je vous rappellerai pour vous poser la même question. Merci, Monsieur, et bonne soirée.

– T'es vraiment… impossible ! lâcha Franck.

– T'as une meilleure idée ?

Des idées, il en avait plein, mais aucune ne concernait leur enquête. Il se laissa retomber sur sa chaise, se demandant comment il allait protéger cette femme qui passait son temps à avoir des projets insensés, sans se préoccuper de la menace qui pesait sur elle.

– On en reparle d'ici deux à trois jours, fit Jeanne. Lily, t'aurais pas de l'aspirine ?

Inquiets, ils la regardèrent fixement.

– J'ai juste un peu mal aux cheveux. Bon, et si on allait voir notre cuisinier ?

Levant les yeux au plafond, Franck attrapa son paquet de cigarettes et son verre de vin, et vida les lieux.

Durant l'interrogatoire de Jacques, il ne cessa de l'observer, se rappelant qu'elle n'était pas allée passer de radio. Les traits tirés, un pansement sur la tempe, elle semblait néanmoins habitée d'une énergie nouvelle.

Une fois qu'elle en eut fini avec Jacques, et qu'il fut conduit en cellule, le temps d'une garde à vue, et après qu'elle eut passé il ne savait plus combien de coups de téléphone, se fut entretenue avec le médecin légiste et le labo, il décida que ça suffisait.

Laissant derrière eux un commissariat en ébullition et une équipe sur les genoux, il lui annonça qu'il l'emmenait dîner, que c'était sans appel et qu'il ne voulait plus entendre parler de Schöeller, jusqu'au lendemain.

29

Octobre
12 h 10
Hendaye

Durant trois jours, Debords et son équipe interrogèrent de nombreux témoins, visitèrent trois ou quatre ruines abandonnées et isolées, et se rendirent dans plusieurs associations ; tapèrent quantité de procès-verbaux et de rapports, de mémos et de résumés que Jeanne collait stoïquement au mur.

Non sans mal, Franck était parvenu à la convaincre de se faire examiner afin de savoir si la balle qui lui avait éraflé la tempe n'avait rien endommagé. Une fois rassuré, il décompressa et commença à récupérer, se sentit moins abruti de fatigue et prit même le temps de s'interroger sur ses sentiments.

En avril dernier, il avait fêté ses quarante-huit ans avec ses parents qui vieillissaient tranquillement, et avaient renoncé à le chapitrer sur les dangers de son métier. Même si, parfois, sa mère ne pouvait s'empêcher de lui reprocher sa solitude, et l'absence de rires et de cris d'enfants dans le jardin de leur petit pavillon.

Il n'avait jamais souffert d'être seul et encore moins de ne pas avoir de descendance. Le jour où il était entré dans la police, il avait fait une croix sur une vie de famille traditionnelle, jugeant qu'il n'avait pas le droit d'imposer cela à d'autres. Et plus simplement pas l'envie.

Il mit un point final à son rapport, le troisième qu'il rédigeait depuis ce matin, l'imprima et le glissa dans une chemise. Mourant de faim, il jeta un œil à sa montre, et proposa à Jeanne d'aller déjeuner chez Mona. En sortant, ils durent mettre des lunettes de soleil. La luminosité était aussi forte qu'en été et il faisait toujours aussi chaud, même si les nuits apportaient un peu de fraîcheur.

En apéritif, il commanda deux *patxaran* et une assiette de saucisse sèche, de chorizo au piment d'Espelette et de fines tranches de jambon de Bayonne et de porc basque.

L'odeur d'anis se mêla à celle de la salaison et ramena Jeanne sur terre.

— Tu pensais à quoi ? fit-il en voyant approcher Mona.

— Vous avez choisi le reste ?

Il hocha la tête et lui énuméra le menu : des *chipirons*, ou calamars à la basquaise, avec une salade verte, pour Jeanne. Une tranche de foie gras, avec de la confiture d'oignon et un parmentier de boudin, pour lui. Avec une bouteille d'irouleguy rouge.

— Tu fais des provisions pour cet hiver ? ironisa-t-elle.

— Non, je profite de la vie, et de cette région merveilleuse. En fait, je suis littéralement affamé et je n'en peux plus du régime sandwich-sandwich.

— On dirait que tout le monde se relâche…

— N'exagère pas Jeanne ! On n'a pas arrêté une minute depuis qu'on est descendus de l'avion. Je sais que tu te sens sur le gril, mais, ordonnance de ton médecin personnel : interdiction de parler boulot durant le repas.

— Et de quoi va-t-on parler ?

Avalant une tranche de chorizo pimenté, il se renversa contre le dossier de son fauteuil, son verre à la main et les yeux rivés sur Jeanne.

— Je ne crois pas que les sujets de conversation nous manquent.

Elle l'écoutait d'une oreille, l'esprit ailleurs.

En plein air… des meurtres avec torture…

— Tu veux bien arrêter de me regarder comme ça… Ça me rend nerveuse.

— Jeanne, qu'est-ce qui se passe entre…

Mona déposa le vin sur leur table.

— Les Rédempteurs ! souffla-t-elle.

— Quoi ?

Elle se sentit glacée.

— Nom de Dieu !

Comment ne pas sourire, et l'adorer ?

S'il voulait faire un bout de chemin avec elle,

autant accepter qu'elle ne lâchait jamais avant d'avoir compris et résolu un problème, et qu'elle souffrait d'une ténacité maladive qui frisait l'obsession.

— Jeanne ?

Elle déglutit, but quelques gorgées de vin. Mona en profita pour leur apporter l'entrée.

— Le foie gras ?

Albertini tendit un bras. S'il n'était plus sûr d'avoir aussi faim en voyant l'air qu'affichait Jeanne, la première bouchée lui prouva le contraire.

— Franck, depuis plusieurs jours, j'ai un truc qui me trotte dans la tête, à propos des lieux où ont été commis les meurtres.

Hochant la tête, il engloutit une seconde bouchée et se sentit fondre de plaisir.

— Je viens de trouver. Tu vas dire que je suis cintrée…

— Ce qui est vrai… hé, je plaisante !

Elle fit une pause, piocha dans l'assiette de Franck, et se rabattit sur sa salade. Le foie était indubitablement gras.

— Est-ce que tu te souviens d'une bande de tueurs que la presse avait appelée les Rédempteurs ?

— Hmm-hmm. Ça remonte à quand déjà ?

— Quatre ans… leur spécialité : torturer et flinguer le premier venu, puis larguer le corps n'importe où, pourvu que ça soit à ciel ouvert.

— Ça me revient. Des types qu'on n'a jamais identifiés, et qui sillonnaient la France…

— … du nord au sud. Comme Schöeller.

Il fut contraint de se désintéresser de son assiette.

— Le rapport ?

— Je l'ignore, mais il y a une similitude, et ça me travaille.

— Jeanne... qu'est-ce que tu essayes de me dire ? Je te connais juste assez pour savoir que tu n'en parlerais pas sans une bonne raison.

Elle prit une grande inspiration, repoussa sa salade et alluma une Camel.

— Laisse-moi le temps de passer quelques coups de fil, et je pourrais mieux m'expliquer.

Il acheva son foie gras en silence.

— Tu n'avais pas quelque chose à me dire ? fit-elle, en souriant.

— Un tas de trucs, mais tant que tu n'auras pas vérifié ton intuition, je préfère attendre. Vas-y, raconte-moi ce que ton esprit, qui ne prend jamais de repos, nous a concocté pour le restant de la journée. Je te ressers un verre ?

Elle acquiesça, le regard concentré, cherchant dans sa mémoire ce dont elle se souvenait à propos des Rédempteurs.

— J'étais trop absorbée par une sale affaire à Caen, reprit-elle. Je n'ai pas vraiment suivi, mais...

Elle décrocha son portable et jura.

— Merde, ma batterie est à plat.

— C'est un signe, ça, Jeanne.

— Qui veut dire ?

— Que la suite arrive, et que tu n'es pas encore parvenue à me couper l'appétit.

Mona déposa deux assiettes copieuses devant eux, et les laissa tranquilles.

— Tu me passes le tien ?

— Après.

— Après quoi ?

— Le café, par exemple. Dis-moi, ton dernier repas, il remonte à quand ?

— Tu sais que parfois tu me fais vraiment chier !

Un fumet savoureux le fit saliver.

— Tu ne crois pas que j'ai passé tout ce temps à t'aider à te remettre en condition, pour te regarder tout foutre en l'air. Tu n'as pratiquement rien avalé depuis… ton accident.

— Je me rends, capitaine Albertini.

Elle dégusta avec plaisir ses *chipirons*, et ne put s'empêcher de grignoter dans l'assiette de Franck.

— Est-ce que tu te souviens de cette conversation que nous avons eue en montagne, à propos du pouvoir et de la dictature ?

Il soupira.

Rien à faire, quand elle était lancée, il n'y avait aucun moyen de l'arrêter.

— Tu crois que Schöeller prépare quoi ? Une guerre ?

— Il se prend pour un génie, poursuivit-elle mal à l'aise. Avec un plan pour reformater le cerveau des humains, et assassiner ceux qui échouent au test. Cela requiert une organisation, du personnel.

— Les Rédempteurs ?

— Possible… en tout cas, le même genre de mercenaires.

— Jeanne, aujourd'hui, sa folie n'est dirigée que

vers une seule personne, toi… pas besoin de lever une armée de fêlés pour t'anéantir.

Elle secoua la tête, n'acheva pas son assiette, interpella Mona et commanda deux cafés, obligeant Franck à se presser pour terminer son plat.

— Il s'agit d'anticiper, reprit-elle. On sait à peu près comment il fonctionne, mais il y a un sacré blanc dans son histoire.

Mona leur apporta les cafés.

— La question que je me pose, c'est : entre la première apparition des Rédempteurs et aujourd'hui, il s'est écoulé quatre ans pendant lesquels on n'a plus entendu parler de ces types. Je trouve les méthodes de Schöeller proches des leurs. Ou mieux, leurs méthodes sont similaires à celles de Schöeller.

— Tu dirais qu'il les a formés ?

— Je serais tentée de le penser. Qu'a-t-il pu faire durant toutes ces années ? À quoi s'est-il préparé ?

— Il y avait ses recherches…

— J'ai repensé à ce que nous a dit Bellanger, et j'ai relu tout ce qu'on avait sur lui. Franck, il est vraiment très organisé, il a obligatoirement envisagé qu'un jour il se ferait repérer et qu'il devrait se planquer. Depuis qu'il a assassiné mon père, il sait que quelqu'un peut remonter jusqu'à lui. Il n'est pas venu ici par hasard, mais parce qu'il connaît le terrain ! D'une manière ou d'une autre, ça fait partie d'un plan d'ensemble.

— Sauf que, petit problème… Toi. Le grain de sable dans sa machine, c'est toi, Jeanne.

Elle alluma une cigarette et redemanda un café.

— Moreau, tu lui en as parlé ?

— Non. Comment veux-tu que j'apporte des preuves à une telle hypothèse ? Bellanger parle de syndrome d'Attila, de fantasme guerrier, d'un cinglé assoiffé de pouvoir…

— Et alors, Jeanne, qu'est-ce qu'on va faire ?

Elle perçut dans sa voix un tressaillement, entre impuissance et rage.

— Continuer, Franck.

En sortant du café à 13 h 10, elle s'étonna de la douceur de l'air.

Tout paraissait si paisible, que ça en devenait suspect.

*

Profitant d'un rendez-vous à Bayonne qu'elle n'avait pu reporter, Lily s'était octroyé une pause dans les bras de son saxophoniste.

Puis, fonçant à moto, elle s'était rendue à Bidarray voir sa famille. Le temps de boire le café avec ses parents, de s'assurer que tout le monde allait bien, et de tendre l'oreille pour savoir où en était la croisade de Saverio. Au bout d'une heure, elle quitta la table familiale et sortit marcher un peu, s'imprégner des senteurs de l'automne.

Remontant un sentier, elle entendit un chant qui provenait d'une petite clairière où elle se rendit discrètement. Quatre hommes se tenaient debout, les mains croisées sur leur ventre, un panier de victuailles à leurs pieds.

Des *bertsolari*, se dit-elle, en les écoutant attentivement.

À l'abri du soleil, ces maîtres de l'improvisation se livraient à une joute ancestrale. Alternant imagination et bons mots, les *bertsolari* versifiaient sur une mélodie qui lui donna la chair de poule. Ils firent une pause, se versèrent à boire et Lily en profita pour s'éclipser. De loin, elle les entendit entonner un poème épique.

Si les feuilles des arbres roussissaient et tombaient, la nature grésillait comme au cœur du printemps. Il faisait incroyablement sec et chaud. Adossée à un arbre, elle goûtait l'instant, paisible, ressourçant.

À 13 h 30, alors qu'elle traversait le paysage à moto, Laure Bellanger et Juan Felipe écoutaient les informations, non sans appréhension. L'air catastrophé, mais un sourire pepsodent fin prêt à l'emploi, le présentateur leur annonça que plusieurs attentats à l'explosif venaient de se produire, sans aucune revendication à signaler.

La gendarmerie et les pompiers ne savaient plus où donner de la tête et les témoignages étaient arrachés à la volée de la bouche de passants horrifiés. En coulisse, la procédure habituelle concernant les actes terroristes se mettait en place.

Soudain, Laure bondit de son siège et se précipita vers le téléphone. Juan Felipe l'entendit demander à parler au commissaire Jeanne Debords. Baissant le son, il surprit des bribes de conversations qu'il ne put qu'écouter. Sursauta en l'entendant parler des Rédempteurs.

Est-ce que le passé finissait toujours par vous rattraper ?

En fin psychologue, il ne put qu'acquiescer à ses propres pensées. Toute chose irrésolue rejaillissait inéluctablement. C'était comme une loi mathématique. Pour collectionner les « plus », il fallait créer une équation exempte de « moins ».

Invariablement, le passé refaisait surface. Et certains jours, Juan Felipe Gonzalez aurait préféré savoir l'ardoise vierge.

30

Mi-octobre
11 h 20
Pays basque

Durant les vingt-quatre heures qui suivirent le premier attentat, Jeanne, Franck et Lily ne dormirent pratiquement pas.

Deux jours plus tard, une nouvelle série d'explosions secoua le Pays basque. Épuisés d'avoir déblayé les débris, les pompiers eurent à peine le temps de souffler que deux foyers d'incendie leur étaient signalés, non loin de la frontière espagnole, en pleine montagne.

Saverio avait planqué une partie de la matinée devant la vieille ferme, sans apercevoir âme qui vive. Affamé, il s'était rendu au village le plus proche où, tout en déjeunant, il avait appris ce qui se passait. Décidé à en avoir le cœur net, il avait rebroussé chemin pour découvrir que la ferme avait été dynamitée.

Immédiatement, il avait alerté plusieurs de ses amis, fait un rapide saut en Espagne pour vérifier cette rumeur à propos d'une branche extrémiste de l'ETA qui, en fin de compte, se révéla être ce qu'elle était : une rumeur, fausse.

Perplexe, il s'interrogeait sur la marche à suivre, quand il croisa son ami Txomin qui lui rapporta que l'on avait aperçu deux hommes louches du côté de Banca, en Basse-Navarre.

Il ne leur fallut guère de temps pour s'organiser.

*

Les pieds sur la table, calée au fond de son siège, Jeanne attendait qu'on la rappelle.

Depuis quelques jours, les bruits les plus invraisemblables circulaient dans la région. L'équipe du lieutenant Naips n'avait pas arrêté une seconde, et les visages portaient des marques de fatigue et de tension.

Si personne ne savait qui était à l'origine de ces attentats, ni des incendies qui ravageaient les forêts du Pays basque, Debords et Albertini, ainsi que Laure Bellanger, partageaient des soupçons communs.

Suspicions que confirma le Dr Juan Felipe Gonzalez en leur apprenant que, quatre ans plus tôt, les Rédempteurs avaient fait parler d'eux jusque dans la partie espagnole du Pays basque.

S'il était aussi catégorique, c'était parce qu'il avait été requis dans le cadre d'une cellule de soutien aux parents des victimes. Sa mémoire ne parvenait pas à se débarrasser du contenu du seul dossier qu'il regrettait d'avoir lu depuis qu'il était psychiatre. Son témoignage, précis et rigoureux, riche en détails qui faisaient défaut à Jeanne et Franck, arrivait sans doute trop tard, mais leur permettait d'envisager d'autres pistes.

Car, de leur côté, ils n'avançaient pas.

Jeanne, qui en avait marre d'être enfermée, décida d'aller se rendre compte par elle-même de l'ampleur des dégâts, de s'imprégner de l'atmosphère. De se servir de ce « nez » qui ne lui transmettait plus que des odeurs d'un monde nauséabond, macabre et déliquescent. Son hypertrophie du sens de l'odorat ne captait plus les parfums légers, frais ou enivrants. Le monde des vivants se tenait en retrait, en attente.

Dès la première sonnerie, elle décrocha.

— Janson ? Oui, oui... Quoi ? Mais...

D'un geste de la main, elle fit signe à Franck de la rejoindre et mit le haut-parleur.

— Comment ça, tu ne trouves aucune trace de ce dossier ?

— Que dalle ! On a cherché partout, ce dossier n'existe pas. Franck est là ?

— Salut, Marc. Ça va pour toi ?

— Pas trop mal. Je préfère être ici plutôt que...

— Vous vous ferez des civilités plus tard, coupa Jeanne. Marc, ce dossier a forcément existé. Et les archives de presse, ça donne quoi, de ton côté ?

— Rien de plus que du vôtre.

— Merde ! Bon, tiens-moi au courant si ce rapport refait surface, même si j'en doute. À plus...

Elle raccrocha sans lui laisser le temps de répondre.

— Lily est dans le coin ?

— Elle interroge un témoin, avec Nico. Un de plus…

Il la regarda longuement.

— Tu supposes que Schöeller a subtilisé le dossier sur les Rédempteurs. Ça veut dire qu'on ne possède aucun descriptif de ces tueurs.

— Exact. De toute façon, si ma mémoire est bonne, personne n'a jamais été en mesure de donner un témoignage solide. Ce Dr Gonzalez tombe vraiment à pic.

— Tu sais que tu m'épates ?

— On va attendre un peu pour la remise des bons points.

Elle se leva.

— On va où ? s'enquit-il, se frottant une barbe de deux jours.

— Sur le dernier incendie. J'ai fait prévenir qu'on irait jeter un œil là-bas. On ne sert à rien ici. Et je suis saturée de la paperasse.

Ils attendirent Lily dehors.

— Et Moreau, il en dit quoi ?

— Rien. Pas plus qu'il n'en fait. Je lui ai transmis le rapport de Bellanger sur Schöeller, où elle soutient également l'hypothèse que les Rédempteurs sont à la solde de ce dingue. On sait au moins pourquoi il est venu ici. Une région à la fois suffisamment désertifiée et difficile d'accès, possédant un bon réseau routier et une zone frontalière à l'Espagne.

— Autrement dit : statu quo, conclut-il.

Elle marmonna un « oui » inaudible, alluma une cigarette et se passa la main dans les cheveux.

— Cette fois-ci, il a vraiment pété les plombs, Jeanne.

— Faut croire. Je n'aime pas son silence, et je n'aime pas qu'il me foute la paix, comme ça, brutalement. Tu as raison, Franck, la partie est finie.

Échec... et mort !

Il ne dit rien, mais sut qu'elle pensait à Irma et Fred. Et aux autres victimes qui croupissaient ils ne savaient où.

Partant du bas de la montagne, les flammes s'élançaient vers le haut des cimes, poussées par un vent qui ne facilitait en rien la tâche des soldats du feu.

Debords discuta un moment avec un gradé, observant la progression du feu qui avait déjà dévoré une bonne moitié du flanc occidental. Exténué, le brigadier-chef lui expliqua comment il avait été allumé.

— Du boulot de professionnel. Départs de feu simultanés, utilisation d'un produit pour activer les flammes. Du sale boulot d'assassin, cracha-t-il avant de retourner auprès de ses hommes.

Odeur de soufre. De bois brûlé et de sève grillée.

Quelqu'un cria derrière elle. Se tournant, elle comprit qu'on lui faisait signe de se déplacer, qu'elle était trop près et qu'elle gênait.

Pourquoi des incendies ? Et des explosions ?

Elle se déplaça pour laisser passer deux pompiers qui tiraient une lance à eau supplémentaire.

Pyromane... tueur... versé dans la torture...

S'écartant, elle redescendit vers le flanc oriental de la montagne, huma l'air et explora les lieux. Limpide, le ciel se noircissait de fumée.

Il ne fait rien au hasard... chacun de ses actes sert à en cacher un autre... Que cache le feu ?

— Jeanne ? cria Franck. Viens par ici.

Elle lui fit comprendre qu'elle arrivait, leva les yeux vers le haut du massif. Le feu avait encore gagné du terrain. Éblouie, elle baissa la tête pour la relever, le cœur battant.

— Jeanne !

Franck piqua un sprint.

— Qu'est-ce qui t'arrive ?

— Rien... rien. Je... Tu voulais quoi ?

— On vient de recevoir un appel, à propos d'une des explosions. Ils ont trouvé des cadavres sous les débris. Une vieille ferme, à une bonne demi-heure d'ici.

L'angoisse déferla, comme si la pointe d'invisibles couteaux lui tailladait la peau.

— Combien ?

— Ils ne savent pas encore. Peut-être une dizaine de personnes. Dans une cave. Mais tout s'est effondré.

— On y va, articula-t-elle péniblement.

Il lui entoura les épaules de son bras.

Que cache une explosion ? Des cadavres... Alors, que cache le feu ?

Elle mit un pied en avant, non sans jeter un dernier coup d'œil vers le haut de la colline. S'arrêtant net dans son élan, elle se dégagea du bras de Franck et scruta l'horizon.

— Jeanne ?

— Trouve-moi des jumelles, vite !

Il la vit reculer, comme si elle cherchait un meilleur angle de vision. Une main en visière, elle marchait de long en large, les yeux rivés vers les hauteurs. Il repartit en courant, sans chercher à comprendre, et lui ramena ce qu'elle demandait.

Elle lui arracha presque des mains, tant elle était tendue. Ajustant son regard au sien, il ne vit rien hormis les flammes qui prenaient de l'ampleur, continuant leur besogne, aidées par le vent qui forcissait.

— Tiens, regarde, fit-elle.

— Tu cherches quelque chose en particulier ?

Elle secoua la tête, s'essuya le front et le cou. Voletant dans l'air, des particules de bois calciné se mêlaient à la sueur.

Les cendres des morts…

— On dirait…

Il lui repassa les jumelles.

— Oriente un peu plus à gauche… à dix heures…

Quelque chose brillait sous le soleil. Un éclat. Par intermittence.

— T'as vu quoi, Franck ?

Il se frotta les yeux.

— Un pied, répondit-il, la voix rauque.

Durant une seconde qui s'étira à l'infini, ils se regardèrent fixement, sans bouger, incapables de prononcer un mot de plus.

Séisme... répliques...

— Franck, passe un coup de fil aux autres équipes de pompiers, vois avec le brigadier-chef pour qu'il te donne leurs coordonnées. Demande-leur s'ils ont trouvé quelque chose, une fois maîtrisés les incendies.

Il s'élança.

— Attends ! Tant que t'y es, emprunte leurs deux vestes ignifugées.

Il la regarda de travers.

— Tu ne vas pas...

— Si.

— Mais...

— C'est un ordre, capitaine Albertini.

Il s'exécuta, en râlant.

Un pied ?

Jumelles vissées sur les yeux, elle inspectait le haut du massif, qui lui sembla relativement plat, peu fourni en arbres, exception faite de quelques troncs dénués de feuilles...

— Franck ! Active !

Des piquets, pas des troncs !

Son cœur battit plus vite.

Des piquets, un pied, à ciel ouvert... un bûcher ?

— Franck ! ! !

Enfilant une veste de pompier, une autre à la main, il courait vers elle. Derrière lui, Lily et le brigadier-chef. Indubitablement soucieux, voire irrité. Avant même qu'il ne puisse la convaincre de la folie de son entreprise, elle lui expliqua ce qu'elle comptait faire, et lui fit comprendre qu'à moins de lui passer les menottes et de l'assommer, rien ne la ferait renoncer. Il abdiqua.

– Nos portables fonctionnent correctement ? s'enquit-elle en enfilant sa veste.

– Le mien est presque à plat.

– Lily, fit Jeanne, les traits tendus. Tu t'occupes de faire venir un hélicoptère. Je veux que tu restes en contact avec nous. Je ne sais pas ce qu'on va trouver en haut mais, en cas de coup dur, on aura peut-être besoin de renfort. On a de l'eau ?

Silencieux, Franck remplissait leurs poches de tout ce qui pourrait leur servir. D'un œil averti, il estima qu'il en aurait pour une bonne demi-heure de marche. D'un œil inquiet, il évalua la progression des flammes, sur le flanc opposé.

– Jeanne, on n'aura pas beaucoup de temps.

– On y va.

– Faites gaffe, intervint Lily. Le vent n'a pas l'air de vouloir faiblir, au contraire.

Jeanne lui confia les jumelles.

– Veille sur nous, Lily.

Tandis qu'ils s'éloignaient, Lily nota l'heure : 14 h 25.

À nouveau, ils étaient seuls face à la montagne, et Franck prenait les choses en main. À nouveau, le cœur de Jeanne cognait un peu trop fort.

Un pied… Qui que vous soyez, là-haut, tenez-bon !

Lily les suivit aussi longtemps que possible. Puis ils disparurent, happés par les feuilles des arbres.

31

Mi-octobre
14 h 50
Quelque part

— La salope !

Il la haïssait. Et le mot était faible. Il l'aurait volontiers écorchée vive.

Fou de rage, Gilles Schöeller faisait les cent pas dans l'unique pièce qui lui servait désormais de refuge. Une ancienne bergerie curieusement décorée.

Il avait commis une erreur. Une seule, mais fatale.

— À cause d'elle !

Il avait voulu se venger. Et ça l'avait conduit à sa perte. Toutes ses planques avaient été découvertes, et il avait lui-même fait sauter celle où il retenait prisonniers ces pantins qui devaient servir son plan de vengeance.

Il croisa son reflet dans une immense glace ancienne, au tain abîmé, qui trônait sur le manteau d'une cheminée rudimentaire. Longuement, il s'observa, tout en jetant un œil en direction de Léa qui se tenait derrière son reflet. Regard d'encre et sourire immuable.

– Je me suis fait avoir, Léa. En beauté. Non, ne dis rien, j'ai mal joué, et j'ai perdu une manche importante.

Sans quitter son double des yeux, il réfléchissait. Pouvait-il inverser le cours des choses ? Il en doutait. La seule issue semblait être la fuite à l'étranger. Il récapitula ce qu'il lui restait à faire, et repassa les grandes étapes de sa vie. Depuis toujours, il trichait.

L'année de son baccalauréat avait été un curieux mélange de ratages en série, mais également le moment où avait mûri en lui une idée aussi géniale que machiavélique. Une de ces idées qui réclamait précision et maîtrise de soi, et qui ne pouvait s'autoriser le moindre aléa.

Il avait raté son examen, à cause d'un examinateur borné. Ne supportant pas de rentrer chez lui et d'annoncer son échec, il avait passé la journée à errer dans les rues et les squares, les cafés et le hall de la gare. Finalement, il était monté dans un train, en direction de Paris.

Les premières semaines, il avait vivoté de petits boulots en lits de riches femmes, découvrant que baratiner était la chose la plus simple du monde. Il s'inventait des vies, les unes à la suite des autres, au fil des rencontres et des nécessités.

Au bout de deux ans, il avait fait la connaissance de sa future femme, une jeune fille de bonne famille, future riche héritière. Il s'était transformé en étudiant aussi brillant qu'imaginaire, avait lu tout ce qu'il fallait savoir à propos de psychanalyse et médecine, faisant ainsi croire qu'il se dirigeait vers la carrière de psychiatre.

Rapidement, mentir n'avait plus suffi.

Il s'était alors donné les moyens de valider ses inventions, et s'était fait faire des faux : diplômes, papiers d'identité et permis de conduire, en fréquentant assidûment la haute société comme ses bas-fonds.

Une fois marié, il avait entrepris de rassembler tous les éléments indispensables à ce plan qui avait germé en lui, et que sa facilité à manier le mensonge et à créer l'illusion permettait de réaliser. De faussaire mégalomane, il était devenu psychiatre éminent. Sa mythomanie prenait des allures de réel.

Rapidement, il sut manipuler n'importe quel cerveau, brouiller les pistes, et obtenir de tous ce qu'il désirait. Il avait une patience infinie pour supporter ses complices, chercheurs émérites dont il usait et abusait, et se débarrassait habilement une fois atteint son but.

Sa rencontre avec Duvivien avait constitué une sorte d'apothéose. Se faire admettre comme expert auprès de la police avait consacré son projet. Dès lors, il n'avait plus eu de cesse que de recruter les hommes et de trouver les moyens lui permettant d'aller au bout de ses rêves. Et de devenir, ainsi, l'incarnation du cauchemar des autres.

Durant des années, il avait peaufiné l'insensé projet d'asservir les humains. Pour cela, il avait appris la chimie, s'était découvert une passion pour les drogues illicites et le crime de sang, la finance et les arcanes du pouvoir. Toucher la mortalité, c'était devenir le maître.

Patiemment, il avait utilisé tous les cobayes qui servaient ses objectifs, et recruté des hommes nécessaires à leur exécution, mettant en place un réseau, certes modeste au début mais destiné un jour à grandir, où il n'était qu'une ombre inconnue, une voix dans le noir, mais redoutée et obéie.

Tout se déroulait parfaitement bien jusqu'au jour où un petit juge, discret et rusé, s'en était mêlé. Il s'était débarrassé de ce problème, mais c'était sans compter sur sa fille. Debords avait eu la prétention de l'empêcher de concrétiser le projet d'une vie. Il sentit la rage déferler, inspira profondément, ce n'était guère le moment de perdre le contrôle.

Et ses hommes, qu'allait-il faire d'eux ?

Il avait formé une petite troupe d'élite que ces nains de la presse avaient baptisée les Rédempteurs.

Il éclata de rire.

— Trois, Léa, ces abrutis qui se prennent pour les rois du monde, ces journalistes analphabètes s'imaginent que les Rédempteurs ne sont que trois ! Et comment trois hommes pourraient-ils mettre à feu et à sang tout un pays ?

Il se saisit d'une bouteille de whisky, but au goulot, s'affala dans un vieux fauteuil.

Partir à l'étranger impliquait un ultime changement d'identité auquel il s'était préparé depuis plusieurs semaines. Du bout de l'index, il se tâta le nez, entièrement refait par un chirurgien sur lequel il avait eu barre. Décédé entre-temps.

Son passeport était prêt et ce n'était pas ses bagages qui allaient lui prendre du temps, puisqu'il n'emportait qu'une petite valise. Il ne lui restait plus qu'à passer à sa banque effectuer un transfert de capitaux, ce dont il s'acquitterait en arrivant à Genève dès qu'il aurait arrêté sa date de départ. Et sa destination finale. Là où il reprendrait ce que Jeanne Debords l'avait contraint d'abandonner.

Il sentait néanmoins qu'il avait du mal à renoncer à sa vie d'ici, et à son désir de tuer la fille du juge, même s'il espérait que le dernier tour qu'il lui réservait lui serait aussi fatal qu'une balle en plein cœur.

Un grattement à la porte le fit se redresser.

Il tendit l'oreille, écouta attentivement puis, rassuré de reconnaître le bon code, il alla ouvrir. Faillit sourire en laissant passer l'homme qui allait lui assurer un billet pour l'avenir.

*

Les muscles bandés, Jeanne suivait Franck qui ouvrait un chemin.

Lorsqu'elle regardait en arrière, elle n'apercevait que des arbres. Au-dessus, le bleu du ciel qui se mouchetait de paillettes charbonneuses, selon la force et la direction du vent. Il faisait très chaud et elle avait déjà entamé sa bouteille d'eau d'un bon tiers.

Elle avait le sentiment qu'ils n'avançaient pas assez vite et que le temps était contre eux.

Qui que vous soyez, tenez bon…

Pour l'heure, sa seule satisfaction était d'avoir eu l'idée de partir avec Franck en montagne, deux mois plus tôt. Sa foulée était bonne, souple et déliée. Elle ne se tordait plus les chevilles, et marchait la tête haute, sans ressentir de douleurs musculaires ou de fatigue insurmontable.

Silencieux, Franck avançait droit devant lui, en quête d'une piste praticable qui leur permettrait d'arriver plus vite au sommet. Jeanne avait raison : il y avait quelqu'un, en danger, peut-être mort. Mais il n'y croyait pas plus qu'elle. S'il y avait un individu en haut de cette montagne, vraisemblablement attaché à un piquet, il pariait que Schöeller s'était arrangé pour que cette personne soit encore en vie. Le feu qui continuait son œuvre de l'autre côté n'avait été allumé que pour rejoindre la cime et brûler vif celui ou celle qui s'y trouvait.

L'enfoiré !

La rage lui donna l'envie de forcer le pas, mais le montagnard en lui estima qu'il était temps de faire une pause.

— On s'arrête, fit-il en se retournant vers elle.

— Pas question.

— C'est un ordre, commissaire.

Elle planta ses yeux ardoise dans les siens, y vit autant de résolution que d'amusement. Ici, il était le maître des opérations, et c'était elle qui devait s'en remettre à lui, se plier à ses exigences.

— OK. Une minute.

— Cinq. Il fait une chaleur à crever et ça grimpe dur. Il te reste de la flotte ?

Elle agita sa bouteille devant elle.

— Ça devrait aller. Putain, quelle fournaise !

L'idée qu'un gigantesque incendie progressait à l'opposé d'eux le mettait très mal à l'aise. S'il y avait une chose qu'il craignait, c'était bien le feu. Une attitude proche de la phobie.

– Je me demande ce que fout cet hélico ! s'énerva-t-elle.

— Tes muscles, ça va ?

— Impeccable.

— Alors, on s'assoit quelques minutes, on souffle, et on repart.

Regards inquiets mais sourires complices.

— À tes ordres, capitaine.

Depuis elle ne savait combien de temps, elle voguait d'une semi-conscience à une immersion complète dans les vapeurs de l'inconscience. Émergeant, elle s'accrocha et voulut se tourner sur le côté, mais quelque chose l'en empêchait.

Bouge, Irma...

Elle refit une tentative, aussi vaine que la précédente. Péniblement, elle souleva ses paupières et sursauta.

Nom de Dieu !

Instinctivement, elle referma les yeux. Attendit

quelques instants et les rouvrit très lentement. Le temps de s'habituer à la lumière du jour. Elle voulut se protéger les yeux à l'aide de ses mains, sans y parvenir.

Irma, t'es pas encore manchote, alors…

Elle se redressa, tourna la tête légèrement sur sa droite et constata que ses bras étaient attachés. Un gémissement lui échappa.

Tournant la tête sur sa gauche, elle sentit son cœur s'arrêter. Un cri lui monta aux lèvres, retentit dans l'air suffocant, et résonna dans la montagne.

– Franck, t'as entendu ?

– En route !

Irma ferma les yeux.

De grosses larmes roulaient sur ses joues, tandis qu'elle essayait de contenir un énorme sanglot.

Respire !

Ayant retrouvé un calme relatif, elle rouvrit lentement les yeux, et remuant tant bien que mal, sentit les attaches à ses poignets mordre la chair, et bascula son corps vers la gauche. À ses côtés gisait Fred, ou ce qu'il restait de l'homme qu'elle avait connu. Amaigri, le teint cireux et les lèvres bleuies, il était lui aussi attaché à un poteau.

– Fred ?

Elle avait la bouche sèche et le moindre mot était une souffrance.

– Fred ?

Pleurant et reniflant, Irma continua à lui parler même s'il ne lui répondait pas.

Même s'il ne bougeait pas.

Franck fut le premier à atteindre le sommet.

Pétrifié, il s'arrêta, ne parvenant plus à mettre un pied devant l'autre. Lorsque Jeanne le rejoignit, quelques secondes plus tard, elle sut qu'elle possédait un cœur solide. D'une exceptionnelle constitution.

Face à eux, ligotée à un poteau en bois, Irma ouvrait et fermait la bouche, n'ayant plus la force de prononcer le prénom du lieutenant Parthenay qui gisait à ses côtés. Jeanne s'élança vers eux et se jeta aux pieds d'Irma. Franck rappliqua aussitôt et dut faire un effort pour ne pas vomir.

La tête tournée vers eux, Irma les regardait avec des yeux éteints. Son visage était terrible à voir. On aurait dit qu'il fondait. Profondément secouée, Jeanne mit quelques secondes à comprendre, avant de réagir.

– Franck, ton couteau.

Avec soin, elle coupa le cordon qui entourait la tête d'Irma et retenait un masque fait à son effigie. En dessous, la peau cuivrée d'Irma apparut, plus grise qu'à l'accoutumée. Pendant qu'elle s'occupait de lui retirer cette seconde peau, Franck les libéra de leurs liens, évaluant d'un œil le temps qu'il leur restait avant que le feu ne les atteigne.

S'approchant de Fred, Jeanne constata qu'il ne portait aucun masque, ce qui ne la rassura pas pour autant. Franck chercha le pouls d'Irma et lui humecta les lèvres. Il n'osait la bouger de peur de provoquer un choc. Elle était à nouveau inconsciente lorsqu'il l'installa du mieux qu'il put contre le poteau, sa tête penchant sur son épaule.

Puis il entreprit de faire la même chose avec Fred, même si à en juger par son aspect, il était plus mort que vivant.

— Il fout quoi, l'hélico ? fit Jeanne d'une voix d'outre-tombe.

Il l'entendit s'énerver contre un officier, puis elle s'entretint avec un médecin pour savoir s'il était envisageable de déplacer Fred et Irma. De son côté, Franck partit vérifier où en était l'incendie. Lorsqu'il revint, elle lut dans ses yeux que la situation avait empiré.

Jamais minutes ne leur parurent si longues.

Debout, incapable de savoir ce qu'il convenait de faire, Jeanne examinait ses deux lieutenants réduits à l'état de morts-vivants. Franck mouilla à nouveau les visages et les lèvres d'Irma et de Fred, puis se releva, une ombre sur le cœur.

N'y tenant plus, Debords retéléphona pour savoir où en était l'hélicoptère. On lui assura qu'il ne devrait plus tarder, mais cela ne la tranquillisa nullement. Lentement, gardant un œil sur le versant opposé d'où l'on commençait à apercevoir les premières flammes, Franck se rapprocha de Jeanne qui scrutait le ciel. Posant les mains sur ses épaules, il lui chuchota à l'oreille qu'il croyait avoir senti le pouls de Fred. Elle tressaillit, s'humecta les lèvres et déglutit lentement. La gorge serrée, elle refoula son envie de pleurer.

— Là ! fit-elle en pointant un doigt vers le ciel. L'hélico, il arrive !

Il referma ses bras autour d'elle, perçut les battements accélérés de son cœur, et la raideur de son corps contre le sien.

D'en bas, les jumelles enfoncées, Lily suivait la progression du feu d'un côté ; de l'autre, celle de l'hélicoptère qui manœuvrait pour se poser. Cinq minutes plus tard, il repartait vers Biarritz.

Jeanne l'accompagna du regard jusqu'à ce qu'il disparaisse. Hagarde, elle se tourna vers Franck, les yeux humides. Impulsivement, elle se jeta à son cou, l'embrassa longuement, n'arrêta que parce qu'elle manquait d'air. Puis elle leva les bras en l'air et poussa un cri.

— On les a trouvés ! On les a…

Ses nerfs la lâchèrent, des sanglots remontèrent brutalement de son ventre à sa gorge. Elle éclata en larmes, se laissa tomber sur les genoux, secouée par un séisme émotionnel qui bouleversa Franck. Doucement, il lui parla, lui caressant le dos et la nuque, jusqu'à ce qu'elle retrouve sa respiration et son calme.

— Faut redescendre, le feu approche.

Elle releva la tête et vit les flammes qui avançaient, léchaient les poteaux en bois. Avec la sensation que chaque partie de son corps était douloureuse, elle se releva, sans lâcher la main de Franck.

— Désolée…

— Y a vraiment pas de quoi, répondit-il mi-affectueux, mi-sérieux. Bon, là, faut vraiment se tirer d'ici.

Hochant la tête, elle but le fond de sa bouteille, l'écrasa et l'enfouit au fond d'une poche de sa veste.

– On y va. Plus vite on arrive en bas, plus vite on file à l'hôpital.

Elle le laissa passer devant et enfila ses pas dans les siens. Ses yeux se posèrent sur le dos de Franck. Ses muscles se tendaient et se détendaient, son bassin roulait librement et les bras étaient souples. Il irradiait agilité et puissance, équilibre et énergie.

Elle avait puisé en lui la force et l'intelligence complémentaires aux siennes. Elle s'était appuyée sur lui, et ressourcée à ses côtés lorsqu'elle n'en pouvait plus. Ensemble, ils avaient gagné.

Presque…

Elle repoussa au fond de son esprit l'idée qu'Irma et Fred étaient plus morts que vivants, et accéléra pour revenir à sa hauteur. Sans un mot, elle glissa sa main dans la sienne.

En bas, Lily les attendait, une voiture prête à partir.

32

Mi-octobre
20 h 55
Biarritz

Pour la première fois de sa vie, Jeanne était non seulement impatiente de se rendre dans un hôpital, mais également prête à y passer la nuit. Même si l'odeur propre à ce lieu l'agressait en permanence. Même si, invariablement, ses relations avec le milieu médical se révélaient catastrophiques.

Elle ne tenait pratiquement plus debout, et une bonne douche ne lui aurait pas fait de mal, mais elle refusait de quitter la chambre d'Irma et Fred, où elle n'était pourtant pas autorisée à pénétrer. À travers la vitre, elle les contemplait, leur envoyant mentalement des messages réconfortants.

D'après les premières constatations, Irma avait mieux supporté sa captivité que Fred. Des recherches toxicologiques étaient en cours pour déterminer quels produits Schöeller leur avait injectés.

Pour l'heure, Irma oscillait entre deux mondes. Tantôt il lui semblait qu'elle était dépossédée de son corps et qu'elle flottait dans un univers silencieux et cotonneux ; tantôt elle revenait à elle et s'obligeait à rester présente, à ouvrir les yeux. Mais son corps lui refusait ce simple geste. Alors elle se détendait, un léger sourire aux lèvres, songeant que Fred était à côté d'elle.

Bien plus amoché qu'Irma, Parthenay était enlisé dans un monde de glace et de silence.

Par instants, un souvenir l'assaillait et il sursautait violemment dans son sommeil. L'image d'une hache lui frôlant le visage et s'encastrant dans le mur lui revenait, et tout son corps se souvenait d'avoir longtemps tremblé. Puis il sombrait à nouveau, s'éloignait de lui-même, avec une petite phrase qui passait et repassait, une pulsation mentale : *Tiens bon ! Pense à Irma, et à Jeanne…*

Finalement, il fallut que Franck use de tout son pouvoir de persuasion pour entraîner Jeanne dehors, et la ramener à l'hôtel. Se laissant conduire par Lily, il s'enfonça dans le siège de la voiture, en soupirant.

Enfin, ils allaient pouvoir décompresser !

En arrivant à Hendaye, il dut se rendre à l'évidence. La journée n'était pas terminée.

Passant devant le commissariat, Lily aperçut son jeune frère qui, déboulant sur son scooter, manqua de renverser une femme enceinte jusqu'aux oreilles. Elle freina un peu sèchement, tirant

Franck et Jeanne de leur somnolence ; ils la virent s'extraire précipitamment de la voiture.

Franck la regarda discuter avec son frère qui faisait des grands gestes. Soufflant bruyamment, il ouvrit sa portière et descendit s'informer.

— *Ostia*, Fanchoa, je ne comprends rien à ce que tu me racontes ! s'écria Lily.

— Qu'est-ce qui se passe ? intervint Albertini.

— C'est ce que j'aimerais bien savoir ! Fanchoa, tu peux me répéter tout ça, plus lentement, sinon on va y passer la nuit.

Jeanne arriva quelques secondes plus tard et écouta distraitement ce que le frère de Lily avait de si urgent à dire.

— Quoi ? Saverio t'a téléphoné, fit Lily, qui n'en revenait pas.

— Non, il a téléphoné à… je sais plus qui, qui a téléphoné à quelqu'un d'autre, puis à… à Pierre pour finir, et Pierre n'arrivait pas à te joindre, alors il m'a dit de foncer ici pour t'attendre et tout te raconter.

— Me raconter quoi ? tonna Lily qui sentait ses nerfs s'user.

— Qu'il avait trouvé une maison abandonnée, non, un type dans une maison, enfin, il dit qu'il l'a vu entrer et sortir plusieurs fois… *Ostia !*

Fanchoa s'essoufflait. Il avait roulé comme un fou depuis Bidarray, et ne savait plus trop bien où il en était.

— Le mieux, c'est que tu appelles Pierre.

— Bon, Lily, trancha Franck, nous, on file à l'hôtel.

Elle les regarda s'éloigner, attrapa Fanchoa par le bras, et pénétra dans le commissariat où l'attendait Nico, impatient d'entendre ce qui était arrivé depuis son départ. Mais il en fut pour ses frais et dut se contenter d'attendre.

Et si je l'invitais ce soir ? se dit-il en regardant l'horloge murale qui indiquait 22 h 35. Chez Mona, même si pour l'intimité, c'est pas terrible, vu qu'elles se connaissent depuis… Non, mieux vaut attendre, elle a l'air fatigué, et puis, je préfère un cadre plus… enfin, moins…

– Nicooo !

*

Jeanne somnolait dans son bain, lorsqu'on frappa à la porte.

Elle décida de ne pas répondre, changea d'avis lorsque les coups redoublèrent.

– Putain, pas moyen… Deux minutes !

La pensée qu'il était arrivé quelque chose à Fred et Irma la traversa. S'enroulant dans une serviette, elle se précipita à la porte qui s'ouvrit sur Franck et Lily.

– Habille-toi, on a du nouveau, fit Franck, la caressant des yeux.

– C'est… ?

– Non. Schöeller.

Elle ramassa son jean, en boule par terre, et un pull qui traînait sur le lit, fouilla son sac à la recherche d'un slip et fila dans la salle de bains, puis téléphona à Biarritz pour prendre des nouvelles de Fred et d'Irma. État stationnaire.

Cinq minutes plus tard, ils s'engouffraient dans la voiture de Lily qui les conduisit, l'accélérateur enfoncé jusqu'au plancher, à une cinquantaine de kilomètres d'Hendaye.

— Ce qui est bien, avec vous deux, fit-elle, c'est qu'on ne s'ennuie jamais !

Franck lui adressa un sourire, reconnaissant. Elle cherchait à détendre l'atmosphère et, vu l'air qu'affichait Jeanne, c'était plutôt bienvenu. Assise à l'arrière, le visage fermé, cette dernière vérifiait son arme.

Lily évita de justesse une bestiole qu'il n'eut pas le temps d'identifier.

— Tu peux me répéter le message qu'on t'a fait passer ? intervint Jeanne, la voix sourde.

Lily et Franck se regardèrent en pensant la même chose. Jeanne se préparait ni plus ni moins à flinguer Schöeller. Et ça ne lui ressemblait pas.

— Saverio croit avoir repéré sa planque.

— Qu'est-ce qui lui fait dire que c'est Schöeller ?

— L'endroit est inhabité depuis des années. C'est une ancienne bergerie, perdue dans la montagne. Or il semblerait que ces derniers jours, plusieurs hommes aient été vus non loin de là. Ça a mis la puce à l'oreille à quelqu'un qui a transmis l'information à Saverio.

— Votre fameux voisinage, fit Franck, se tournant vers Jeanne. Ça va ?

— Impeccable. C'est tout, Lily ?

— Saverio aurait monté la garde pour vérifier l'information, suite à quoi il a cherché à me joindre. N'y arrivant pas, il a appelé mon frère.

— Fanchoa.

— Non, Pierre.

Franck n'insista pas. Il s'y perdait un peu avec les frangins de Lily.

— Celui que vous avez vu devant le commissariat, avec le scooter, c'est Fanchoa, le funambule.

Fierté et tendresse transperçaient dans la façon dont elle prononça « funambule ».

— Vous devriez le voir. *Ostia*, il est fabuleux ! Samedi prochain, il y a une fête à La Laguna, pour leurs dix ans, et Fanchoa prépare quelque chose… heu, désolée, ce n'est peut-être pas le moment.

— Lily, je te jure que si on chope Schöeller ce soir, nous viendrons à ta fête, souffla Jeanne. Promis.

Dans le rétroviseur, elle croisa deux yeux gris qui ne la voyaient pas. Schöeller prenait toute la place au fond des iris ardoise.

— Et arrêtez de flipper, tous les deux, lança Jeanne. Je n'ai pas l'intention d'abattre quiconque de sang-froid. J'assure mes arrières, c'est tout.

Ni Lily ni Franck n'en crurent un mot. Jeanne n'était même pas certaine de valider ce qu'elle venait d'affirmer. Plutôt une façon de se rappeler publiquement à l'ordre. En espérant que ça suffirait à contenir ce désir de vengeance qui ravageait tout son être.

Odeur de chair et de bois brûlés.

Crépitement des flammes qui lèchent deux poteaux en bois où sont attachés Fred et Irma. Prisonniers. La peau du visage doublée d'un masque en cire, fondant sous la chaleur. Elle secoua la tête pour évacuer cette vision.

— C'est encore loin ? s'enquit Franck.

— Un bon quart d'heure.

Qu'ils effectuèrent en silence.

Seul le bruit que faisait Jeanne en vérifiant et re-vérifiant son arme résonnait dans l'habitacle.

Le souvenir des longues heures de marche en montagne lui parut soudain bien plus léger en avançant à travers une nature qui n'avait pas été beaucoup dérangée par les humains.

En soufflant, ils rejoignirent le col, aperçurent la bergerie qui se dessinait petite et froide dans la nuit. Immédiatement, Albertini prit la direction des événements. Lily opinait à tout ce qu'il ordonnait, sans lâcher Debords des yeux, partageant avec lui le même sentiment : Jeanne était prête à tout, même à renier la femme qu'elle était.

Si Schöeller se terre ici, se dit-elle, ça va chauffer.

Balayant le noir de la nuit étoilée, elle trouva les lieux d'un calme déroutant, presque inquiétant.

Jeanne avançait, arme à la main, muscles et nerfs tendus vers un même but. Mais elle s'écarta lorsque Albertini la précéda pour ouvrir la porte. D'un coup de pied, lampe torche à la main.

— Putain ! lâcha-t-il une fois à l'intérieur. Mais…

— *Ostia !* renchérit Lily en pénétrant dans l'unique pièce, sombre et froide, mais suffisamment éclairée par le faisceau de la lampe de Franck.

Seule Jeanne ne dit rien. Longtemps, dos au mur, elle inspira et expira profondément. Les doigts serrés autour de son flingue, hésitant entre la frustration ou le soulagement.

Ils s'attendaient à tout, sauf à ça.

Ils avaient tout prévu, sauf ce qu'ils voyaient sous leurs yeux ébahis. Ils s'étaient mentalement et physiquement préparés pour un affrontement terrible, non à subir une telle vision.

Assis dans un vieux fauteuil en cuir, faisant face à une immense glace posée à même le sol contre un pan de cheminée, les attendait Gilles Schöeller. Derrière lui, un couteau à la main, se tenait une femme, parfaitement rigide, et vêtue d'une robe. Aussi rouge que le sourire qui se dessinait sur le cou de Schöeller. Mi-souriant, mi-grimaçant.

— Putain de merde ! s'exclama Franck. Qu'est-ce que ça veut dire ?

— Qu'on est passé avant nous, fit Jeanne en rangeant son arme. Lily, tu peux voir s'il y a de la lumière ?

Et la lumière fut, jaillissant d'une ampoule de faible intensité qui pendouillait au plafond. Ils découvrirent les lieux et constatèrent que Schöeller était raide mort. Depuis longtemps froid et d'une raideur toute cadavérique, il s'était fait trancher la gorge, d'une oreille à l'autre. L'arme du crime était manifestement celle que tenait ce mannequin, d'une beauté troublante dans sa robe de soie carmin.

La respiration hachée, ils restèrent figés, ne sachant plus comment se comporter. Telle la marée descendante, l'adrénaline ne dopait plus leur organisme.

Quelqu'un les avait précédés.

Quelqu'un avait coupé Jeanne dans l'élan de la vengeance.

Et la fille du juge Debords finit par en éprouver de la reconnaissance. Au moins, elle n'aurait pas à regretter d'avoir abattu un homme de sang-froid, tout salaud fût-il. Elle n'aurait enfreint ni la mémoire de son père, ni les valeurs sur lesquelles elle s'était construite. Elle sut qu'elle pourrait aller de l'avant, sans être entravée par le doute, sans détourner les yeux lorsqu'elle croiserait son reflet dans une glace. L'histoire s'achevait, et elle se sentit à nouveau libre. En vie.

La pression retomba d'un bloc. Franck inspecta rapidement les lieux, quand lui vint un doute.

– Tu es sûre qu'il s'agit bien de Schöeller ? fit-il à l'intention de Jeanne.

Il la sentit plus qu'il ne la vit se tendre intérieurement.

– Il lui ressemble… Pourquoi ?

Albertini secoua la tête, eut un geste de la main et reprit son inspection.

— Bon, y a plus qu'à faire venir le labo, soupira Lily.

Elle prit son portable et tenta de joindre le médecin légiste.

— Dis, Lily, fit Jeanne, plus détendue. Ton héros, là…

— Saverio ?

— Oui, il a dit s'il était entré ?

— Je… *Ostia*, ne me dis pas que tu le soupçonnes… de ça ?

— Pas pour le moment du moins. Schöeller n'avait pas que de bonnes fréquentations, on va déjà commencer par là.

Lily réprima un « ouf » de soulagement. Tandis qu'elle et Franck organisaient la suite des événements, Jeanne se mit à fureter, laissant son esprit éponger les odeurs et les sensations issues de cette insolite scène de crime.

Qu'est-ce que ce taré faisait avec un mannequin dans un endroit pareil ?

Sûrement rien de bon…

Elle s'assit par terre, juste à ses pieds. Et s'absorba dans la contemplation du miroir, tenta d'imaginer, de laisser venir à elle des images et des impressions.

Odeur de peur, sure et rance.

Odeur de vieilles pierres, froides et laiteuses.

Odeur de… courroux ? De sang chaud.

Son regard se posa sur le visage de Léa.

Impassible, le mannequin se reflétait dans la glace, affichant un sourire inoxydable. Graduellement, Léa se matérialisa dans l'esprit de Jeanne, plus vivante qu'elle ne le serait jamais. Se laissant guider par ses impressions, elle chercha les signes d'une bagarre.

À qui appartenait la main qui avait tranché la

gorge du psychiatre fou ? Oh ! Et puis que lui importait ? La seule chose qui comptait, c'était de savoir si Fred et Irma survivraient à tout ça. Croisant le regard de Franck, elle écarta de son esprit l'hypothèse que l'homme assis dans le fauteuil ne soit pas Schöeller.

Jusqu'à preuve du contraire, il s'agit de lui, se dit-elle, sans pouvoir ignorer le doute qui enflait dans son esprit.

Au moment de se relever, son regard fut attiré par une tache sur le sol, non loin de l'angle de la cheminée contre laquelle reposait le miroir.

La « trace » s'avéra dure et froide au toucher. Elle se servit de son briquet pour mieux y voir et enfouit sa découverte dans la poche arrière de son jean. Juste au moment où le légiste arrivait.

— Bon, on n'a plus rien à faire ici... On vous laisse travailler, suggéra-t-elle.

Franck haussa un sourcil, la trouvant soudain bien pressée de partir.

— Si je ne vais pas me coucher maintenant, je vais tomber par terre, fit-elle à son attention.

En redescendant vers Hendaye, ils discutèrent du meurtre, émirent deux ou trois hypothèses qui manquaient de conviction, et envisagèrent plusieurs cas de figure concernant Irma et Fred.

— S'ils s'en sortent, annonça Jeanne, la voix rauquie par l'émotion, je demanderai à Bellanger de les aider. T'en penses quoi, Franck ?

— Bonne idée. Va savoir ce que ce taré leur a fait subir !

Ils avaient tous les deux l'impression curieuse et dérangeante d'expédier les affaires courantes. Et se turent. Trop de fatigue, et trop de bouleversement pour une seule et même journée. Il devenait vital qu'ils puissent dormir et recharger leur batterie. Demain serait assez vite arrivé pour qu'ils fassent autant de plans sur la comète que d'hypothèses fondées sur la mort de Gilles Schöeller.

Jeanne se renversa sur la banquette et ferma les yeux.

La boucle est bouclée, se dit-elle.

Un pincement au cœur lui rappela que l'identification de Schöeller prendrait un certain temps. Les tests ADN ne s'effectuaient pas en une heure. Il lui faudrait sans doute patienter plusieurs jours. Quant à l'état d'Irma et surtout de Fred, il n'était guère encourageant. Ouvrant un œil, elle fixa la nuque de Franck, le ferma. Il leur restait mille choses à faire pour classer définitivement cette affaire.

Et autant concernant la nôtre…

Tandis qu'ils roulaient, Saverio et ses amis sortaient d'une forêt, empruntant une route qui menait chez Txomin où ils se rendaient pour trinquer à leur réussite.

Le chemin des morts, se dit Saverio, respirant l'air de la nuit.

Anciennement destinés aux convois mortuaires, un réseau invisible de chemins traversaient les villages, rattachant les maisons à l'église et au cimetière. Un trait d'union entre les vivants et les morts. Ce soir, ils lèveraient leur verre à la santé des vivants.

Cette nuit-là, Anita se coucha détendue et heureuse rien qu'à l'idée que le lendemain Saverio serait de nouveau à La Laguna. Sur la plage, Fanchoa répétait son spectacle avec son amie Cassy, sous les yeux émerveillés d'un couple de vieux qui promenait leur chien.

Tandis que l'âme de Schöeller se frayait un chemin vers d'autres mondes, Léa veillait. Ayant reçu ses confidences, sa folie et son sperme, somptueusement drapée de soie, et irréversiblement muette, elle trônait encore au milieu de la pièce que l'on était en train de débarrasser de la dépouille de son maître. En attendant que l'on vienne la chercher, pour la conserver en lieu sûr, comme pièce à conviction.

33

Fin octobre
18 h 50
Hendaye

Des centaines de ballons colorés flottaient sur la mer et roulaient sur le sable, s'envolaient vers la nuit tombante.

De longues tables avaient été dressées pour un buffet en plein air. Des torches, des guirlandes de lumière et des feux à même le sable. Tendu au-dessus de la plage, un fil de vingt mètres de long, en attente. Un deuxième de même longueur formait un angle droit avec le premier.

Des robes se soulevaient par intermittence, indiscrétion d'un léger vent de mer. Des rires et des chuchotements entre hommes et femmes qui s'évitaient, mais se cherchaient. Timidement, maladroitement, parfois avec suspicion. Regrets ou préjugés.

Paul Oçafrain en maître de cérémonie, épanoui, passait d'un convive à l'autre, attentif à mille petits détails. Dix ans que La Laguna existait, et cet anniversaire représentait la fin d'une histoire, la continuité et le début d'une autre.

À croire que tout le pays est au rendez-vous ! se dit-il, non sans ressentir une joie indicible, et une immense fierté.

Seule touche discordante aux yeux de Paul, ces poteaux qui se dressaient sur la plage, profondément enfouis dans le sable, et la marée qui montait. Fanchoa savait-il ce qu'il faisait ?

D'un bout à l'autre de la plage, des gens arrivaient, quelques couples dansaient, des éclats de rire s'élançaient vers le ciel, rebondissaient dans le cœur des unes et des autres.

Comme après la guerre, se dit Saverio, un bras autour des épaules d'Anita. Chacun aspire à ces petits bonheurs indispensables, se déleste momentanément de son paquetage de mauvais souvenirs et de rancœurs. Reporte à demain tout problème épineux ou douloureux, toute confrontation au réel. Un soir de trêve. Un bien joli soir.

Il adressa un signe de main à Txomin qui arrivait en compagnie de sa famille et de quelques-uns de leurs amis. Eut un grognement de pure satisfaction.

— *Maite zaitut*, Anita.

Elle leva vers lui deux éclats bleu lavande et se pressa contre lui.

— Je t'aime aussi. Fort.

— Viens, lui dit-il, faut que je te présente un ami. Un grand ami.

Du coin de l'œil, il aperçut plusieurs policiers. Haussant un sourcil, il se rappela que c'était soir de fête. Et puis, Lily n'était pas un flic comme les autres.

Il faisait nuit noire lorsque Debords et Albertini arrivèrent. Lily se précipita vers eux, incapable de contenir son excitation. Ce soir, Fanchoa ferait le funambule rien que pour eux.

L'affaire Schöeller était bouclée, même si des zones d'ombre perduraient et que le doute faisait son œuvre dans l'esprit de Jeanne et Franck car les résultats du test ADN se faisaient attendre. Fred et Irma luttaient encore pour revenir dans le monde des vivants, mais chaque jour était un jour de gagné. Bellanger avait accepté de les accueillir au sein de sa Fondation, une fois qu'ils seraient sortis de l'hôpital.

Elle ne leur avait pas caché qu'il faudrait sans doute de longs mois pour qu'ils recouvrent une santé physique et psychique, et que rien ne garantissait que le temps effacerait les ravages provoqués par Schöeller. Rien n'excluait le contraire.

Passant près d'un groupe joyeusement bavard, Jeanne entendit prononcer le nom de « Saverio » et s'arrêta.

— Alors, c'est lui, la légende locale, murmura-t-elle.

Transperçants, deux yeux bleus percutèrent le gris tranquille de ceux de Jeanne.

— Charismatique, c'est certain, constata Franck. Tu veux boire quelque chose ?

— Trouve-moi un verre de vin, répondit-elle en fixant Saverio.

Allumant une cigarette, elle l'invita d'un léger mouvement de la tête à le rejoindre. Discrètement, il s'écarta de ses amis et s'approcha, la démarche assurée. Sans un mot, Jeanne fouilla dans la poche de son jean et lui tendit la main.

— Je crois que ça vous appartient.

Saverio ne cilla pas.

Calmement il rattacha son anneau. Si cette femme, ce flic dont tout le monde lui avait parlé, avait voulu l'arrêter, elle n'agirait pas ainsi. Du moins il l'espérait.

— Merci, commissaire. Il me manquait.

Saverio n'avait rien à craindre. Jeanne avait pris sa décision. Et ce soir, elle se savait conquise par ce héros aux yeux étonnamment magnétiques. Un regard avait suffi.

— Un jour, je reviendrai vous voir, Saverio. Nous boirons un verre de vin de ce pays qui vous aime tant, et vous me raconterez comment votre anneau est tombé sur le sol d'une certaine bergerie.

Indécis, il eut un fin sourire.

— Pourquoi, commissaire, pourquoi donc faites-vous ça ?

— Parce que d'une manière ou d'une autre, vous, ou l'un de vos amis, m'avez évité le pire. Vous… vous êtes ma bonne conscience, Saverio, conclut-elle en souriant.

— Heureux d'avoir pu vous prêter main-forte. Des mains qui s'honorent d'être propres. Habiles pour une mise en scène mortuaire, mais pas une goutte de sang dessus.

Jeanne hocha la tête. Elle ne l'imaginait pas en tueur. En lutteur, tout au plus. On avait enregistré deux hommes aux urgences, à Pau. Règlement de comptes ou bagarre ? Elle chassa ces questions de son esprit.

— Et lorsque vous reviendrez, reprit Saverio, comme s'il lisait en elle, je vous attendrai avec la meilleure bouteille de vin de ce pays que nous aimons tant. Et des histoires à empêcher les enfants de s'endormir. Bonne soirée, commis…

— Jeanne.

— *Gau on*, Jeanne. Ou bonne nuit, dans votre langue.

— *Gau on*, Saverio.

Ils se serrèrent la main, et Saverio rejoignit ses amis.

Il ne marche pas, se dit-elle, il danse.

— Tiens, fit Franck, lui tendant un verre. Alors, ce héros ?

— Un vrai, comme en rêvent les gosses.

Il passa son bras autour de sa taille, glissa sa main dans la poche arrière de son jean, la trouva vide et l'embrassa dans le cou.

— C'est bien que tu lui aies rendu sa boucle…

Elle sursauta et renversa une partie de son verre sur le sable.

— Tu…

Le brouhaha s'atténua pour faire place à la musique de Nino Rota.

Ils levèrent la tête, aperçurent un jeune homme

vêtu de blanc et d'argent et, à l'autre bout, une mince jeune fille blonde, pailletée or et bleu, qui semblait flotter au-dessus de la mer.

Une gerbe orange éclaira la voûte céleste et les funambules s'élancèrent. Éclats de vert et figures aériennes, au-dessus des vagues qui venaient pourlécher le sable, soulevant des ballons de toutes les couleurs. Fusées bleues et rouges au moment où les funambules se croisèrent, s'enlacèrent, chavirèrent et retrouvèrent leur équilibre, sous les murmures de la foule. Lâcher de ballons et flammèches multicolores dans le ciel lorsqu'ils se séparèrent, et rejoignirent l'autre bout d'un fil devenu invisible à cette heure-ci.

Fascinés, Lily et Nico mirent quelques instants à envoyer le bouquet final, tandis que Fanchoa plongeait dans une mer parsemée de ballons et que mouraient les derniers accords de Nino Rota.

Regards subjugués et applaudissements.

Deux ou trois volontaires se mouillèrent pour aider Fanchoa à sortir de l'eau, et le frictionner. Aucune sensation de froid. Juste du bonheur.

Jeanne et Franck s'éloignèrent.

— Tu sais, j'ai eu Moreau, tout à l'heure.

— Et alors ?

— Je vais me mettre un peu au vert, Franck.

Il accusa le coup, sentit une pointe d'angoisse lui obstruer la gorge.

— Et tu vas faire quoi ? souffla-t-il.

— Récupérer. Prendre le temps de…

Elle se tourna vers lui.

— En fait, j'en sais rien, Franck. Faut que je décroche quelque temps, c'est tout.

— Moreau, il en dit quoi ?

— Qu'on devrait nous décorer. Qu'il compte sur nous.

— Pour le BEP ?

— Non. Je crois qu'il a d'autres projets…

Subitement, il se sentit mal, s'imagina rentrer à Paris, et retourner à la Crim'. Planquer, taper des rapports, enregistrer des mains courantes, gérer les susceptibilités administratives et celles des indics. Seul.

Jeanne s'assit sur le sable et contempla la mer. Debout, Franck fumait une Gitane.

— Et nous ? lâcha-t-il, d'une voix cassée.

— Je ne t'ai pas dit ? Tu te mets aussi au vert, ordre de Moreau…

Il se laissa tomber à ses côtés, se coula vers elle, ses yeux accrochés aux siens. Le désir à fleur de peau.

— Je crois qu'il va être temps qu'on se parle tous les deux.

— Tu penses à quoi ? fit-elle.

La prenant par les mains, il l'aida à se relever.

— À la même chose que toi.

Ils durent traverser une plage bondée pour regagner leur hôtel. Se tournant, Debords aperçut un peu à l'écart, au milieu des ballons, deux funambules qui dansaient sur le sable, la tête dans les étoiles.

Relevant la tête, Jeanne vit que le ciel était parfaitement dégagé. Demain il ferait chaud. Demain, il lui faudrait une confirmation, que ce mort qui ressemblait tant à Gilles Schöeller était bien le fou qu'elle avait pisté durant tant d'années. Car, demain, ce serait le regard clair qu'elle affronterait Bellanger et Moreau, ses collègues et son frère. Resserrant son emprise sur la main de Franck, elle soupira intérieurement.

Même mort, l'œuvre de Schöeller continuerait à les hanter. À les poursuivre.

Gau on, Fred, Irma. Tenez bon !

REMERCIEMENTS

Nombreux et chaleureux aux amis basques qui, je l'espère, ne m'en voudront pas d'avoir, momentanément, arrangé, dérangé et réarrangé pour l'histoire leur si beau pays.

À Agnès Bonfillon, pour l'inspiration, les loukoums et autres instants partagés.

À André Hamrani qui fut de si bon conseil et que je n'oublie pas !

À Pierre Oteiza, pour ses conseils culinaires.

À Sandrine Sanchez dont l'amitié et l'enthousiasme font chaud au cœur.

À Jeanine Urriza, sans qui la langue basque n'aurait pas franchi les lignes de cette histoire.

À ceux et celles — amis, famille et professionnels — qui m'ont accompagnée tout au long de cette aventure… qui continue.

À Frédéric Sanchez, sans qui tout cela ne serait pas tout à fait pareil. Vraiment pas pareil.

DU MÊME AUTEUR

Aux Éditions Hors Commerce

BEST SELLER, 2005.

LA STRATÉGIE DU FOU, 2004, Folio Policier n° 512.

N'OUBLIE PAS, 2003, Folio Policier n° 472.

PORTÉES DISPARUES, 2002, Folio Policier n° 429.

POUR TOUTES LES FOIS, 2001, Folio Policier n° 374.

Aux Éditions du Seuil

Dans la collection Le Poulpe

L'APPEL DU BARGE, 2007.

Aux Éditions de l'Archipel

BELLE-MÈRE, BELLE-FILLE, UN MARIAGE À TROIS, 2005.

Aux Éditions du Cherche Midi

RETRAITE ANTICIPÉE, nouvelle incluse dans le recueil NOIRS SCALPELS présenté par Martin Winckler, collection Néo, 2005.

Aux Éditions Retz

TO THE ZOO AND SHORT PLAYS, collection Petits comédiens, 2004

Composition Nord Compo
Impression Novoprint
le 26 juin 2008
Dépôt légal : juin 2008

ISBN 978-2-07-030692-3/Imprimé en Espagne.

134267